KB193567

테스터 2

테스터 2

이희영
장편소설

차례

1부

류온

테스터는 죽었습니다. 사망 시간은 오전 6시에서 7시 사이로 추정됩니다. 옥상에서 스스로 뛰어내린 듯 보입니다. 투신이 확실합니다. 그 밖에 별다른 일은 없었습니다. 보내드린 사진이 전부입니다. 제 프로젝트였으니 제 선에서 마무리 짓겠습니다. 무연고로 간단히 처리할 수 있을 겁니다. ESC조차 내장되어 있지 않으니까요. 조금 이른 것뿐입니다. 어차피 정리할 일이었습니다. 언제 하느냐 시간의 문제였죠. 이렇게 된 이상 차라리 잘된 일이라 생각합니다. 네. 알겠습니다. 연구실은 곧 폐쇄된다고 들었습니다. 이제 모든 프로젝트는 끝났고 테스터는 폐기 처분되었습니다. 이것으로 마지막 보고를 마칩니다.

모든 것은 어둡고 축축한 동굴 속으로 다시 숨어들었다. 시간은 또 한 번 그 거대한 입구를 틀어막을 것이며, 새의 날갯짓도 아이의 울부짖음도 없는 지독한 고요만이 새벽안개처럼 그들을 휘감을 것이다. 진실은 그 잔인한 얼굴을 보여주는 대가로 자신을 찾아온 이에게 영원한 침묵을 요구했다.

테스터는 바닥에 쓰러진 채 창백하게 굳어 있었다. 햇빛에 노출된 피부는 붉게 부풀어 올랐고 짓무른 상처에서 피고름이 흘러나왔다. 파랗게 질린 입술은 고집스레 닫혀 있었다. 언젠가는 끝내야 할 일이었다. 하지만 이런 식으로 마무리되리라고는 상상하지 못했다. 예상 밖의 결과에 허무함마저 느꼈지만, 돌이켜 보면 세상은 절대 계획대로 움직이지 않는 법이었다. 계획을 세우기 전 일은 이미 터져버리니까. 결국 어떻게 수습하느냐가 관건이었다. 기민하고 민첩하게, 언제나처럼 빠른 판단력을 요구했다. 순간의 선택에 사건의 승패가 달렸다고 해도 과언이 아니었다. 조용히 눈에 띄지 않게 흔적 없이, 늘 해오던 대로 오직 하나의 결과에만 집중하면 된다. '폐기 처분.' 나머지는 시간이 그리고 인간의 망각이 알아서 해결해 줄 테니까. 조용히 몸을 돌리자 하나로 묶은 긴 머리가 허공에서 흔들렸다.

제1장

　강한 바람이 비구름을 몰아내자, 하늘에 오렌지빛 태양이 떠올랐다. 깊게 들이마신 숨결 가득, 진한 물비린내가 느껴졌다. 멀리 보이는 검푸른 바다가 나른한 고양이처럼 넘실거렸다.

　하늘에선 바닷새와 드론이 각자의 구역에서 한 치의 오차 없이 날아다녔다. 어느덧 새들도 눈치챘을 터다. 드론에 접근하면 자신들이 위험하다는 사실과 날개가 있다고 모두 새가 아니라는 진실을. 생존을 위해 상아를 버린 코끼리와 새하얀 터전을 잃고 털 색깔마저 변해버린 북극곰처럼, 인간에 의한 고통스러운 생명의 진화는 여전히 진행 중이었다.

　그가 자전거 안장에 올라 힘껏 페달을 밟았다. 두 바퀴가 서서히 기지개를 켜듯 움직이며 언덕을 미끄러져 내려갔다. 바람을 가르자 기분 좋은 콧노래가 흘러나왔다. 자전거는 몇 개의 크고 작은 그린돔들을 지나 가파른 경사길을 날듯이 내달렸다. 물기가 묻어 있는 공기가 상쾌했다. 앞바퀴가 방향을 바꾸려는데 멀리서 쩌렁쩌렁한 목소리가 들려왔다.

"온아, 너 바쁘냐?"

급하게 핸들을 움켜잡자 브레이크가 걸리며 바퀴가 멈춰 섰다.

"왜요?"

그를 불러세우는 사람들은 많았다. 그러나 목적은 대부분 하나로 귀결되었다.

"그 파랑인지 빨강인지가 어젯밤 숨이 넘어갔다. 강아지 죽었다고 우리 꼬맹이 밤새 울고불고 한바탕 난리가 났었거든."

강아지가 죽었다면…. 분명 배터리가 말썽일 것이다. 호환에 알맞은 제품이 아니라서 쉽게 방전되었거나 연결된 전선에 문제가 생겼을 확률이 높았다.

"그럼 어제 연락하시지?"

"새벽에 자다 깨서 강아지 찾다가 그렇게 됐어. 내가 온이 오빠가 깨끗하게 치료해 줄 거라고 약속 단단히 했다. 이따 시간 되면 좀 와줘라."

"보건소 일 끝나면 바로 갈게요."

그가 콧잔등으로 내려온 안경을 밀어 올리며 소리쳤다. 허공에 엄지를 세운 손이 나타났고, 움켜잡은 핸들을 놓자 바퀴가 미끄러지듯 언덕길을 내려갔다. 반구 모양의 그린돔들이 등 뒤로 빠르게 멀어져 갔다.

나비가 춤추듯 새가 날듯 부드럽게 달리던 자전거는 이내 한 곳에서 멈춰 섰다.

"사장님, 안녕하세요?"

온이 안장에서 내리며 꾸벅 고개를 숙였다. 턱밑이 거뭇거뭇한 남자가 시선을 돌리고는 빙긋이 미소 지었다.

"어째 며칠 조용한가 했다. 고양이가 생선 가게를 그냥 지나치겠냐?"

"혹시 새로 들어온 거 있어요?"

그가 주위를 둘러보며 안쪽으로 걸어 들어갔다. 여기저기 부서지고 작동이 멈춘 로봇들이 넓은 부지에 산처럼 쌓여 있었다. 누군가는 이곳을 '로봇들의 무덤'이라 불렀고 다른 이들은 '로봇 고물상'이라고도 했다. 이곳의 주인은 '정크랜드'라 이름 붙였는데 사람들은 그를 정크랜드의 주인이란 뜻에 'J 사장'이라 불렀다. 너른 마당에는 망가진 가전제품이나 용도를 알 수 없는 부품들도 널브러져 있었지만, 그중 가장 많은 것이 주인에게 버려진 로봇들이었다.

"새 모델 출시된 지 얼마 안 됐잖아. 지난번에 왕창 들어왔으니 당분간은 조용하겠지."

"그러겠죠."

이곳은 기계의 무덤이자 박물관이며 전시관이었다. 주로 가정에서 사용하는 메이드봇들이 많았는데, 공장과 회사, 학교에서 사무나 교육 보조용으로 쓰던 어시드나 특수 로봇까지 심심찮게 들어왔다. 물론 온전한 외형은 기대할 수 없었다. 하나같이 여기저기 깨지고 부서진 채, 전원이 꺼진 상태로 이곳까지 흘러들어 온 것들이니까. 그러나 적어도 온에게는 그 어떤 보물보다 값진 것들이었다. 버려진 로봇들을 통해 가정용 메이드 봇의 역사와 제품의 특징들을 한눈에 파악할 수 있었고 다양한 부품과 재료들까지 얻게 되었으니까.

"이제 쓰레기는 죄다 우주로 날려버리니까 사람들이 더 마음 놓고 버리는 거지. 나같이 고물 팔아먹는 사람이 할 얘기는 아니지만…."

J 사장이 말끝을 흐리고는 허탈하게 웃었다.

"게다가 새 기종도 별반 다르지 않아요. 디자인 변형만 한 게 대부분이고요."

온이 한쪽 무릎을 꿇어앉은 채 버려진 로봇을 어루만졌다. 팔의 감촉이 인간의 피부처럼 부드러웠는데 그 생생함에 온기마저 느껴지는 듯했다. 귀여운 얼굴과 색색의 옷을 보니 아이들을 위한 키즈 메이드봇임이 틀림없었다. 그사이 아이들이 자랐을까? 로봇과 함께 놀고 웃으며 노래 부르는 시간은 모두 사라졌을까? 한때는 가장 가까운 친구였을 텐데.

무거운 한숨을 터트리자 J 사장이 그의 어깨를 내리쳤다. 휘뚝 몸이 앞으로 쏠리며 안경이 코끝까지 내려왔다.

"아직 스무 살도 안 된 녀석이 다 살았냐?"

"스무 살 되면 한숨 쉬어도 돼요? 이제 몇 달밖에 안 남았는데."

온이 안경을 고쳐 쓰고는 껑충한 몸을 일으켰다.

"스무 살이든 서른 살이든, 아흔 살이 되고 백 살이 돼도, 한숨 쉬지 마."

"글쎄요? 아무래도 그때까지 살 수 없을 것⋯."

말을 채 끝내기도 전에 커다란 종주먹이 날아들었다. 놀란 생쥐처럼 그가 재빨리 몸을 피하자, 투박한 주먹은 애꿎은 허공만 쥐어박았다.

"너 오늘 내 손에 여기 있는 로봇 신세 되고 싶냐?"

J 사장의 짜증 섞인 고함을 들으며 온이 전원이 차단된 로봇들을 내려다보았다. 조금만 늦었다면 그 또한 이미 오래전 비슷한 신세가 되었을 터였다. 과거의 기억이 다시금 온의 가슴을 짓누르는 사이, 한 걸음 가까이 다가온 사장이 부드럽게 그의 등을 다독였다.

"알아, 이 녀석아. 그 험한 일 당하고 네 속이 속이겠냐?"

주름진 눈가가 그린돔처럼 둥글게 반원을 그렸다.

"그래도 엄마랑 동생 생각해서 기운 내라. 더 많이 보고 더 많이 경험하고 더 많이 행복해야지. 그렇게 열심히 사는 게 먼저 간 가족들을 위한 네 임무 아니겠냐?"

사장과 마주하던 그의 시선이 맥없이 발끝으로 떨어졌다. 잊고 있던, 애써 잊으려 했던 감정이 조금씩 수면 위로 떠오르고, 가슴에 둥근 원을 그리며 서늘히 퍼져나갔다.

"제가 과연 그럴 자격이 있을까요?"

여전히 고개를 들지 못한 채 온이 중얼거렸다. 투박한 손이 한 번 더 그의 어깨를 다독이자 그 단단함이 높은 파고가 되어 마음 깊숙한 곳까지 밀려들었다.

"분명 고마워할 거다."

잠시 머뭇거리던 J 사장이 조심스레 말을 이었다.

"네가 살아남아 준 것에 대해… 아주 많이 감사할 거야. 그게 가족 아니냐?"

정말 그럴까요?

마음속 질문은 애써 모른 척하며 그가 J 사장을 향해 힘없이 웃었다.

"안녕하십니까. 오늘은 비가 오지 않네요. 미세 먼지 농도가 71마이크로그램 퍼 세제곱미터입니다. 초미세먼지 농도는 52마이크로그램 퍼 세제곱미터, 자외선 지수는 보통입니다. 습도는 74퍼센트입니다. 이 정도면 좋은 날씨라고 말할 수 있습니다."

두 사람의 시선이 돌아선 곳에 거대한 헤라가 있었다.

"안녕, 미의 여신?"

온이 손을 들어 반갑게 인사했다.

"죄송하지만 제 이름은 미의 여신을 의미하지 않습니다. 제 관리인께서 '헤라클레스'라는 이름의 앞 두 글자를 따와 붙여준 것입니다. 기록된 정보로는 제가 류온 님께 정확히 아흔일곱 번이나 같은 설명을 반복한 것으로 나옵니다. 제 설명에 혹시 어떤 오류가 있습니까?"

헤라의 설명에 J 사장이 껄껄거렸다. 호탕한 웃음소리가 너른 부지에 기분 좋게 퍼져나갔다. 온도 어깨를 들썩이며 키득키득 웃었다.

산업용 로봇인 헤라는 3미터나 되는 키에 거대한 두 팔을 지녔다. 그에 반해 두 다리는 굵고 짧아 전체적인 이미지가 고릴라와 흡사했다. 헤라는 주로 버려진 로봇들을 스캔한 후, 그 속에 남아 있는 쓸 만한 부품들을 선별하는 일을 진행했다. 그런 다음 로봇들을 정교하게 해체해 자재로 되팔 수 있는 부품과 아닌 것을 구분했다. 사람만 한 메이드봇을 시작으로 자신과 비슷하거나 더 큰 산업용 로봇까지, 헤라가 처리하는 로봇은 그 종류와 형태가 다양했다. 사람과 교감을 나누는 가정용 메이드봇과 달리 산업용 로봇은 단순한 명령에만 충실하도록 프로그램이 되어 있었다. 좀처럼 인간의 농담을 이해할 수 없는 헤라는 그저 자신의 설명에 어떤 오류가 있는지 파악하려 할 뿐이었다. 온은 어쩐지 그 깨끗한 단순함이 마음에 들었다.

"헤라야. 이 녀석 말 신경 쓰지 마. 원래 인간이라는 건 알면서도 모른 척하는 이상한 생명체라서 말이야."

"그것은 남을 속이려는 거짓말이나 기만입니까? 저를 미의 여신으로 불렀을 때 류온 님에게 어떤 이득과 장점이 있는지 궁금합니다. 인간이 거짓을 말했을 때는 분명한 목적이나…."

"알았어. 그건 나중에 진지하게 토론해 보자고. 우선 일부터 하자, 응?"

사장이 두 손을 들어 보이며 헤라의 말을 잘라 냈다. "네, 알겠습니다." 그렇게 대답하고는 커다란 고릴라 로봇이 철컥철컥 소리를 내며 큰 보폭으로 걸음을 옮겼다.

"그러니까 너 자꾸 우리 헤라한테 장난치면…."

사장이 팔꿈치로 툭 옆구리를 찔렀다. 온이 멍한 정신을 되돌리고는 콧잔등의 안경을 밀어 올렸다.

"유령이라도 봤냐? 왜 갑자기 넋이 나갔어."

"아니요. 잠깐 딴생각했어요."

헤라의 작업 소리가 평온히 잠들어 있는 정크랜드를 흔들어 깨웠다. 로봇이 같은 로봇의 부서지고 망가진 잔해를 처리하는 건 언제 봐도 기묘한 장면이며, 더없이 잔인하고 서글픈 모습이었다.

"너, 헤라 보면서 무슨 생각 하는지 안다."

사장의 입에서 흘러나온 웃음은 어쩐지 스스로를 비웃는 것 같기도, 삶의 덧없음을 토해 내는 것 같기도 했다.

"로봇에게 같은 로봇을 산산이 분해하고 부수게 하는 거 네 생각처럼 잔인하지."

"…."

"그래도 우리보다 낫지 않냐?"

온이 고개 돌려 J 사장의 옆모습을 바라보았다. 사장의 시선끝에 미의 여신이자 힘의 상징이며 거짓을 모르는 순수한 존재가 우직한 모습으로 서 있었다.

"상대의 마음을 산산이 부숴버리는 인간보다는 낫다는 거야."

헤라가 가정용 메이드봇을 들어서는 몸통과 머리를 분해한 후 마른 나뭇가지를 부러뜨리듯 가볍게 우그러뜨렸다. 그 날카로운 소리가 온의 귓가에 오랫동안 맴돌았다.

"인간들도 별거 있냐? 다 저렇게 부서지고 망가지는 거지."

파괴되어 사라지는 게 인간의 마음인지 육체인지 아니면 그들 사이의 관계인지 온은 알 수 없었다. 다만 누군가와 진심을 나누는 일이 그가 기대하고 상상했던 것보다 훨씬 어렵다는 사실만은 알게 되었다.

"오늘은 더 볼 것 없지? 새로운 기종 들어오면 연락할게."

"꼭 최신형이 아니라도 상관없어요."

"다들 너한테 고마워하고 있다. 네 덕에 팔자에도 없는 메이드봇 한 대씩 옆구리에 끼고는 호강하며 산다고."

"그냥 어설프게 이것저것 조립한 것뿐인데요."

버려진 로봇 대부분은 브레인칩이 제거되었다. 핵심 부품을 빼놓은 채 나머지 잔해들로 재조립한 로봇들은 간단한 명령어 이외에 복잡한 프로그램은 입력조차 불가능했다. 자연스레 고장도 잦았고, 디자인도 투박하며 배터리 수명도 짧았다.

마을에 정품 로봇이라고 해봤자, 정크랜드의 헤라와 그린돔에서 일하는 몇몇 팜봇이 전부였다. 가정에서 쓰는 메이드봇과 유아용 돌봄 로봇은 온이 새로 조립해 만든 것들뿐이었다. 이곳에 터를 잡은 사람들은 그린돔에서 재배되는 농작물로 간신히 생계를 이어가고 있었는데, 이런 환경에서 고가의 메이드봇을 구매하는 것은 나무에서 금을 두른 망고가 열리지 않는 한 결코 쉽지 않은 일이었다. 끔찍한 재난이 휩쓸고 간 뒤 남아 있는 부스러기로 간신히 살아가는 사람들이었다. 하지만 버려진 로봇처럼 방치된 이들의 삶은 시간이 지날수록 점점 더 힘겹게만 흘러갔다.

"마을 사람들 생각하는 네 기특한 마음은 들어 있잖아. 그럼된 거다."

무심한 듯, 툭 한마디 내뱉고는 사장이 덧붙였다.

"그런데 너 안 늦었냐? 소장님한테 한 소리 듣지 말고 빨리가라."

온이 시간을 확인한 후 자전거를 향해 전력 질주했다.

"사장님 또 올게요."

페달을 밟기 무섭게 두 바퀴가 경사로를 미끄러져 내려가고, 온이 고개를 들어 바라본 하늘에는 목련 봉오리를 닮은 새하얀 태양이 걸려 있었다. 깊이 숨을 들이마시자 짭조름한 바다 냄새가 비강 가득 밀려들었다.

"솔직히 바늘이 무섭기는 하지. 스캔 한 번이면 웬만한 거는 다 나오잖아."

"큰 병원은 그렇죠. 여긴 보시다시피 시설이…."

"화성을 테라포밍한다, 우주에 쓰레기 매립지를 더 만든다, 달 관광상품 개발이 어쩌고저쩌고하는데, 우리 같은 사람들은 그야말로 딴 세상 얘기지. 하긴 뭐, 그 난리 나고 이 정도라도 살게 해줬으니 감사하게 생각하라는 양반들에게 무슨 말이 더 필요해."

"힘 빼시고요. 살짝 따끔합니다."

"그래도 우리 소장님은 참 기술이 좋아. 어쩌면 피도 이렇게 안 아프게 뽑아요."

"간단한 건 바로 알 수 있는데, 자세한 사항은 피를 혈액 전문 병원으로 보내야 해서요. 늦어도 내일이면 결과 나올 거예요. 만약을 위해서니까, 너무 걱정하지 마시고요."

"좋고 빠르고 편리한 건 다 대도시에 있잖아. 달이니 우주니 멀리만 눈 돌리지 말고 이런 낙후된 곳도 신경 좀 써줬으면 좋겠어. 그나마 소장님이니까 여기에 있지. 다른 사람들은 여기 내려오지도 않아. 떡하니 의료봇 한 대 던져주고 말지. 그것도 완전 고물 같은 거."

정겨운 대화 끝에 진료실 문이 열렸고, 밖에 서 있던 온이 꾸벅 고개를 숙였다.

"우리 온이는 볼 때마다 훤칠해진다."

그린돔에서 망고를 재배하는 아주머니가 온에게 반가운 인사를 건넸다.

"지난번에 수리한 메이드봇 괜찮아요?"

그가 아주머니를 위해 만든 메이드봇이 한차례 작동을 멈춘

적이 있었다. 다행히 큰 문제는 아니었다. 부품도 바로 구할 수 있어서 간단히 수리는 끝냈지만, 앞으로도 종종 잔고장이 일어날 듯싶었다.

"우리 집 미스터 김? 그럼 아주 잘 있지. 다 네 덕분이다. 망고 수확할 때 맛있는 것만 골라놓을 테니 그때 와. 그래도 사람은 사람이랑 얘기해야지. 여긴 진짜 정이 있어서 좋아."

가벼운 웃음소리와 함께 아주머니가 등을 보였다. 안녕히 가시라는 온의 인사에 허공으로 손이 올라왔고 기분 좋은 흥얼거림이 조금씩 멀어져 갔다. 온이 진료실 문을 열자 피곤한 듯 손바닥으로 눈덩이를 누르던 소장이 쳇 소리를 내뱉었다.

"귀신이네. 마지막 환자 돌아갈 때 딱 맞춰 오고."

그녀가 눈을 뜨고는 슬며시 웃었다. 간신히 입술만 끌어 올린, 누가 봐도 작위적인 미소를 피해 온이 괜스레 뒷머리를 긁적였다.

"환자 많았어요?"

'어땠을까?'라고 묻는 표정으로 소장이 콧잔등에 주름을 만들었다.

"여전히 잠을 못 주무시는 분들, 우울하고 무기력한 분들, 심장이 빨리 뛰고 숨이 막히시는 분들이 오셨지. 마지막에 우리 망고 아주머니는 뭘 드셔도 소화가 안 된다고 하시네. 지난번에 캡슐 내시경으로 위 검사를 했는데 별 이상 없었거든. 혹시나 해서 피검사 좀 해보려고."

소장이 말을 멈추고는 지친 한숨을 내쉬었다.

"여긴 나 같은 사람보다, 신경정신과 전문의가 더 어울리는데."

해저가 뒤틀리고 바다가 용솟음치던 그날 이후, 두 번의 여름이 더 지나갔다. 누군가의 기억에선 이미 지워진 과거의 날들이 겠지만, 또 다른 이들에겐 평생 떨쳐 낼 수 없는 매일 밤의 악몽이 되었다. 땅을 집어삼키던 거대한 해일과 그로 인한 터전의 파괴는 온의 삶 역시 송두리째 뒤바꾸어 놓았다. 많은 이들이 서해안의 바닷가 마을을 떠났고 두 번 다시 돌아오지 못했다. 아예 지구를 벗어나 화성 정착민이 되고 싶다는 이들도 있었다. 물의 지옥에서 살아남은 생존자들은 정든 바다를 등진 채 더 높고 좁은 곳으로 떠밀리듯 이주했다.

"접수하고 안내하는 것까지 나 혼자 다 했어."

소장이 짜증 가득한 얼굴로 투덜투덜 볼멘소리를 내뱉었다.

"그러니까 내가 고칠 수 있다고 했잖아요. 나한테 맡기면 될 걸 왜 보냈어요. 벌써 한 달이 넘었는데 연락조차 없는 게 말이 돼요?"

온도 만만치 않은 표정으로 쏘아붙였다.

"말 그대로 의료봇이야. 자격 없는 사람이 함부로 건드리면 의료법 위반인 거 몰라? 수리 기록 안 남을 것 같아? 나중에 문제 삼으면 아주 골치 아파진다고."

"그럼 제때 수리해 주든가. 아니면 신형으로 다시 보내주든가 해야 할 것 아녜요?"

"여긴 서해 끝자락에 붙어 있는 P시야. 아니, 거기서부터도 한

참을 더 들어와야 하는 아주 작은 마을이라고. 여기가 어떻게 생겨났는지 너도 잘 알잖아. 그 흔한 메이드봇조차 살 수 없는 사람들이 대부분이야."

조금 전 망고 아주머니가 한 말은 정확했다. 원격 진료가 대중화됐고 스캔 한 번이면 몸 어디에 무슨 문제가 있는지 알 수 있으며 인간의 노화 속도까지 지연시킬 수 있는 최첨단 의료 시대다. 그러나 밝은 빛 너머에 더 진한 어둠이 자리하듯 세상 반대편에는 원격진료는커녕 변변한 병원조차 없는 곳이 여전히 존재했다. 화성 이주보다 시급하고 달 관광보다 몇 배 더 필요한 건, 이렇듯 낙후된 곳에 거주하는 사람들의 생활과 안전, 그리고 의료복지였다. 속은 썩어 문드러지는데 겉모습만 화려하게 꾸미려하다니. 생각할수록 세상은 상식 밖의 이들이 그것도 매우 빈번히 벌어지고 있었다. 이 모든 이해 못 할 사실이 온을 아연하게 만들었다.

소장이 자리에서 일어나 혈액을 장기 보관할 수 있는 특수 상자를 꺼냈다. 채혈 도구를 정리하던 그녀가 습관처럼 또다시 한숨을 내쉬었다. 짧은 머리를 힘없이 쓸어 넘기는 것을 보아 많이 지친 모양이었다. 온의 두 눈 가득 파도에 깎인 절벽처럼 움푹 파인 소장의 헬쑥한 두 뺨이 들어왔다.

보건소의 낡은 의료봇은 오래전에 작동을 멈췄다. 노후로 인한 고장이라 부품 몇 개만 교체하면 될 것 같은데 그 잘난 의료법 때문에 멋대로 수리할 수도 없었다. 상부에 정식 수리를 요청했지만 돌아오는 건 처리 중이니 기다리라는 답변뿐이었다. 너무 오래된 모델이라 부품 조달이 어렵다면 하루속히 새 모델을 지원해 줘야 하는데 위에서는 아무런 행동도 취하지 않았다. 한두 번 있는 일도 아니라서 소장은 이미 반포기 상태였고, 바쁠 때면 애먼 온에게만 SOS를 보냈다.

비록 의료봇처럼 의사를 도와 직접적인 의료 행위를 할 수는 없지만, 그도 환자의 접수를 돕거나 보건소 물품을 정리하는 간단한 업무 정도는 얼마든지 할 수 있었다. 다만 이 정도 허드렛일을 거드는 걸로 마을에 아픈 사람 모두를 감당할 수 있을지는 온과 소장 두 사람 모두 알 수 없었다.

무언가 말하려던 온이 침묵하고는 바닥에 놓인 상자들을 정리했다. 드론이 떨구고 간 그저 그런 의료 용품들이었다.

"보관실 문 열어줘요. 이거 옮겨야 하니까."

약품을 보관하는 곳은 의사와 의료봇 이외에 출입 금지였다. 하지만 의료봇마저 없는 지금, 이 오래되고 낡은 보건소에 남은 사람은 오직 소장뿐이었다.

"20221121이야. 너 약품 옮길 때마다 일일이 문 못 열어주겠다. 그냥 네가 직접 해."

허공에 홀로그램을 띄우고 차트를 입력하던 소장이 콜록콜록 마른기침했다. 상자를 집으려던 그가 허리를 세우고는 그녀를 향해 몸을 돌렸다.

"감기예요?"

"미세 먼지가 심해."

"며칠 비 와서 오늘은 괜찮은 것 같은데?"

"너처럼 한창나이 때나 괜찮지. 10대랑 30대가 같니?"

차트에 시선을 둔 채 소장이 심드렁히 말했다.

"나 열아홉이고 몇 달 후면 10대 졸업하거든요?"

"말 잘했네."

거친 손짓이 허공을 때렸다. 동시에 홀로그램 차트도 사라졌다.

"너 앞으로 어떻게 할 거야. 무슨 계획이라도 있어? 계속 여기
에만 있을 수 없잖아."

"왜요? 여기서 지내면 무슨 큰일이라도 나요?"

온이 강하게 맞받아치자 두 사람 사이에 짧은 침묵이 지나갔다.

"대학 가는 건 어때?"

혹시나 하는 기대감이 있었지만, 소장의 입에서는 너무 빤한
이야기가, 정말이지 한 치의 오차도 없이 흘러나왔다.

"대학 가서 뭘 해요? 나는 졸업장 따위 필요 없는데."

가문이나 족보의 의미가 완전히 사라졌듯 학벌 역시 시나브
로 그 힘과 가치를 잃어갔다. 고등 정규 과정만 마치면 다양한 직
업 교육을 받을 수도, 대학에서 원하는 분야를 더 깊이 탐구할 수
도 있었다. 물론 몇몇 전문 학과는 대학 진학이 필수이기도 했지
만, 어디까지나 소수가 소수의 국립대를 선택할 뿐이었다. 대학
을 졸업했다 해서 큰 메리트가 있는 것도 아니었다. 누구나 원하
면 입학할 수 있었고, 학비조차 들지 않는 데다 입학과 상관없이

원격으로 무료 강의를 들을 수 있었다. 온은 지금까지 원격 수업으로 로봇과 기계들을 공부해 왔다.

"기계공학이나 로봇 엔지니어 쪽으로….."

"내 대학은 저 밖에 있습니다."

온이 손을 뻗어 창밖을 가리켰다. 웬만한 로봇들은 다 있는 정크랜드야말로 그에게는 세상에서 가장 큰 학교이자 연구실이었다.

"단순히 공부나 졸업장 때문이 아니야."

소장의 목소리가 어쩐지 날카로웠다.

"너는 이제부터 제대로….."

"이왕 가려면 대한대 정도는 가야 하지 않을까요?"

온이 피식 웃고는 혼잣말을 중얼거렸다.

"아니지, '대한대'가 아니라 왕족들이 다니는 '로열대'라고 부르는 게 맞겠네."

피라미드 최상부에 오른 자들만 다니는, 아니 다닐 수 있는 학교였다. 말이 좋아 대학이지 그 속을 자세히 들여다보면, 그들만의 인맥을 넓히기 위한 사교의 장에 불과했다. 유일하게 학비가 그것도 엄청나게 필요한 곳이었으며, 이름만 들으면 누구나 알법한 자들의 5세 또는 6세가 다니는 그야말로 뼛속까지 성골들인 왕족의 대학이었다.

그 생각이 들자, 떫은 과일을 먹은 듯 입안이 썼다.

"슬슬 마무리하죠. 나 오늘 약속 있어요. 고객님이 출장 AS를 신청하셨거든요."

온이 상자를 보관실로 옮겨놓은 후 탁탁 두 손을 털었다.

"야! 너 사람이 진지하게…."

"말 잘했네요. 나야말로 진지하게 말하는데, 내 일은 내가 알아서 합니다."

"…."

"그리고 제발 부탁이니 멀쩡한 이름 두고 함부로 '야', '너'라고 부르지 말아요."

그가 손가락으로 검은 뿔테 안경을 밀어 올리며 가만히 그녀를 응시했다.

"잘 아셨죠? 이반이 소장님."

황당해하는 소장을 뒤로한 채 온이 문을 향해 돌아섰다.

"내일은 늦지 않을게요. 바쁘면 그 전에라도 연락해요.".

태양을 바다로 돌려보낸 하늘이 귀퉁이부터 서서히 검은 장막을 펼치고 있었다. 멀리 보이는 둥근 아치형의 그린돔들이 하나둘 불을 밝히고 하늘에 떠 있어야 할 별들이 깊은 숲으로 숨어들었다. 그가 보건소 건물을 빠져나와 앞뜰에 세워둔 자전거로 다가갔다.

귀 뒤에 숨어 있는 버튼을 누르자 파르르 눈꺼풀이 떨렸다. 조마조마한 표정으로 지켜보던 새별이 파란 눈을 깜빡이는 강아지를 보며 탄성을 내질렀다.

"파랑이가 깨어났어."

힘껏 꼬리를 흔드는 강아지를 향해 꼬마 주인이 활짝 두 팔을 벌렸다. 살았다 싶은 아저씨의 안도에 온도 엷게 웃었다.

다행히 배터리 문제는 아니었고 방수 기능에 약간의 결함이 생겼을 뿐이었다. 생김새는 영락없는 진짜 강아지지만 자세히 보면 반려견봇만의 독특한 특징이 있었다. 짖는 소리가 작고 행동이 얌전하며 놀랍도록 인간의 말을 잘 따랐다. 어떻게 하면 인간에게 사랑받을 수 있고 함께할 수 있는지 정확하게 프로그램된 제품이니까. 빗속 산책은 물론이요, 목욕이나 수영도 가능했다. 하지만 버려진 상태로 오랜 시간 방치된 탓에 방수 기능에 문제가 발생했다.

"파랑이 당분간 목욕 안 해도 돼. 비 오는 날도 밖에 데리고 나가지 말고."

새별이 '왜요?'라고 묻는 눈빛으로 온을 바라봤다.

"감기 걸려. 그러면 또 아플 거야."

여섯 살 꼬마에게 반려견봇의 방수 기능 불량을 운운하는 건 분명 좋지 않은 설명일 테다. 상대가 누구냐에 따라 진실을 우회적으로 알려줘야 할 때도 분명 필요할 테니까.

"안 할게요. 파랑이 살려주셔서 감사합니다."

새별이 두 손을 배꼽에 얌전히 올리고는 머리를 숙였다.

"거봐. 온이 오빠가 파랑이 살려준다고 했지?"

아저씨가 가까이 다가와 딸의 머리를 쓸어주었다. 그 따뜻한 손길 위에 온의 시선이 오랫동안 머물렀다.

"나 크면 온이 오빠랑 결혼할 거야."

생각지도 못한 한마디에 온이 쿨럭 기침을 내뱉었다. 딸의 머리를 쓰다듬던 투박한 손이 허공에 멈췄고, 두 남자가 서로를 바라보았다. 눈빛에 살기가 느껴지는 건 그저 기분 탓이겠지? 그가 아저씨를 향해 어색한 미소를 내비쳤다.

"딸, 온이 오빠는 열아홉이야. 너랑 띠동갑도 넘잖아."

어린 딸의 한마디에 너무 민감한 반응인 것 같지만, 딸을 가진 아버지는 충분히 그럴 수 있겠다는 생각에 온은 웃음을 거두었다. 두 사람 사이의 이상하고 기묘한 공기를 읽었는지 새별이 까만 눈을 깜빡이며 말끄러미 아빠를 바라보았다.

"띠동갑이 뭐야? 그거 넘으면 안 돼?"

"띠동갑을 넘는 건 좀 너무했지. 그래도 세대 차이라는 게…."

아저씨의 말이 끝나기도 전에 쯧쯧 혀 차는 소리가 날아들었다. 세 사람의 시선이 동시에 주방으로 향했다.

"진짜 못 산다. 온아 네가 이해해라. 애가 그냥 한 소리를 뭐 저리 심각하게 듣는지."

아주머니의 한심하단 눈빛이 불만인 듯 아저씨가 우렁우렁 목소리를 높였다.

"아니, 그냥 한 소리라니. 이 험하고 위험한 세상에 부모는 늘 자식 걱정을…."

"온아 수고 많았다. 매번 미안해서 어쩌니. 과일잼 만든 거 있는데, 한 병 가져가."

남편의 말을 서둘러 막아서는 그녀를 보며, 온은 그 숨은 의도를 충분히 눈치챌 수 있었다. 이 마을에 가족 없이 혼자 사는 미성년자는 단 한 명뿐이니까.

"괜찮아요. 지난번에 주신 것도 아직 남았어요."

온이 손사래 치고는 허리를 굽혀 꼬마 주인과 시선을 맞췄다.

"파랑이랑 잘 놀고. 파랑이는…."

"물 싫어해."

강아지를 잘 보살피겠다는 약속을 하며 새별이 크게 고개를 주억거렸다. 온이 부부를 향해 그만 간다는 눈짓을 보냈다. 이에 대답하듯 파란 눈의 반려견봇이 꼬리를 흔들고는 작게 짖었다.

온이 밖으로 나오자 반원의 그린돔이 투명한 빛을 내뿜고 있었다. 멀리서 보면 지구에 불시착한 우주선처럼 보일 테지만 저 안에는 지구 정복을 꿈꾸는 외계인도, 무서운 바이러스를 퍼트리는 괴생명체도 없었다. 그저 망고와 파인애플, 그 밖의 다양한 과일과 채소들이 조용히 자라고 있을 뿐이었다.

온이 자전거 페달을 밟으며 언덕 아래 보건소 건물을 굽어보았다. 진료실과 병실이 있는 1층을 지나면 각종 자재를 보관하는 2층이 나온다. 마지막으로 3층에 희미하게 얼비치는 불빛은 소장 혼자서 생활하는 개인 공간이다.

띠동갑을 넘는 건 좀 너무했지.

아저씨의 목소리가 이명이 되어 귓가를 울렸다.

"나 완전히 미쳤구나."

온이 두 다리에 힘을 주자 자전거가 어둠 속 비탈길을 날듯이 내달렸다.

제2장

잔을 기울이자 루비색 와인이 그의 목 안으로 깊게 스며들었다. 칠레 3대 와인 중 하나인 알마비바 2095년산이다. 특별히 와인에 조예가 깊은 건 아니었다. 그저 어머니가 즐겨 마셨다는 사실만 알 뿐이었다.

혀끝에 느껴지는 묵직한 바디감이 온몸으로 퍼져나갔다. 나른한 그의 시선이 길고 날렵한 와인병에 머물렀다. 지구와 우주를 나타내는 칠레 원주민의 전통 문양으로 디자인된 레이블이라고 했던가? 어디선가 읽은 기억이 났다. 그들은 과연 알고 있었을까. 앞으로 먼 미래에 지구가 어떻게 변하게 되는지. 무수한 신화와 전설을 탄생시킨 우주의 한 귀퉁이가 고작 쓰레기장으로 전락해 버리게 될지 과연 상상이나 했을까.

"내일 오전 수업이 있으십니다. 그만 마시는 게 좋을 듯합니다."

불콰하게 취기가 오른 두 눈이 시선을 높이자 익숙한 얼굴이 눈앞에서 아른거렸다. 언제 어디서나 그림자처럼 소리 없이 다가오는 존재는, 빛이 사라진 공간에서도 항상 같은 모습으로 등 뒤에 서 있었다. 진저리 칠 정도로 감정을 읽을 수 없는 차분한 눈빛에 그는 이따금 숨이 막혔다.

"걱정하지 마."

그가 키득키득 웃고는 병을 기울여 둥근 잔에 와인을 채웠다.

"아니지. 너는 절대 내 걱정은 안 해. 할 수도 없겠지. 그게 뭔지 전혀 모를 테니까."

모르는 건 자신도 마찬가지였다. 누군가를 걱정하는 게 정확히 어떤 마음인지 알 수 없었다. 상대의 안위를 염려하고 안타까워하는 연민, 행복하고 건강해지기를 기원하는 바람, 이토록 순수한 간절함이 걱정일까? 만약 그렇다면, 과거 자신이 했던 걱정은 미련한 판단 착오에 불과했다. 눈을 가린 망아지처럼 두려움에 떨며 앞뒤 사정도 모른 채 제멋대로 날뛰었으니까. 그것이 얼마나 어리석은 감정이었는지는 시간이 흐른 뒤에 알게 되었다. 깨달음은 늘 걸음이 느려터져서, 모든 일이 엉망이 된 후에야 한 발 늦게 찾아온다.

"저녁 식사를 하지 않으셨습니다. 빈속에 술은 위험합니다. 내일 아침에 힘드실 겁니다."

"그 말은 나를 걱정해서 하는 건가? 아니면 단순한 정보 제공? 아무래도 후자겠지."

그가 여봐란듯이 잔을 기울이며 핏빛 와인을 삼켰다.

"상대의 걱정이 진심인지, 단순한 조언인지, 걱정을 가장한 참견이나 비웃음인지, 어떤 목적을 숨긴 접근인지, 어떻게 구분할 수 있습니까?"

"뭐?"

탁 소리와 함께 테이블에 잔이 놓였다. 둥근 잔 속에서 진한 자줏빛 와인이 출렁였다.

"결국 받아들이기 나름이겠죠. 아무리 선의를 가지고 걱정해도 상대가 귀찮아할 수도 있겠고, 악의를 가지고 접근해도 상대는 위안받을 수 있을 테니까요."

인간의 삶이 그토록 허술하다는 뜻일까. 철학이니 종교니 떠들어 대지만 결국 인간의 삶은 형편없는 모순덩어리에 불과했다. 문제 해결을 위해 중요한 것은 어떤 의도가 아니었다. 어떤 힘이 움직이느냐에 따라 성패가 좌우된다.

"한 가지는 분명해."

"…."

"네 걱정은 전혀 위로가 안 된다는 거야."

뚜벅뚜벅 낮은 구두 소리가 귓가를 울렸다.

"위로는 안 되겠지만 도움은 되실 겁니다. 더 마셨다가는 내일 아침 첫 수업에 지장을 줄 수 있습니다."

그림자는 무례하지 않을 정도로만 민첩하게 움직였다. 테이블에서 둥근 잔이 사라지더니 곧바로 생수 한 병이 놓였다.

"이봐, 아무도 내가 와인을, 그것도 병째로 즐긴다는 사실을 모를 거야. 위스키나 보드카를 마시는지도 알지 못해. 나 제법 연기에 소질이 있다고."

술은 분위기를 맞춰줄 정도로만 가볍게 응했다. 절대 과음을 해서도 취한 모습을 보여서도 안 되었다. 바보처럼 웃으며 남이 술잔을 들 때 함께 들어주는 수준이 적당했다. 입은 닫는 대신 두 귀는 활짝 열어야 했다. 그것이 사냥꾼의 기본자세라고 회장은 입버릇처럼 말했다.

언제 어디서 어떻게 먹이를 낚아채야 하는지 정확히 알고 있었지. 쉬운 사냥감은 건드리지도 않았어. 어렵고 까다로워 성공 확률이 희박한 먹잇감일수록 무섭게 집중했다. 그래야만 얻는 게 많을 테니까. 때가 올 때까지 침착하게 기다리다 기회가 오면 절대 놓치지 않았어. 과감하게 돌진해 사냥감을 낚아챘지. 강하지만 유연하고 빠르지만 정확한… 그게 바로 너의 어머니였다.

그 피를 반쯤 이어받아서일까. 그 역시 이 역겨운 생태계에 적응하며 그럭저럭 살아갈 수 있었다. 적어도 웃을 때와 침묵할 때를, 가까이 다가설 때와 물러설 때를 본능적으로 감지하니까.

"이토록 과음하시는지 아무도 모르겠지만 스스로는 알 수 있죠. 남에게 어떻게 보이느냐보다 중요한 것은 내가 어떻게 살아가느냐가 아닐까요?"

잔소리에 질렸다는 얼굴로 그가 비틀거리며 몸을 일으켰다. 이렇게 흐트러지고 엉망인 모습을 보여줄 수 있는 상대는 오직 저 그림자뿐이었다.

"많이 취하셨습니다."

"알고 있으니까. 제발 너까지 숨 막히게 하지 마."

쓰러질 듯 휘청거리며 그가 창가로 다가갔다. 그 뒤를 조용히 그림자가 따랐다. 눈앞에 반짝이는 빛의 파도가 너울거렸다. 아름다웠다. 실체를 제대로 들여다보지 않으면 세상은 저렇듯 고요하고 서글프게 반짝일 수 있었다. 우주는 신화와 전설 그리고 이야기로 남겨놓아야 했다. 지구의 숲과 바다도 그랬어야 했는데. 신은 무한한 상상력을 인간에게 선물한 대신, 결코 채울 수 없는 욕망도 함께 주었다. 그것이 얼마나 큰 저주인지 어리석은 인간은 알지 못했다.

"어릴 적 내가 좋아하던 장난감이 있었어. 아주 마음에 들었거든. 부서지면 또 사고, 망가지면 새로 샀지. 나는 그 장난감을 영원히 가지고 놀 수 있을 거라 믿었어. 그런데 어느 날 사람들이 말하더라. 더는 그 장난감을 구할 수 없다고."

그가 두 손으로 얼굴을 쓸어내렸다. 발아래 세상이 점점 더 흐릿해지며 이지러졌다.

"단종됐대. 단종이 뭐냐고 했더니 더는 생산하지 않는대. 물론 그 장난감을 대신해 새로운 모델, 비슷한 모형을 잔뜩 사다 주긴 했어. 그런데 내가 원하는 건 바로 그 장난감이었거든. 새로운 모델도 비슷한 제품도 다 필요 없었지. 이럴 줄 알았으면 그토록 험하게 가지고 놀지 말걸. 뒤늦게 후회가 되더라."

그가 뒤돌아 유리 벽에 비스듬히 기대섰다. 눈앞에는 언제나처럼 그림자가 있었다.

"화성을 테라포밍한다고? 아무리 그래도 지구는 될 수 없어. 잃어버리기 전에 그 사실을 알았어야 했는데."

이 최악의 순간에서조차 기회를 찾으려는, 어떻게든 깃발을 꽂아 한몫 챙기겠다는 하이에나들이 득실거렸다. 그 최전방에서 달리는 사람이 강 회장, 바로 그의 할아버지였다.

"인간은 왜 잃어버린 후에야 그 가치를 깨닫게 될까."

새하얗고 투명한 모습이 또렷한 환영이 되어 머릿속을 스쳐 지났다.

"그만 주무시는 게 좋겠습니다."

그가 그림자를 향해 지친 미소를 던졌다.

"왜, 내일 늦잠이라도 잘까 봐? 걱정하지 마. 내가 얼마나 모범적인데. 말했잖아. 연기력 하나는 믿을 만하다고."

많은 이들이 그에게 적잖은 관심을 보였다. 먼저 다가와 인사를 건네고 반갑게 아는 척을 했다. 그에게 쓸데없이 관광 사업의 미래를 떠벌리거나 파티나 세미나의 초대장을 주는가 하면, 이름만 거창한 자선사업 행사에 동행을 제안하기도 했다. 그들의 마음은 모두 진심일 것이다. 그는 이 빌어먹을 세계에서도 제법 유용한 사냥감이니까.

회장님이 꼭꼭 숨겨놓았던 이유를 알겠네요. 이리 멋지고 잘난 손자를 누구에게도 보여주고 싶지 않으셨겠죠. 유일한 혈육이니 얼마나 금이야 옥이야, 하셨을까. 눈빛이 영락없는 회장님이네요. 아무리 냉철하신 분도 손자 보시는 눈은 다르시더라니까요. 아주 꿀이 떨어지세요.

언론과 사람들의 눈을 피해 무려 20여 년을 꼭꼭 숨겨놓은 혈육이자 후계자, 그 미스터리한 인물이 결국 세상에 모습을 드러냈다. 생각보다 말쑥한 외모에 월등한 학업 성적, 사교계 예절이 몸에 밴 우아하고 자연스러운 행동까지. 사람들은 복원된 희귀 동물을 보듯 호기심 가득한 시선으로 그를 바라보았다. 더불어 그 역시 알게 되었다. 이 세계 사람들이 생각보다 훨씬 더 자신의 가족에 대해 구체적으로 알고 있다는 사실을.

할아버지의 피를 이어받아 냉철하고 어머니를 닮아 영민하며 아버지처럼 인간미가 있다고 떠들어 댔다. 그는 사람들이 좋아하는 너무 완벽하지도 너무 무르지도 않은 적당히 괜찮은 존재였다. 결국 본격적으로 이 세계에 발을 들여놓았고 그들이 만든 그 머저리 같은 집단의 일원이 되었다. 학교에는 다양한 분야에 관심을 보이는 녀석들이 있었지만 어디까지나 표면적으로 그렇다는 뜻이었다. 그래봤자 고작해야 두 부류로 나눌 수 있었다.

행동보다는 말로 먹고살 놈들과 어울려라. 어쨌든 세상은 그들이 만든 정책과 시스템으로 돌아가니까. 사업을 하다 보면 그들의 그 뻔

지르르한 언변이 필요할 때가 있다.

회장이 말한, '말로 먹고살 놈'이란 다름 아닌 정계로 진출할 부류를 뜻했다.

법봉 휘두를 놈들하고도 가까이 지내라. 모든 사건은 인공지능이 분석한다 해도, 결국 마지막 최종 판결은 그들의 손에 좌우된다. 인간이 같은 인간을 심판하는 건 알량한 자존심이자 힘을 빼앗기지 않으려는 본능이니까. 중요한 때에 꺼내 쓸 수 있는 패 한두 장 정도는 반드시 손에 쥐고 있어야 해.

그 패를 찾기 위해 혈안이 된 사람들의 집합체가 있었다. 사람들은 그곳을 대한대라 불렀는데 대학보다는 'R'이라고 칭하는 경우가 많았다. 물론 그에게도 학교는 'R'이었지만, 문제는 사람들이 생각하는 'Royal'이 아닌 쓰레기를 뜻하는 'Rubbish'의 'R'이라는 것이었다.

"그럴싸한 연기도 체력이 뒷받침되어야 합니다. 그만 잠자리에 드시는 게 좋겠습니다."

그림자가 가까이 다가와 그의 팔을 붙잡았다. 새끼 고양이를 다루듯 조심스러운 손길에 그가 피식 헛웃음을 흘렸다.

"안 잔다면 강제로라도 잠들게 하려고?"

"필요에 따라선 가벼운 신체 접촉도 가능하다 알고 있습니다."

"문제는 네가 생각하는 가벼움이 어느 정도냐는 거야."

저 손으로 누군가의 목 정도는 아주 쉽게 부러뜨릴 것이다. 보통 사람들은 대수롭지 않게 여겼지만 안타깝게도 몇몇 쓰레기 집단들은 용케도 그림자의 실체를 알아보았다.

처음에는 무슨 배우나 모델인지 알았다. 이야! 완전 VVIP용이잖아. 하긴 그러니 완벽하게 보이겠지. 저 정도면 대체 얼마나 비싼 모델이야? 진짜 가지고 놀만 하겠는데? 야, 너 저걸로….

그날 그의 주먹을 막아선 건 엉뚱한 그림자였다. 이곳은 R들의 세상이었고 성적보다 중요한 건, 사람들 사이의 평판과 소문이었다. 그것에 민감하게 반응하는 것이 Rubbish들만의 특징이니까. 그러니 괜한 문제를 만들어 봤자 오히려 이쪽만 귀찮아질 뿐이었다.

너를 건드리는 건, 나를 건드리는 것과 같아.

해충은 쫓아봤자 또 날아옵니다. 아예 박멸하는 것이 낫죠. 머지않아 그럴 기회가 있을 겁니다.

내가 말을 잘못했네. 너를 건드리는 건 곧 회장님을 건드리는 거군.

그림자를 자각할 때마다 가슴에 시린 기운이 느껴졌다. 그가 서서히 변해갈 동안 그림자는 조금도 변하지 않았다. 결코 변할 수 없는 존재였다.

술에 취한 그가 거칠게 그림자의 팔을 뿌리쳤다. 또다시 두통이 밀려오고 모래가 들어간 듯 두 눈에 이물감이 느껴졌다. 그가 미간을 구기며 손으로 눈을 가렸다.

"또 눈이 아프십니까? 내일 병원 예약해 놓겠습니다."

태어날 때부터 전색맹이었다. 열여덟이 될 때까지 색 감지 안경을 착용했다. 하지만 크게 신경 쓰지 않았다. 그것이 자신에게 내린 저주이자 형벌이라 믿었으니까. 안경을 벗으면 전혀 색을 구별하지 못했다. 그런 생활도 그럭저럭 나쁘지 않다고 생각했다. 세상은 자세히 볼수록 오히려 섬뜩한 법이니까. 열아홉이 된 해에 반강제로 수술대에 올랐다. 회장의 명령이니 어길 수 없었다. 그렇게 안구에 색을 볼 수 있는 렌즈를 삽입했는데, 채 10분도 걸리지 않는 간단한 수술이었고 결과도 좋았다. 그럼에도 가끔 찌르는 듯한 통증과 두 눈에 이물감이 느껴졌다.

몇 차례 정밀 검사를 했지만, 눈에 이상을 일으킬 만한 문제는 발견되지 않았다. 의료봇의 데이터와 담당 의사의 소견을 종합한 결과, 안구 통증은 육체가 아닌 심리적인 문제라는 진단이 내려졌다. 그는 지금도 똑똑히 기억하고 있었다. 그 결과를 들은 회장의 분노와 실망 섞인 싸늘한 눈빛을….

"가봤자 소용없어. 눈이 아니라 여기가 문제라잖아."

그가 두 번째 손가락을 세워 톡톡 머리를 찌른 후 천천히 호흡을 내뱉었다. 잠시 기다리면 바람처럼 조용히 통증이 잦아들 것이다.

얼마나 지났을까. 그가 낮은 한숨과 함께 천천히 두 눈을 떴다.

"괜찮으십니까?"

"나는 무조건 괜찮아야 하고, 무조건 명령에 따라야 하며, 무조건 회장님이 원하는 대로 있어야 해."

그가 말을 멈추고는 피식피식 헛웃음을 흘렸다.

"그러고 보니 우리 대단하신 회장님에게는 너나 나나 별반 다르지 않은 존재일 거야."

회장을 위해 만들어진, 아니 살려놓은 목숨이었다. 원인을 알 수 없는 눈의 통증처럼, 보이지 않는 어딘가가 무르고 썩어가는 기분이었다.

"그만 주무셔야 합니다."

그가 휘청이며 물러선 거리만큼 그림자는 조금 더 가까이 다가왔다. 그가 두 번째 손가락을 세워 천천히 그림자의 턱을 들어 올렸다.

"기분 나쁠 정도로 완벽하군."

또렷한 이목구비와 날렵한 턱선, 큰 키와 탄탄한 어깨, 가까이 있으면 풍겨 오는 은은한 향기까지. 세상에 이 존재를 보고 불쾌해할 인간은 없을 터였다. 어설픈 흉내가 아닌, 인간의 이상을 집대성한 아름다움의 전형이니까.

"그런데 너는 지조가 없어. 몸은 여기 있지만, 마음은 전혀 딴 곳에 있는 인간과 별반 다르지 않거든."

그림자가 느리게 두 눈을 끔뻑였다. 그렇게 그가 하는 말의 뜻을 분석하고 있었다.

"회장님은 더 이상 제 관리자가 아닙니다. 성인이 되신 후 모든 권한을 넘겨받으신 걸로 알고 있는데요. 이제 제 관리자는 한 분뿐입니다."

"그게 누군데?"

"진짜 모르셔서 묻는 건 아니시겠죠?"

'글쎄?'라고 되묻는 듯한 표정으로 그가 어깨를 들썩였다.

"지금 제 유일한 관리자는 하라 님이십니다."

"그럼 이제 내 말만 듣겠다?"

하라가 지친 표정으로 한쪽 입꼬리를 말아 올렸다.

"성인이 되신 후에는 늘 하라 님의 명령에만 따랐습니다. 제가 틀렸나요?"

"내 명령에 따르는 것보다 오히려 내게 더 많은 명령을 내렸지. 안 그래요? 진솔 아저씨?"

붉게 충혈된 하라의 두 눈이 책상 위 하얀 고깔모자를 쓴 생쥐에 닿았다.

마오 그 아이는… 죽었다.

회장의 목소리가 둥둥 관자놀이를 울리고, 하라가 비틀거리며 목각으로 만든 생쥐 인형을 향해 다가갔다. 세상은 여전히 그가 가까이 다가선 만큼 뒷걸음치며 물러나고 있었다.

◐

온이 마당에 자전거를 내던지고는 보건소 안으로 뛰어 들어갔다. 이른 아침부터 긴급 호출이 날아온 것을 보니 보건소에 위중한 환자가 생긴 모양이었다. 온이 거친 숨을 내뱉으며 마지막 계단 위로 올라서자 지잉 소리와 함께 문이 열렸고, 눈앞엔 텅 빈 대기실이 나타났다.

응급 환자가 아니라면 밀려드는 사람들로 북적거려야 하는데 실내는 개미 지나가는 소리까지 들릴 정도로 고요했다. 입에서 저절로 '허!' 하는 소리가 터지는 순간, 진료실 문이 열리며 소장이 밖으로 나왔다.

"내가 바쁘면 연락하라 했지, 심심하면 연락하란 적 없는데요?"

온이 손가락으로 ESC가 내장된 귀 뒤를 건드렸다. 잠시 주위를 두리번거리던 소장이 가까이 다가와 그의 팔을 붙잡았다.

"따라와."

"갑자기 왜⋯."

"올라가서 얘기해."

굳은 얼굴과 긴장한 표정으로 봐서는 단순한 장난이 아닌 듯싶었다. 그렇게 그녀가 온을 데리고 간 곳은 진료실도, 창고도 아닌 3층 개인 공간이었다.

"무슨 일이에요?"

소장의 손을 가볍게 뿌리치며 온이 물었다.

"지금부터 내가 하는 얘기 놀라지 말고 들어."

"이미 내 허벅지가 충분히 놀랐습니다. 저 고물 자전거로 120은 밟고 왔다고요."

온이 손바닥으로 툭툭 자신의 허벅지를 때렸다. 지금 즉시 오라는 다급한 호출에 소장에게 무슨 일이라도 생긴 줄 알았다. 덕분에 허벅지가 터져 나갈 듯 페달을 밟았고, 그렇게 날아온 보건소에는 보다시피 환자는커녕 날벌레 한 마리도 없었다. 뒤늦게야 긴장이 풀리며 두 다리가 욱신거렸다. 모르긴 해도 오늘 이보다 더 놀랄 일은 없을 터였다.

"우선 물부터 마시고요."

온이 선반에서 유리잔을 꺼내 물을 따랐다. 얼마나 달려왔는지 숨을 쉴 때마다 입안에 먼지바람이 부는 기분이었다. 단숨에 컵을 비운 그가 이제 털어놓으라는 듯이 눈짓하자 소장이 아랫입술을 잘근거렸다.

"온아. 아침에 연락이 왔어."

"상부에서요? 또 그 고물 의료봇 마냥 기다리라고 하죠? 혹시 보건소 일 더 도와달라 뭐 그런 부탁 하려면….'

"류휘가 살아 있대."

생각지도 못한 한마디가 주삿바늘처럼 뾰족하게 머릿속을 파고들었다. 방금 마신 물이 입이 아닌 귀에 들어간 것 같았다. 한순간 모든 소리가 멀어져 갔다.

"지금 무슨 말을⋯."

소장이 짧은 머리를 쓸어 넘기고는 깊게 숨을 들이마셨다.

"류온 네⋯ 동생이 살아 있다고."

손에 쥔 컵이 바닥에 떨어져 산산이 부서졌다. 그의 텅 빈 두 눈이 빛을 튕겨 내는 유리 조각들을 내려다보았다. 2년 전에 행방불명된, 그렇게 죽은 줄 알았던 류온의 동생 류휘가 살아 있다고 했다. 끝도 없이 치솟은 거대한 파도가 환영이 되어 그를 향해 달려오고 있었다.

자정이 가까워질 무렵, 서해안 해저에서 진도 9 규모의 강진이 발생했다. 거대한 쓰나미가 몰려와 순식간에 해안가 마을을 덮쳤고 세상은 삽시간에 암흑과 죽음이 뒤섞인 지옥으로 변했다. 바다의 거친 뒤틀림으로 인간의 문명은 흔적 없이 사라져 버렸으며 많은 이들의 삶의 터전이 힘없이 무너져 내렸다. 한순간 거대한 그물이 되어버린 바다는 그렇게 지상의 모든 생명을 깊은 물속으로 끌고 가버렸다. 공식적으로 집계된 사망자만 4,000명이 넘었다. 행방불명된 사람은 500명 가까이 됐다. 비공식적으로는 더 많은 이들이 수마의 칼날에 희생되었다. 그리 크지 않은 마을이었지만, 한창 가을꽃 축제가 시작되던 때였다. 전국에서 관광객들이 몰려든 탓에 피해 규모는 걷잡을 수 없이 커졌다.

정부는 P시의 바닷가 마을을 재난 지역으로 선포한 후 그 즉시 구조봇과 군부대 및 의료팀을 파견했다. 그사이 몇 차례 여진이 이어지며 해저 지층도 불안하게 꿈틀거렸다. 수많은 데이터를 분석한 인공지능과 전문가들은 한목소리로 여전히 잠재된 해일과 지반 붕괴의 위험성을 경고했다. 지옥에서 살아남은 사람들은 너른 바다를 남겨둔 채 뿔뿔이 흩어졌다. 정부는 P시에서 조금 떨어진 곳에 임시 거주 지역을 만들었다. 만약의 사태에 대비해 고지대에 모듈러 주택들을 세우기 시작했고 질병과 전염병 방지를 위해 간이 병원을 열어 의료봇과 전문 인력을 투입했다. 이재민들에게 생활에 필요한 모든 물품을 제공했으며 전국에서 온정의 손길로 준비한 성금과 구호품이 모여들기 시작했다. 지옥에서 간신히 빠져나온 사람들은, 슬퍼할 겨를도 망연할 여유도 없었다. 하루하루 버티며 그리운 터전으로 돌아갈 날만 손꼽아 기다리고 있었지만, 바다가 빠져나간 후 그들에게 다시금 밀려든 건 인간들의 차갑고 냉혹한 망각의 쓰나미였다. 모든 지원을 아끼지 않겠다던 정부와 단체장들은 서서히 P시의 해안가 마을을 잊기 시작했다. 어쩌면 잊고 싶었는지도 몰랐다. 쑥대밭이 된 마을을 복구하기까지 너무 많은 인력과 예산 그리고 기술이 필요했다. 이들은 또다시 발생할지 모르는 지진과 거대 해일을 핑계 삼아 차일피일 마을 복구를 미뤘다. 짧으면 한 달 길어도 반년은 넘지 않을 거라는 임시 거주 지역의 생활은 한 해 두 해를 지나 어느덧 세 해째로 접어들고 있었다.

그사이 정부의 전폭적인 지원은 썰물처럼 서서히 빠져나가기 시작했다. 고작해야 과일과 채소를 재배할 수 있는 그린돔을 설치해 주는 것과 수확량의 일정 부분을 정부와 지자체에서 책임져 주겠다는 약속이 전부였다. 그것마저 몇 번의 크고 작은 투쟁의 결과로 힘들게 얻어낸 초라한 결과물이었다. 바다에서 양식을 하던 사람도, 넓은 토지에서 유기농 농사를 짓던 사람도, 결국 정부가 제공하는 텃밭 규모의 작은 그린돔과 농업용 로봇으로 만족해야만 했다.

사람들이 하루빨리 고향으로 돌아갈 수 있게 해달라 성토할 때마다, 정부는 습관처럼 또 다른 지진과 쓰나미의 위험성을 들먹였다. 각종 정책과 사항만 어렵고 복잡하게 늘어놓았다.

몇몇 언론은 작은 그린돔과 단순한 모듈러 주택을 여러 각도에서 그럴싸하게 찍은 후, 재난 피해자들이 대단한 특혜라도 받은 듯 교묘한 기사와 사진을 짜깁기해 내보냈다. 세상은 언제나처럼 몇 장의 사진과 몇 줄의 기사가 진실이자 전부라 믿기 시작했다.

"아니, 이 이상 뭘 어떻게 해달라는 거야? 공짜로 집 지어줘, 그린돔도 세워줘, 세금도 왕창 감면해 줘. 이렇게 정부가 전폭적으로 지원해 주는데? 싫으면 나와. 내가 가서 살게."

결국 하나둘 제 발로 임시 거주지를 떠나는 사람들이 늘어났고, 그것마저 불가능한 이들은 모듈러 주택에 화분을 들여놓았다. 창에 커튼을 달았고 함께 힘을 모아 마을 길을 넓히며 임시 거주지를 조금씩 자신들의 삶의 터전으로 만들기 시작했다. 들꽃 같은 이들이 거칠고 낯선 땅에 힘겹게 뿌리를 내리는 동안, 정부는 우주로, 더 넓은 세계로 눈을 돌렸다.

"덩치 큰 기업들이 달에 관광단지를 개발한다, 화성에 정착민을 이주시킨다고 할 땐, 그렇게 열심히 지원하고 홍보까지 해주면서, 정작 우리는 이런 곳에 내버려둔 채 손바닥만 한 그린돔 몇 개 세워주고 끝이야. 우리 같은 인간들은 달의 먼지 한 톨보다 못하지?"

정부가 이재민들에게 등을 돌리자 민간단체들과 독립 언론 기자들이 마을을 찾아왔다. 그러나 그들의 목소리는 작았고 몇 줄의 기사는 포털 사이트에서 금세 사라져 버렸다.

비록 작은 목소리들이지만, 간혹 이야기에 귀를 기울이는 정부 부처들이 있었다. 임시 병원 건물이 정식 보건소가 된 것도 간절한 마음들이 모여 일궈낸 크나큰 성과였다. 하지만 사람들은 미처 생각지 못했다. 이곳처럼 낙후된 마을에 자원을 할 의사가 없다는 사실을. 그러니 어쩔 수 없잖은가. 고작해야 기본적인 의약품과 낡은 의료봇 한 대지만 그것으로 만족할 수밖에. 적어도 이반이 소장이 내려오기 전까지 사람들은 마을에 보건소가 있다는 사실조차 잊고 살았다.

지옥과도 같은 재난이 그의 가족을 덮친 건 류온이 열일곱이 되던 늦가을이었다. 아버지가 없는 그에게 유일한 가족은 엄마와 동생뿐이었다. 쓰나미에 쓸려 나간 엄마의 시신은 집 근처에서 발견되었고 곧바로 사망자 명단에 올랐다. 하지만 시신조차 발견되지 않은 동생은 결국 행방불명자로 처리되었다. 그러나 사람들은 알고 있었다. 바다가 그 어린 녀석을 더 깊은 곳으로 끌고 갔다는 사실을.

결국 류온은 가족 중 유일한 생존자가 되었고 임시 거주지에서 홀로 생활했다. 그 끔찍하고 악몽 같은 시간을 버텨낼 수 있었던 건 이반이 소장의 경제적 그리고 심적인 지원 덕분이었다. 정신을 차렸을 땐 류온은 이곳 생활에 제법 익숙해진 자신을 발견할 수 있었다. 그가 혼자 살아남아 열아홉으로 자랄 동안 시간은 바다를 다시 제자리로 돌려놓고는 모른 척 제멋대로 흘러갔다.

"류휘가 살아 있다고요?"

온이 떨리는 손을 감추려 주먹을 말아쥐었다. 그러나 금방이라도 터질 듯 두근거리는 심장은 좀처럼 진정되지 않았다. 류휘가, 동생 류휘가 살아 있었다. 하지만 어떻게 2년 동안 모를 수 있었을까? 파괴되고 무너진 시스템은 이미 오래전에 복구되었다. 과거엔 행방불명되었다가 뒤늦게 시신으로 발견되는 경우도, 전산의 오류로 인해 멀쩡하게 살아 있는 사람을 사망자 명단에 올린 예도 있었다. 그러나 그사이 섬뜩한 자연의 경고는 한차례 끝이 났고, 전산 시스템 안에서의 모든 혼란도 말끔히 정리되었다. 엄청난 재난은 결국 사람들의 기억에서조차 서서히 지워져 버렸다.

"류휘가 살아 있다면 왜 지금까지 연락을 안 했어요?"

재앙이 끝난 후 무려 2년이나 흘렀다. 류휘는 당시 열세 살이었고 집과 가족을 모를 만큼 어리지 않았다. 만약 살아 있다면 열다섯이 되었을 텐데, 대체 무슨 이유로 지금까지 연락을 못 한 걸까?

소장이 습관처럼 머리를 쓸어 넘기고는 쓴 신음을 내뱉었다.

"알잖아. 류휘는 만 13세가 안 돼서…."

"알아요. ESC를 장착하지 못했죠."

Embeded Smart Chip. 인체에 삽입하는 통신칩은 만 13세가 지나야 이식할 수 있었다. 하지만 그깟 나노칩이 없다고 어떻게 무려 2년 동안 연락이 두절될 수 있었을까.

"말이 되는 소리를 해요. 류휘는 인간이고 열세 살이었어요. 브레인칩이 제거된 메이드봇이 아니라고요. 그깟 ESC가 없다고 신원 확인이 안 돼요?"

그녀가 대답 없이 온을 지나쳐 선반으로 다가갔다. 그러고는 진열된 컵 중 하나를 꺼내 정수기 버튼을 눌렀다. 물을 마시다 기침을 토해 내는 소장을 보며, 온은 그녀 역시 이 상황이 혼란스럽다는 걸 눈치챌 수 있었다.

"맞아. 류휘는 인간이야. 하지만 인간도 때에 따라선 브레인칩이 제거된 메이드봇이 될 수도 있어."

"무슨 소리예요."

소장이 컵을 내려놓고는 온을 향해 몸을 돌려세웠다.

"말 그대로야. 류휘, 그날의 충격으로 기억을 잃었어. 과거의 모든 메모리가 깨끗이 삭제됐다고."

그녀가 손가락을 세워 자신의 관자놀이를 찔렀다.

"발견 당시에는 완전히 넋이 나가서 실어증 증상까지 있었대. 1년 넘게 말을 못 했었나 봐. 시스템이 붕괴하고 데이터마저 엉망이 되어버렸어. 그 아비규환 속에서 말도 기억도 잃고 ESC마저 없는 아이가 누구인지 어떻게 알겠어."

"류휘… 류휘가 기억을 잃어…."

더듬거리는 온을 향해 그녀가 한 걸음 가까이 다가왔다.

"그래. 자신이 누구였는지도 모른대. 그나마 실어증은 조금 나아졌다고 하더라. 전산 시스템 데이터가 복구되고 여기저기 수소문 끝에 간신히 과거를 찾아낸 거야."

그가 영혼이 빠져나간 듯 멍한 눈으로 소장을 바라보았다. 그러나 눈앞의 그녀는 마치 신기루처럼 희미하게 사라지고 있었다. 현실감각이 느껴지지 않았다.

"그러니까 앞으로 정신 똑바로 차려."

"…."

"누가 뭐래도 온이 네가 류휘의 형이야. 괜히 쓸데없는 것 따지지 말고 우선 아픈 동생이나 잘 돌봐줘."

소장이 어깨를 움켜잡자 그가 흠칫 놀라 몸을 떨었다. 두 다리에 힘이 풀려 금방에 주저앉을 것 같았지만, 이럴수록 정신을 차려야 했다. 소장의 말처럼 지금 당장은 아픈 동생을 돌보는 것에만 집중해야 했다. 다른 생각은 해서도, 할 수도 없었다. 온이 꽉 어금니를 사리물었다.

제3장

시간이 지날수록 사망자는 늘어갔다. 남편과 아내, 형제와 자매 그리고 부모와 자식을 잃은 사람들은 그 수를 헤아릴 수조차 없었다. 가족 전체가 수마水魔에 희생되는 경우도 많았다. 죽은 줄만 알았던 가족이 살아 있을 때, 분명 어딘가에 살아 있을 거라 믿었던 이들이 싸늘한 주검으로 발견됐을 때, 사람들은 저마다의 천국과 지옥을 경험했다. 행방불명된 가족을 기다리던 사람들도 6개월이 지나자 안간힘으로 붙들던 희망의 끈을 서서히 놓기 시작했다. 차라리 시신이라도 찾기를, 마지막 가는 길이라도 배웅할 수 있기를 바랄 뿐이었다.

가족과 생이별한 아이들은 임시 시설로 이동해 부모와 보호자를 기다렸다. 만 13세 이상의 아이들 대부분은 ESC를 착용했지만, 주요 기지국과 중계 시설이 파괴되어 통신망에 심각한 장애가 발생한 탓에 부모들과의 연락도 불가능했다. 기초 통신망이 복구되기 전까지는 가족을 찾는 시도조차 어려웠다. 시간이 흐를수록 임시 시설에 모인 아이들은 말수가 줄어들었다. 통신망이 복구된 후에도 가족과 연락이 닿지 않는, 어쩌면 영원히 닿을 수 없는 곳으로 가족을 떠나보낸 아이들만 시설에 남아 저마다의 고통의 늪으로 침잠하기 시작했다.

아이들은 모두 재난의 충격에서 쉽게 빠져나오지 못했다. 어떻게든 견디려 했지만, 자신들도 어쩌지 못한 문제와 자주 봉착했다. 열 살이 넘은 아이가 밤늦게 이불에 실수하는가 하면, 물이 무서워 샤워조차 못 하는 아이들도 있었다. 음식을 소화시킬 수 없거나, 두통과 불면증을 호소하는 아이들도 많았다. 그중 유독 상태가 심각한 아이가 있었는데 물길에 휩쓸려 떠내려가다 로봇에 의해 구조된 어린 소년이었다.

구조봇은 제일 먼저 소년을 안전한 건물 옥상으로 피신시켰다. 만약의 사태에 대비해 튜브와 구명조끼를 입힌 후, 다른 생존자를 찾아 자리를 떠났다. 로봇의 호출을 받은 소방구조대가 곧바로 출동했지만, 소년을 다시 찾은 건 30분이 지난 후였다. 추위와 공포에 질려버린 소년은 완전히 넋을 놓은 상태였다.

어린 소년을 혼자 둔 건, 아이가 또래보다 키가 컸기 때문이었다. 구조봇은 소년을 어른으로 착각하는 오류를 범했는데, 인간이라면 절대 할 수 없는 실수였다. 곳곳에서 이 사건에 대한 비판의 목소리를 키웠지만 들끓던 여론은 금세 사그라졌다. 구조봇이 없었다면 더 많은 희생자가 나왔을 거란 명백한 사실마저 부인할 사람은 없었으니까.

한순간 모든 것을 앗아 간 바다는 그렇게 구조된 소년의 말과 기억마저 함께 쓸어가 버렸다.

손톱을 물어뜯던 온이 우리에 갇힌 맹수처럼 왕복운동하듯 방 안을 서성였다. 류휘가 살아 있었다. 그런데 모든 기억을 잃어버렸다고 한다. 자신이 누구인지도, 엄마가 죽었다는 사실조차도 모르고 있었다. 그런 동생을 만나 무엇을 어떻게 어디서부터 설명해야 하는지, 아무리 고민해도 머릿속에 떠오르는 건 없었다.

"그만 좀 해. 안 그래도 피곤해 죽겠거든? 너까지 정신 사납게 하지 마."

소장이 지친 얼굴로 휘휘 손을 내저었다. 쉼 없이 움직이던 다리가 우뚝 한 곳에 멈춰 섰다.

"정신이 사나워요? 나는 미치기 일보 직전이라고요."

"진정해. 너무 긴장하지 말고, 아무 걱정도 하지 마."

"말은 쉽죠."

그가 또다시 손톱 끝을 물어뜯었다. 소장이 고갤 들어 벽시계를 쳐다보았다. 초침이 없는 전자시계임에도 귓가에 째깍째깍 환청이 들려오는 듯했다. 그건 어쩌면 시계 초침이 아닌, 그의 가슴을 미친 듯이 두드리고 가격하는 고통의 소리인지도 몰랐다.

처음 P시의 임시 보호시설에서 지내던 류휘는 얼마 후 Y시의 청소년 보호 센터로 옮겨 갔다. 보호자와 장기간 연락이 되지 않아 전문 청소년 센터에 입소했고 그곳에서 다른 보호 아동들과 2년여를 함께 생활했다.

시계를 보던 소장이 퍼뜩 놀라 귀 뒤를 터치했다.

"네. 맞습니다. 지금 기다리고 있습니다."

그녀가 눈을 들어 온을 바라보았다.

"거의 다 왔대."

아플 정도로 빠르게 뛰던 심장이 한순간 멈춰버렸다. 명치 끝에 매달려 있는 쇳덩어리가 툭 하고 떨어진 기분이었다. 소장이 자리에서 일어나 온에게 바투 다가왔다.

"내가 한 말 명심해. 류휘는 기억을 잃었어. 네가 너무 감정을 앞세우면 류휘는 많이 당황할 거야. 그러니 천천히, 아주 조심스레 다가가. 절대 휘를 자극하면 안 돼."

불안함이 가득한 눈빛으로 온이 고개를 끄덕였다.

"네 동생이야. 알았지?"

소장이 한쪽 눈을 찡긋하며 짓궂게 웃었지만 적어도 오늘만큼은 그 익숙한 미소가 온의 눈에 전혀 들어오지 않았다. 잠시 뒤 보건소 앞마당으로 차량이 들어오는 소리가 들렸다. 그가 목울대를 울리며 마른침을 삼켰다. 양쪽 폐가 모두 쪼그라든 듯 숨이 잘 쉬어지지 않았다.

곧이어 방문자가 왔다는 알람이 울렸다. '열어줘.' 소장의 음성 명령에 문이 열렸고, 맨 처음 안으로 들어온 사람은 센터 관계자인 듯 보였다. 그 뒤에 잔뜩 겁에 질린 얼굴의 한 소년이 서 있었다. 열다섯 치고는 키가 컸지만, 안쓰러울 정도로 앙상한 모습이었다.

"안녕하세요. 연락드린…."

남자가 소장에게 인사를 하고는 안주머니에서 명함을 건넸다.

"죄송합니다. 저는 따로 명함이 없습니다. 전화로 인사드린 이반이라고 합니다."

그녀가 애써 웃음으로 화답했다.

남자가 등 뒤에 서 있는 아이를 향해 몸을 돌리고는 가만히 아이의 어깨를 다독이며 말했다.

"휘야, 괜찮아."

남자의 시선이 소장 곁에 서 있는 온에게 닿았다.

"형이야. 기억나지 않으면 굳이 노력하지 않아도 돼."

온이 습관처럼 콧잔등의 안경을 밀어 올렸다. 작은 얼굴에 두 눈만 가득한 아이는 고집스레 바닥만 내려다보고 있었다. 어색하고 무거운 공기가 온의 어깨를 짓눌렀다. 무엇을 어떻게 말해야 할지, 하얗게 변해버린 머리로는 도무지 생각이라는 것을 할 수 없었다.

"온이도 소식 듣고 많이 놀랐어요. 사실 이 친구도 지금까지 육체적으로나 심리적으로나 정말 어려운 시간을 보냈거든요."

소장의 나직한 목소리가 무거운 공기를 걷어 냈다.

"그렇죠. 어른들도 견디기 힘든 재난이었으니까요."

남자가 이해한다는 듯 고개를 끄덕이고는 한 번 더 아이의 어깨를 다독였다.

"휘야. 그래도 인사는 해야지. 형이야."

그 한마디에 바닥에 묶여 있던 아이의 시선이 천천히 위로 향했다. 감정을 읽을 수 없는 검은 눈동자가 온의 얼굴을 탐색하듯 바라보았다.

'안녕'이라고 반갑게 인사를 해야 할지, '형이야'라고 말해야 할지, 이름을 불러야 할지, 보고 싶었다고 해야 할지, 살아줘서 고맙다며 울어야 할지, 아무 말 없이 안아줘야 할지. 수많은 선택지 앞에서 온은 그저 멍하니 동생 휘와 마주할 뿐이었다.

"온아."

소장이 온에게 가까이 다가왔다. 그가 붙어버린 입술을 달싹이려는 순간….

"휘야!"

아이는 정신을 잃고 그대로 바닥에 쓰러졌다.

남자와 소장, 두 사람이 이야기하는 동안, 온은 대기실 의자에 앉아 아랫입술만 잘근거렸다. 사고가 난 뒤 휘는 무려 1년 동안이나 말을 잃었고, 몇 번의 심리 치료를 받은 뒤에야 간신히 기본적인 의사 표현을 하게 되었다. 유의할 점은 물이나 빗소리에 유독 과민한 반응을 보였는데 그 증상은 서해 대지진 때 해일에 휘감긴 아이들에게서 공통적으로 나타나는 특징 중 하나였다. '류휘'

는 잠결에 녀석이 소리친 이름이었다. 그 이름이 본명임을 알아차린 누군가가 곧바로 센터장에게 전했고 사람들은 복구된 시스템을 통해 류휘의 신상 정보와 P시에 소년의 형이 살고 있다는 사실까지 차례로 손에 넣을 수 있었다. 이 모든 정보는 류휘를 데려온 센터 관계자인 남자를 통해 알게 되었다.

"휘에게는 언제든 센터로 돌아오고 싶으면 말하라고 했습니다. 혹시 무슨 일이 있으면 바로 연락해 주세요. 곧바로 차를 보내겠습니다."

남자가 이렇게 말하고는 깊게 고개를 숙였다.

"휘가 너무 긴장해서 그래요. 스트레스로 인한 일시적 쇼크 증상입니다. 바로 정신을 차렸으니 별문제 없을 겁니다. 늦게라도 돌아가기를 원하면 저희 쪽에서 데려가겠습니다."

소장이 걱정하지 말라는 듯 부러 밝은 목소리로 말했다.

"그럼 잘 부탁드립니다."

남자가 마지막 당부를 남긴 채 문을 향해 걸어갔고, 이곳까지 류휘와 함께 온 길을 홀로 되짚어갔다. 센터 관계자가 돌아간 뒤, 보건소에는 둘, 아니 세 사람이 남게 되었다. 류온의 동생이 돌아왔다는 소식은 마을에 빠르게 퍼져나갔고, 사람들은 약속이라도 한 듯 보건소에 발길을 끊었다. 늘 북적이던 대기실에 숨소리마저 들릴 정도로 싸늘한 고요가 내려앉았다.

"휘, 정말 괜찮은 거죠?"

"너무 긴장하면 사람도 가끔 전원이 나가버려."

소장이 흘끗 병실을 곁눈질하고는 온에게 말했다.

"어쨌든 순순히 여기 남는다고 하잖아. 많이 진정된 것 같아. 들어가 봐."

그가 깊게 숨을 들이마시고는 병실을 향해 가까이 다가갔다. 지잉 소리와 함께 문이 열리고 온이 조심스레 안으로 들어섰다.

침대에 멍하니 앉아 있던 휘가 인기척에 고개를 돌렸다. 열다섯의 눈빛이라 하기엔 너무 지치고 피곤해 보였다. 깊은 해저처럼 검고 탁한 시선이 온과 마주했다.

"미안해요."

휘가 내뱉은 첫마디에 온이 놀라 고개를 내저었다.

"너무 갑작스럽고 혼란스러운 거 알아. 이럴 줄 알았으면 내가 데리러 가는 건데. 낯선 곳에서 많이 긴장했지? 미안한 건 오히려 나야."

휘를 최대한 안심시키고 싶었지만 온은 자신이 무슨 소리를 하는지조차 알 수 없었고, 함께 투덕거리며 장난치던 형의 여러 특징 중 과연 휘의 무의식 속에 깊게 가라앉은 마지막 모습이 무엇일지도 궁금했다.

"그 센터는 가족을 잃었거나, 가족 동의하에 입소한 아이들이 지내는 곳이에요. 어쨌든 나는 가족을 찾았으니까 우선은 나와야 해요. 다시 센터로 보내려면 입소 동의서에 정식으로….."

"무슨 소리야. 가… 가족을 만났잖아. 다시 센터로 돌아갈 필요 없어."

온이 급히 내뱉고는 우물거리며 말을 이었다.

"물론 네가 나랑 사는 게 정 불편하다면 그때는 다시 생각해
볼 수 있어."

"같이 살아요?"

휘가 물었다. 온이 고개를 끄덕였다.

"우린 형제잖아. 지금 당장은 기억나지 않겠지만."

"형제."

작게 읊조리고는 휘가 창밖으로 눈을 돌렸다. 병실 창 너머로
둥근 그린돔들이 하나둘 희붐한 빛을 내뿜고 있었다.

마을에서 온은 늘 자전거로 이동했다. 물론 가끔 소장의 차를
탄 적도 있었는데, 주로 기분 전환을 위해 쇼핑을 하거나 두 사람
이 영화를 보기 위해 먼 도시로 나갈 때였다. 무더운 여름엔 나란
히 해변을 산책하거나 소장이 좋아하는 유명 디저트 카페를 찾을
때도 함께 동승했지만, 단 한 번도 보건소에서 집까지 이 짧은 거
리를 소장의 차로 이동한 적은 없었다.

소장의 자율주행차가 두 소년을 집 앞에 내려주고는 보건소
로 돌아갔다.

"들어가자."

온이 걸음을 옮기자 등 뒤에서 희미한 발소리가 들려왔다. 정
부에서 제공한 모듈러 주택은 대부분 비슷한 크기와 디자인으로,
온이 사는 집은 거실과 두 개의 방이 있는 가장 작은 모델이었다.

지금까지 혼자 살아온 그는 각각의 방을 침실과 작업실로 사용 중이었다.

"생각보다 좁지? 너 온다고 해서 열심히 청소했는데 여전히 어수선하네. 침실은 네가 써. 어차피 나는 주로 작업실에서 생활하거든."

'작업실?' 하고 묻는 듯 휘가 가만히 닫힌 방문을 쳐다보았다.

"볼래?"

온이 활짝 문을 열고는 벽에 스위치를 눌렀다. 정부에서 3D 프린터로 급하게 만든 집이다 보니 그 흔한 음성인식 시스템조차 없었다. 처음에는 다소 불편했지만, 인간은 놀랍도록 적응력이 빠른 동물이었다. 직접 문을 열고 벽 스위치를 누르는 일에 온은 금세 익숙해졌다.

"이게 다 뭐예요?"

부서진 로봇 잔해들을 둘러보며 휘가 두 눈을 크게 떴다.

"오다가 봤는지 모르겠는데 저 아래 정크랜드라고, 고장 난 메이드봇이라든가 버려진 로봇들을 수거하는 곳이 있어. 쓸 만한 부품을 따로 분해해서 파는 곳이야."

"고장 난 메이드봇을 고쳐요?"

"고칠 수 있는 것들만. 새 모델이 나오면 아직 멀쩡한 것들도 많이 버리거든."

모든 로봇 회사는 구형 로봇의 수거 서비스를 제공했다. 단 핵심 부품인 브레인칩이 장착된 로봇이란 전제 조건이 따라붙었다.

이 서비스를 이용하기 위해선 관리자가 직접 로봇의 브레인칩을 포맷해야 하는데 그 과정이 생각처럼 간단치만은 않았다. 어찌어찌 브레인칩 안의 정보를 삭제한다 해도 여전히 문제는 남아 있었다. 누군가 작정하고 DR$^{data\ recovery}$을 시도하면 극히 드문 확률이긴 하나 정보가 복구되기 때문이었다. 이러저러한 이유로 관리자 대부분은 복잡하고 위험한 절차 대신 로봇의 브레인칩을 물리적으로 완전히 없애는 쪽을 선택했다.

인간이 신봉하는 효율성은 로봇 하나를 처리하는 일에도 유감없이 발휘되었다.

"가장 중요한 게 브레인칩인데, 핵심 부품이 빠진 로봇들은 결국 버려지거든."

휘의 까만 눈동자가 전원이 꺼져버린 로봇들 위에 머물렀다.

"여기 있는 애들은 모든 기억이 지워졌겠네요."

그 한마디에 온이 질끈 두 눈을 감았다. 아차 싶었지만 이미 늦어버렸다.

"휘야."

온이 부르자 표정 없는 얼굴이 천천히 고개를 들었다.

"말 편하게 해. 형제끼리 존대하는 거 어색하잖아."

"기억이 돌아오면요."

그 말을 끝으로 휘가 몸을 돌려 침실로 들어갔다. 이 작은 집에 식구가 늘었으니 평소보다 좁게 느껴져야 하는데 이상할 정도로 횅뎅그렁했다. 2년간 떨어져 지낸 형제가 다시 만났지만 휘는 아무엇도 묻지 않았다. 왜 찾으려 노력하지 않았느냐고, 왜 혼자 내 버려두었느냐고, 조금의 원망이나 투정조차 없었다. 만약 묻는 다면 뭐라 대답해 줘야 할까? 엄마처럼 죽은 줄 알았다고, 바다가 삼켜버린 줄 알았다고, 솔직하게 말해줘야 할까. 휘가 옷을 갈아 입는지 방에서 부스럭부스럭 소리가 들려왔다. 이제 더는 혼자가 아니었다. 동생 류휘가 모든 기억을 잃은 채 집으로 돌아왔다. 전원이 꺼진 로봇처럼 멍하니 서서 그가 닫힌 문을 바라보았다.

◗

책상 위에 서류 한 장이 놓였다. 하라가 이게 뭐냐는 표정으로 고개를 들었다.

"아시다시피 서해 대지진이 일어난 후에 많은 이들이 지구를 불안해하고 있습니다. 지금도 세계 곳곳에서 지진과 해일, 가뭄 과 홍수, 이상 기온 현상이 끊임없이 일어나고 있습니다."

"'인간에 의한'이라고 덧붙여 줘."

그가 두 번째 손가락을 세워 좌우로 흔들었다. 진솔이 '네'라 고 대답했다.

"세계 각국에서 화성 테라포밍에 박차를 가하고 있습니다. 그 에 맞춰 기업들이 발 빠르게 움직이고 있고요. 덩달아 달에 관한 관심도도 상승 중입니다. 안전과 비용 절감을 이유로 기업 대다 수가 화성에 가기 전, 달을 경유할 테니까요."

어디를 가든, 인간이 있는 곳은 별반 다르지 않을 터다. 일단 인간이라는 바이러스가 퍼지면 숙주는 반드시 파괴된다. 그곳이 지구든 달이든 아니면 화성이든.

"그럼 어떤 분도 발 빠르게 대처하시겠군."

"회장님은 달에 대규모 관광단지를 비롯해 제2의 셀레네를 지을 예정입니다."

진솔이 이토록 장황한 설명을 하는 이유를 비로소 알 것 같았다. 하라의 시선이 책상에 놓인 서류에 닿았다.

"알고 계시겠지만, 처음 달에 셀레네를 지은 건 하나의 테스트였습니다."

그 내막에 대해서는 익히 들어 알고 있었다. 강 회장은 하나밖에 없는 아들의 능력을 시험해 보려 했고 적은 비용을 던져주며 달에 호텔 건설을 명령했다. 그저 자본으로만 해결할 문제가 아니었는데 놀랍도록 멍청하고 단순한 아들은 회장의 말마따나 비용에 맞는 어중간한 호텔만 덩그러니 지어놓고는 금세 백기를 들었다. 강 회장이 원한 건 단순한 호텔이 아니었다. 달을 찾은 관광객들이 반드시 머물 수밖에 없는, 독특한 콘셉트와 철학이 공존하는 장소를 창조하길 바랐다. 폐가처럼 썰렁하던 호텔을 만실로 채운 건 아들이 아닌 며느리였다. 강 회장의 말은 틀리지 않았다. 아들은 눈앞에 던져준 먹이조차 어찌하지 못하는 머저리였지만 며느리는 꼭꼭 숨어 있는 먹이마저 귀신같이 찾아내는 타고난 사냥꾼이었다.

"대규모 공사가 될 것입니다. 관광단지와 테마파크까지 함께 건설할 예정입니다. 호텔 셀레네는 그 일부에 지나지 않습니다."

"그래서?"

하라의 질문에 진솔의 시선이 책상 위 서류를 가리켰다.

"입찰에 참여할 건설사 목록입니다."

"이걸 왜 나한테?"

짧은 정적이 흐른 뒤 진솔이 다시 입을 열었다.

"전에 말씀드리지 않았습니까. 날 파리는 쫓아봤자 또 날아옵니다. 아예 박멸하는 편이 낫지 않을까요?"

서류를 살피는 하라의 미간이 미세하게 꿈틀거렸다.

…완전 VVIP 용이잖아. 하긴 그러니 완벽하게… 대체 얼마나 비싼 모델이야… 진짜 가지고 놀 만… 야, 너 저걸로….

진솔이 말한 날 파리의 의미가 비로소 파악되었다. 그 시건방진 위인은 대체 어느 댁 자제분인가 싶었는데, 이렇게 알게 될 줄은 미처 몰랐다.

"내가 뭘 하기를 바라는 거야?"

"실력 있는 곳이 아닙니다. 그래서인지 발 빠르게 물밑 작업에 착수한 모양입니다. 얼마 전부터 회장님을 뵙기 위해 혈안이 되어 있습니다. 이번 입찰만 성공하면, 달에 진출할 수 있는 자격이 주어지는 것과 다름없으니까요."

진솔의 설명을 들으며 하라가 허공에 손가락을 튕겼다. 결국 칼자루를 쥔 건 이쪽이니, 한번 신나게 칼춤을 쳐보란 뜻이었다. 재미있는 정보였고 나쁘지 않은 제안이었다. 만약 이 사실이 그 시건방진 날 파리 귀에 들어간다면, 적잖이 볼만한 상황이 연출될 테니까. 상상만으로도 즐겁고 신나지 않은가. 유치한 대거리 대신, 한 방에 짓이겨 놓으라는 뜻이었다.

하라가 책상 위에 팔꿈치를 세우고는 두 손을 깍지 꼈다. 그 위에 턱을 올린 채 가만히 진솔을 바라보았다.

"솔아, 네가 굳이 이러지 않아도 나는 충분히 알고 있어."

무엇을 말입니까? 솔이 눈으로 물었다.

"내가 회장의 손자이고 부사장과 본부장의 아들이라는 사실 말이야."

"…."

"원하는 걸 얻기 위해서는 물불 안 가리는 그 지긋지긋한 피를 이어받았잖아. 확인시켜 주지 않아도 이미 너무 잘 알고 있다고."

강 회장의 며느리자 부사장은 노련한 사냥꾼이었다. 그런데 그 사냥 한 번에 너무 많은 이들이 희생되었다. 자칫 전 세계가 혼란에 빠질 뻔한 무서운 일이 일어났고 더욱이 그 증표가 이렇듯 눈앞에 또렷한 모습으로 존재하지 않는가.

그가 깍지 낀 손을 풀고는 자리에서 일어나 책상을 돌아 나왔다.

"우리 집안은 대대로 저주에 걸렸어. 뭔가를 시도하려다 엉뚱한 사람들을 위험에 빠뜨리는 아주 무서운 저주."

분명 도울 수 있으리라 믿었다. 반드시 그래야 한다고, 어떻게든 그 아이만은 구해낼 것이라 다짐했다. 자신에게 그 정도의 힘은 있다고 생각했다. 그것이 얼마나 교만하고 어리석은 결심이었는지는 머지않아 알게 되었다.

마오 그 아이는… 죽었다.

하라가 힘없는 손길로 진솔의 어깨를 두드렸다.

"그러니 그 피를 이어받은 나는 아무것도 하지 말고 얌전히 죽어 지내야 해. 그게 모두를 위해 좋은 거야."

상대를 힘으로 짓밟는 건 유치한 짓이 아닐까. 그것만큼 치졸한 일도 없을 테지. 하지만 아니었다. 아무것도 없는 자가 단 하나 가진 이를 노리면 범죄가 된다. 그러나 풍족한 자가 나머지 하나마저 빼앗으면 야망이라 불렀다. 그것이 이 빌어먹을 세상의 법칙이었다.

문으로 돌아서던 발걸음이 주춤 멈춰 섰다.

"참 지난번에 내가 말한 거 알아봤어?"

하라가 진솔을 향해 반쯤 몸을 돌려세우며 물었다.

"이미 오래전에 단종된 모델입니다."

"그 얘기는 백 번도 넘게 들었어."

"죄송하지만 지금까지 겨우 아홉 번 반복했을 뿐입니다."

"그래. 내가 지금 누구랑 싸우겠냐."

허공에 휘휘 손을 내젓고는 그가 계속하라는 눈짓을 보냈다.

"모두 동어반복 수준입니다. 차라리 새 모델을 사는 것이 낫다고 합니다."

"그 얘기는 정확히 여섯 번 들은 것 같은데?"

"일곱 번입니다."

"못 당하겠군. 농담이 늘었어."

"농담이 아니라 사실입니다."

"오케이. 좋아. 그럼 우리 지금부터는 사실만 얘기하자고."

그가 졌다는 듯 두 손을 들어 보였다.

"외형은 큰 문제가 없습니다. 낡은 구형 모델이지만 몇 개의 부품 교체로 수리는 가능합니다. 다만 이미 단종된 모델이니만큼 부품 구하기는 제법 까다로울 겁니다."

"까다로울 뿐이지 안 되는 건 아니잖아?"

이 잘난 자본주의에선 대부분 돈으로 해결 가능했다. 누군가의 구차한 목숨도 결국 돈으로 연명하게 되었으니까.

"문제는 브레인칩입니다. 지금은 사용하지 않는 모델이고 이미 포맷까지 끝낸 상태입니다. 완벽하게 DR을 할 수 있을지 장담할 수 없습니다."

차라리 새로 사는 것이 몇 배는 합리적, 아니 상식적이라 생각하겠지. 이 낡은 깡통을 대체 왜 이토록 되살리려 노력하는지, 그 누구도 이해할 수 없을 것이다. 남들이 뭐라 하든 관심 없었다. 어쩌면 그들의 생각이 맞을지도 몰랐다. 하라는 자신이 미쳐가고 있음을 잘 알고 있었다. 이미 오래전부터 서서히….

"비용은 상관없다고 해. 필요한 만큼 원하는 대로, 다 지불할 테니까."

"비슷한 모델도 싫다 하시면, 브레인칩을 새것으로 교체하는 건 가능합니다. 낡은 기종이라 새 브레인칩과 호환될 수 있는지가 관건이지만 한번 시도해 보는 편이…."

"말했잖아. 사라진 기억을 되살리라고."

하라가 막힌 숨을 토해 내듯 힘겹게 소리쳤다.

"모든 걸 처음 제자리로 돌려놔. 제발 이것만이라도 내 힘으로 할 수 있게 해줘."

이미 늦었다는 거 잘 알고 있었다. 이제 와 이런 짓을 해봤자 아무것도 달라지지 않았다. 죽은 그 아이가 다시 살아 돌아올 리도, 천진한 미소를 다시 볼 수도 없을 테니까. 그 잔인한 진실을 절대 모르지 않지만 이렇게라도 하지 않으면 정말 당장에 미쳐버릴 것 같았다. 눈을 감으면 옥상에서 새처럼 날아오르는 새하얀 모습이 아른거렸다.

안 돼요. 할아버지. 버리지 마세요. 어차피 모든 기록은 다 지웠잖아요.

왜 그토록 간절히 매달리며 애원했을까. 그냥 그것만이라도 지키고 싶었을까. 아무 소용 없는 빈 껍데기라도 이 저주받은 두 손으로 거두고 싶었을까.

"솔아."

그가 붉게 충혈된 눈으로 진솔을 바라보았다.

"이건 명령이 아니라, 부탁이야."

"알겠습니다."

진솔의 대답을 들은 뒤에야 하라는 비로소 안도할 수 있었다.

"전원이 꺼지고 망가진 로봇도 브레인칩만 복원하면 그 속에 담긴 모든 기억이 되살아나지. 그런데 인간은 아니야. 숨이 끊어지면 모든 게 끝이거든. 육체에 남은 건 아무것도 없어."

또다시 두 눈에 싸한 통증이 밀려들었다. 햇살이 내리쬐는 설원을 보듯, 눈앞이 하얗게 부서져 내렸다. 그 한가운데서 어렴풋이 얼비치는 형상은 너무 투명해 설원과 구분되지 않았다. 반짝이는 환영이 아른거릴 때마다 얼음송곳처럼 차갑고 아린 감각이 안구를 깊게 파고들었다. 하라가 짧은 신음과 함께 두 눈을 감았다.

"또 눈이 아프십니까?"

진솔의 목소리에 그가 힘없이 고개를 내저었다.

"그래서 인간은 인연을 찾으려는 거야. 세상에서 사라져 버릴 자신을, 다른 누군가가 기억해 주길 바라는 마음으로. 인간의 브레인칩은 결국 자신과 가장 가까운 사람이 되는 거지."

회장의 선택은 잔인했다. 그러나 그 간절한 마음만은 이해할 수 있었다. 그깟 바이러스 하나로 자신의 삶이 눈앞에서 사라지는데 가만히 지켜볼 수만은 없었겠지. 어떻게든 붙잡고 싶어 발버둥 쳤겠지만, 그 과정에서 나온 희생자가 너무 많았다. 결코 해서는 안 될 악업을 저질러 버렸다.

"그것이 인간들이 말하는 사랑입니까?"

다시금 익숙한 목소리가 들려왔다. 하라가 눈을 뜨고는 진솔을 향해 흐리게 웃었다. 그림자의 입에서 나온 '사랑'이라는 한마디가 안구의 통증보다 더 깊게 그의 가슴을 찔렀다.

"아주 먼 옛날에는 그 비슷한 게 존재했을 거야. 그런데 더는 아니야. 이제 인간에게는 사랑이 없어. 그러니 기억해야 할 것이 없겠지. 다 잊어야 할 것밖에 남지 않았으니까."

그 잘난 과학과 첨단 기술도, 문명과 화려하게 꽃피운 문화도 머지않아 모두 파괴될 것이다. 그리고 아무도 기억하지 않는 광활한 우주의 먼지로 산산이 부서져 내리겠지.

그가 습관처럼 한 손으로 눈을 가렸다. 그렇게 잠시 통증이 지나가기를 기다렸다.

"얼음팩을 가져오겠습니다. 통증을 가라앉히는 데 도움이 될 겁니다."

"솔아."

그의 부름에 문으로 향하던 재바른 걸음이 멈춰 섰다.

"너는 나한테 뭐 부탁하고 싶은 거 없어?"

찌르는 듯한 통증을 견디며 그가 눈을 떴다. 한 치의 흐트러짐도 없는 모습으로 눈앞에 서 있는 그림자는 스스로를 위한 어떤 욕망도 지닐 수가 없었다. 오직 인간의 명령만 익숙할 뿐 정작 인간에게 어떻게 부탁해야 하는지 그림자는 절대 알지 못했다.

"좀 쉬시길 부탁드립니다."

진솔의 한마디에 하라가 헛웃음을 터트렸다.

"아니야. 솔아. 그런 건 부탁이 아니야."

"명령입니까?"

"내가 아닌 너를 위해서 부탁하고 싶은 게 없냐고?"

진솔의 까만 두 눈이 한곳에 머물렀다. 그가 무엇을 생각하는지…. 그래, 생각. 하라는 그렇게 믿었다. 그가 가끔 골똘히 생각에 잠기며 진짜 인간의 감정을 이해하고 느낄 수 있다고 간절히 믿고 싶었다.

"당장은 떠오르는 게 없습니다. 나중에 생각나면 말씀드리죠. 얼음팩을 준비하겠습니다."

방을 나서는 진솔을 보며 하라가 무너지듯 소파에 주저앉았다. 언제쯤 이 눈부신 환영에서 벗어날 수 있을지…. 그가 손을 들어 열기로 화끈거리는 두 눈을 감쌌다.

제4장

시간이 어떻게 흘렀는지, 며칠이 지났는지조차 가늠되지 않았다. 휘의 주소지를 옮기고 근처 학교로 전학을 시켰다. ESC도 재등록해 주었다. 휘는 안개 같은 아이였다. 분명 존재하는데 손에 잡히지 않았고, 흐릿하게나마 생각은 읽을 수 있지만 정확한 진심은 볼 수 없었다.

처음에는 낯선 환경 때문이라 믿었다. 모든 기억을 잃은 채, 타인과도 같은 사람과 함께 산다는 건 힘든 일일 테니까. 어쩌면 그날의 악몽이 안개가 되어 여전히 휘를 휘감고 있는지도 몰랐다. 만약 휘가 인간에 의해 구조되었다면, 옥상에 혼자 방치되지 않았다면 충격이 덜했을까? 의미 없는 추측과 돌이킬 수 없는 과거가 하루에도 몇 번씩 늪처럼 그를 끌어당겼다. 하루빨리 현실을 받아들여야 하는데 그는 여전히 갈피를 잃고 허우적거렸다. 휘를 위해 정확히 어디서부터 무엇을 해야 하는지 온은 찾을 수 없었다.

서해 대지진으로 주검이 된 엄마와 휘가 태어난 해에 돌아가신 아버지에 대해선 온은 함부로 입을 열 수 없었다. 혹여 휘도 알고 있지 않을까. 센터에서 입수한 신상 정보는 분명 휘의 귀에도 들어갔을 터였다. 때가 되면 휘도 모든 불행이 피부로 느껴지겠지. 하지만 그날이 빨리 오기를 바라는지, 아니면 그 반대인지 정작 온은 자신의 마음을 읽을 수 없었다.

열아홉이면 졸업 전이잖아요. 왜 학교 안 다녀요?

그것이 휘가 물은 첫 질문이었다.

더는 학교 다니기 힘들 것 같아서. 그냥 졸업 시험 신청해서 봤어.
그거 되게 어렵다는데? 한 번에 패스했어요?
운이 좋았어.

학교에 다닐까도 싶었지만, 상황이 여의치 않았다. 공부보다 중요한 건 혼자 힘으로 살아남는 일이었다. 소장의 도움과 마을 사람들의 온정으로 지금껏 잘 버텨냈지만, 앞으로는 조금 더 힘을 내야 했다. 온에게는 돌봐야 하는 동생이 있었다.

공부를 잘했나 봐요?

휘가 전학 간 학교는 마을에서 제법 거리가 있었다. 등하교마다 통학버스를 타야 했는데, 버스는 정확히 산밑까지만 운행되었다. 서해 대지진 후 임시 보호소가 얼렁뚱땅 마을이 돼버린 탓에 길이 좋지 않았다. 경사가 심해 자율킥보드조차 위험했다.

통학버스 오는 곳까지만 태워줄까?
아니요. 걸어가는 게 편해요.

온이 다가간 거리만큼 휘는 뒤로 물러섰다. 두 사람이 가까워지기까지 시간이 필요할 테고, 그 기간은 어쩌면 온이 각오했던 것보다 오래 걸릴지도 몰랐다. 휘를 떠올리면 여러 생각들이 마구잡이로 밀려들어 안 그래도 복잡한 머릿속을 엉망으로 헤집어 놓았다. 그러다 온은 문득 며칠 전, 욕실에서 나오던 휘를 떠올렸다. 샤워를 끝낸 휘의 어깨에는 크고 선명한 상처가 있었는데, 그 상흔이 좀처럼 그의 머릿속을 떠나지 않았다. 대체 그 이유가 무엇 때문인지 온은 언제나처럼 답을 찾지 못했다.

커피잔에서 가느다란 연기가 피어올랐다. 작고 까만 수면 위에 휘의 잔상이 어른거렸다.
"이봐요, 류온 씨? 커피에 이상한 거라도 탔을까 봐 멍하니 보고만 있는 겁니까?"
온이 고개를 들자 피곤함에 지친 소장의 얼굴이 보였다. 보건소는 여전히 환자들로 북적였고 축축한 사연과 아픔은 눈물 섞인 탄식이 되어 쉼 없이 흘러내렸다. 소장의 말마따나 약보다는 위로가 필요한 사람들이었다. 좀처럼 소화를 못 시키고 숙면도 이루지 못하며, 심장이 시도 때도 없이 두근거리는 것 모두 몸이 아닌 마음의 문제니까. 한순간 사랑하는 가족과 삶의 터전마저 바다가 전부 쓸어가 버렸다. 그럼에도 어떻게든 살아가려는 마음은 때때로 과부하가 걸린 기계처럼 가슴에 붉은 경고등을 깜빡였다. 그 흔한 의료봇조차 없는 보건소지만 덕분에 사람들은 더 자주 이곳에 문을 열었다. 이들에게 필요한 건, 처방전과 몇 개의 알약이 아니었다. 그저 자신들의 한과 고통을, 슬픔과 서러움을 묵묵히 들어줄 누군가의 넓은 마음이었다. 보건소는 단순한 진료가 아닌 그 넉넉한 마음으로 사람을 치유하는 곳이었다.

한차례 환자들이 빠져나간 후 두 사람이 찻잔을 앞에 둔 채 마주 앉았다.

"그런 얘기 하니까 더 의심스럽네."

온이 잔을 들어 커피 한 모금을 삼켰다.

"뭐야? 뭔데 세상 온갖 근심 다 짊어진 표정이야."

얄밉게 빈정거리는 얼굴이 머그잔을 들어 올렸다. 온의 시선이 소장의 손등에 붙어 있는 의료용 밴드에 닿았다.

"지난번에 긁힌 상처가 아직도 안 나았어요?"

그녀가 손등을 내려다보고는 대수롭지 않다는 듯 히죽 웃었다.

"야! 10대랑 30대랑 재생 속도가 같은 줄 아냐?"

"몇 달 뒤면 20대입니다. 대체 몇 번을 말해요?"

"그럼, 몇 달 뒤에 얘기해. 아직 법적으로 10대에 미성년자니까."

소장이 콧잔등에 주름을 만들며 가뜩이나 얄미운 표정을 더 얄밉게 만들었다.

"요즘에 나이대로 사는 사람이 얼마나 된다고."

"자연의 순리를 역행하고 어떻게든 시간을 멈추려는 사람들이 많긴 하지. 그런데 그것도 다 이런 게 있어야 하는 거야."

소장이 엄지와 검지를 맞붙여 허공에 동그란 모양을 그려 넣었다. 세월을 붙잡기 위해 가장 필요한 건 돈이란 의미인데, 그건 굳이 말하지 않아도 여섯 살 새별이조차 아는 사실이었다.

"그래야 온몸에 탱글탱글한 돼지 껍데기를 두를 수 있고."

빙긋이 한쪽 입꼬리를 올리는 소장을 보며 온이 불퉁거렸다.

"'스킨피기'라고 하잖아요."

"그럴싸하게 이름 붙여서 스킨피기지. 한마디로 돼지 껍데기잖아."

유전자조작으로 태어난 돼지는 인간의 피부와 흡사한 피부조직을 지녔다. 화상 환자를 위한 개발이라 했지만, 스킨피기가 사용되는 곳 대부분은 미용이 목적인 성형외과였다. 인간의 피부조직층이 한 겹 더 있다고 해서 사람들은 곧잘 돼지 껍데기라 빈정거렸다. 그러나 정작 그 돼지 껍데기를 몸에 두르는 일은 엄지와 검지를 맞붙인 동그라미가 제법 많이 필요했고, 그 동그라미의 힘으로 젊음을 유지할 수 있는 이들은 소수에 불과했다. 그 나머지 부ﷺ의 경계 밖으로 밀려난 사람들은 종종 이들에게 부러움 섞인 경멸과 질투심 가득한 야유를 보내곤 했다. 적어도 시간만큼은 공평하다 믿었는데, 세상은 이미 물리적 시간조차 달리 흐르고 있었다. 과연 신이 이런 인간들을 어떻게 바라볼지 생각하면 온은 섬뜩한 기분마저 들었다.

"알았어. 쓸데없는 농담 안 할게."

얼굴에서 웃음을 거두는 소장을 보며, 온이 두 손으로 가만히 머그잔을 움켜쥐었다. 적당히 식은 커피가 손바닥에 뭉근한 열기를 전했다.

"휘 말이에요."

그가 머그잔에 시선을 둔 채 조용히 입을 열었다.

"어깨에 큰 상처가 있어요."

"상처?"

날카로운 것에 찢긴 듯한 흉터는 멀리서도 또렷하게 보였다. 그만큼 상처가 깊고 심각했다는 의미였다.

"대지진 때 생긴 게 아닐까? 물살에 휩쓸려 가면서 어딘가에 부딪혔거나 예리한 것에 찢겼을 수도 있어."

그럴 가능성이 농후했다. 미쳐 날뛰는 수마의 소용돌이에 마을 전체가 스티로폼으로 만든 모형 건축물처럼 힘없이 쓸려 가버렸다. 자동차와 가로수, 마을의 상징인 조형물과 가을 축제의 꽃탑까지 모든 것이 검은 물의 아가리 속으로 맥없이 빨려 들어갔다. 자연의 분노 앞에 인간은 작은 먼지 조각에 불과했고 그 아비규환 속에서 영구적인 장애를 입거나 목숨을 잃은 사람들도 많았다. 그러니 살아남은 것만으로도 기적이라 여기며 어깨의 상처쯤은 그야말로 대수롭지 않게 넘겨야겠지만 휘의 상처를 떠올릴 때마다 온은 이상하게 가슴이 짓눌리는 기분이었다.

"혹시 임시 보호소에서… 아니면 그 센터에서 그랬던 건 아닐까요?"

정확한 근거나 명백한 증거도 없었다. 휘의 상처를 세밀하게 관찰한 것도 아니었다. 그저 찰나의 순간 스치듯 본 것이 전부였다. 그런데 어떤 이유로 그 상처가 해일이 아닌 전혀 다른 원인 때문이라 생각했을까.

"왜 그런 생각을 하는데?"

소장은 언제나처럼 온의 마음을 꿰뚫는 질문을 던졌다.

"모르겠어요. 그냥 그런 생각이 들어요. 임시 보호소나 센터에서 무슨 일을 당한 건 아닌지. 대지진도 충격이었겠지만, 그 외에 다른 어떤 사건이 있지 않았을까."

확신 없는 온의 목소리가 허공에 흩어졌다. 소장이 커피를 한 모금 삼킨 후 잔을 내려놓았다.

"사람들이 휘에게 무슨 짓이라도 했을까 봐?"

그녀가 무심한 듯 가볍게 내뱉은 한마디가 이상할 정도로 가슴을 파고들었다. 온이 천천히 호흡하며 두근거리는 심장을 진정시켰다.

"안 그래도 휘가 있었던 센터가 어떤 곳인지 메타버스로 들어가 봤어. 시설이며, 입주 프로그램이며 전혀 나쁘지 않더라. 선생님들도 헌신적이고 사명감이 넘쳤어. 휘를 직접 데려온 분과도 많은 이야기를 나눴는데 따뜻하고 괜찮은 분 같아."

"겉으로 봐서는 다 그렇죠."

온의 입에서 날카로운 목소리가 튀어나왔다. 소장이 소파 등받이에 깊게 몸을 묻었다.

"정 신경 쓰이면 오늘 밤이라도 보건소로 데려와 봐. 내가 진찰해 볼게. 육안으로는 100퍼센트 확신할 수 없지만 대충 무엇 때문에 생긴 것쯤은 추측할 수 있으니까."

그래야 할까? 하지만 온은 이내 고개를 내저었다. 휘는 기억을 잃었고 지금 여러모로 혼란스러울 것이다. 자칫 잘못 접근했다가는 오히려 상처만 더 깊이 찌르게 된다. 조금씩 천천히 신중하고 조심스레 다가가야 했다.

"우선은 그냥 모른 척할래요. 안 그래도 힘들 텐데 괜히 자극하기 싫어요."

소장이 상체를 세우고는 온을 향해 몸을 기울였다. 두 사람의 거리가 가까워지며 그녀의 얼굴이 코앞까지 바투 다가왔다.

"휘의 기억이 돌아오면, 어떨 것 같아?"

소장이 낮은 목소리로 물었다. 그녀의 진한 고동색 눈동자를 바라보며 온이 생각에 잠겼다. 이제라도 만약 휘의 기억이 돌아온다면….

"아마⋯."

"아마 대단히 시끄러운 형제가 되지 않을까."

온의 말을 낚아채며 소장이 말했다.

"지금보다는 시끄럽겠죠."

휘는 웃음보다 함묵을 선택한 아이였다. 만약 기억이 돌아온다면 무거운 외투처럼 걸치고 있는 침묵을 벗어던진 후 지금보다 훨씬 많이 떠들고 자주 웃겠지. 환하게 웃는 휘를 상상하면 온은 마음이 비에 흠뻑 젖은 것처럼 축축하고 무겁게 느껴졌다.

"맞아. 아주 많이 시끄러울 거야."

그녀가 이렇게 말하며 천천히 커피잔을 들어 올렸다. 두 사람 사이에 맴도는 공기가 조금은 가라앉은 것 같았다.

"그때는⋯."

먼저 입을 연 소장에게, 온이 '잠깐만요'라는 눈짓을 한 후 귀 뒤를 터치했다.

"네. 사장님. 아니요. 얼추 바쁜 건 끝났어요. 아, 그래요? 그럼 지금 바로 갈게요."

"무슨 일이야?"

흥분한 듯 목소리를 높이는 온에게 소장이 물었다. 그가 웃으며 벗어놓은 캡을 썼다.

"J 사장님인데 정크랜드에 엄청난 게 들어왔대요."

"그래봤자 버려진 메이드봇이나 산업용 어시드겠지."

소장이 커피를 마시고는 등받이에 깊게 몸을 묻었다. 멀쩡한 소파가 갑자기 커질 일은 없을 테고, 한여름 컵에 담긴 얼음마냥 시간이 지날수록 조금씩 작아지는 그녀의 몸 상태가 오늘따라 유독 온의 신경을 건드렸다.

"누구처럼 돼지 껍데기 온몸에 두르는 노력은 바라지도 않으니 여기 남아도는 영양제라도 좀 부지런히 챙겨 먹어요."

온이 불퉁거리자 그 즉시 소장의 입에서 어이없는 웃음이 터져 나왔다.

"쟤가 또 큰일 날 소리 한다. 남아돌긴 뭐가 남아돌아? 약이든 물품이든 여긴 뭐든지 다 부족해. 내 손등에 상처 밴드 하나 쓰는 것도 아까워 죽겠는데."

"그럼 필요한 거 말해요. 내가 밖에서 사 올 테니까. 마을 사람들만 챙기지 말고 소장님 몸도 성심껏 돌보라고요. 그게 오히려 마을 사람들을 위하는 일이라는 거 몰라요? 구멍 난 풍선도 아니고 왜 사람이 점점 쪼그라들어요?"

"쪼… 쪼그라들어?"

추운 겨울 먹이를 찾지 못한 들짐승처럼 소장의 몸피가 줄어들고 있었다. 물론 모르지 않았다. 이곳에 의료 시설이라고는 이 작은 보건소가 전부고 몸이든 마음이든 아픈 사람은 죄다 이곳으로 몰려든다는 것을, 그 흔한 의료봇조차 없어 모든 일은 소장 혼자서 감당한다는 사실을 그는 누구보다 잘 알고 있었다.

"내가 예전부터 네 어휘력이 상당히 빈곤하다는 건 잘 알고 있었지만, 그래도 우리 말은 똑바로 하자. 내가 쪼그라든 거니? 네가 큰 거지. 뭔 인간 대나무도 아니고."

잔뜩 구시렁거리던 소장이 쳇 하고 콧방귀를 뀌었다.

"하긴 괜히 10대겠니? 한창 클 나이긴 하지."

"20대라고요. 열아홉이 앞으로 몇 달이나 남았다고?"

"해 바뀌면 바로 20대 되니? 생일이 지나야지."

친구를 놀리는 꼬마처럼 소장이 빨간 혀를 내밀었다. 저런 유치한 모습으로 나이 운운하는 것이, 그는 웃기다 못해 살짝 화가났다.

"내 생일이나 알아요?"

"얘 오늘 진짜 왜 이러니? 내가 매해 네 생일만 되면 없는 솜씨로…."

"그날 말고 내 진짜 생일."

그의 한마디에 소장이 문을 곁눈질하고는 우렁우렁 목소리를 높였다.

"음력 양력까지 따지시려고? 경고하는데 류온 너 정신 차려."

괜한 말을 했단 생각에 온이 캡을 더 깊게 눌러썼다.

"휜 옷이 많이 낡았어요. 새 옷 좀 사주고 싶은데 무조건 필요 없대요. 물려주기엔 내 옷은 너무 크고. 시간 되면 주말에 같이 나가요. 아무래도 나보다는 소장님이 잘 고를 거 아녜요."

지금 그가 입고 있는 옷과 신발, 모자까지 모두 소장이 사준 것들이다. 그녀는 후원자로서 철마다 필요한 물품을 구매해 주고 까다로운 행정 업무를 처리해 주며 온의 건강까지 세심하게 관리했다. 소장은 늘 그렇게 온의 곁을 지켰다.

잠시 머뭇거리던 그가 자신 없는 목소리로 입술을 달싹였다.

"나간 김에 소장님 먹고 싶은 거…."

"먹고 싶은 거 하니까 생각났다. 너 아모르 초코바 먹을래? 안에 아몬드하고 헤이즐넛 크림 들어 있는 거. 나는 새로 나온 그린 티도 괜찮은데. 역시 오리지널이 좋지?"

황급히 몸을 일으키는 소장을 보며 온이 왈칵 짜증을 토해 냈다.

"내가 새별이에요? 누구를 진짜 애로 아나."

"웃긴다. 야, 초코바 먹는데 무슨 애, 어른을 따져."

"됐어요. 대단하신 어른 혼자 많이 드세요."

온이 쏘듯이 내뱉고는 뒤돌아 보건소를 빠져나왔다. "야! 너 애 맞거든." 등 뒤에서 날아드는 목소리는 애써 모른 척 바닥에 쾅쾅 짜증을 찍어댔다. 건물을 나서자 해풍이 성난 맹수처럼 싸늘한 손톱을 세우며 달려들었다. 온이 자전거에 올라 힘 있게 페달을 밟았다. 두 뺨을 때리는 찬 바람에 막힌 가슴이 조금은 뚫리는 기분이었다.

"진짜 정신 놓고 사는 사람이 누군데? 내가 아직도… 됐다, 말을 말자."

그가 안장에서 몸을 일으켜 자전거의 속도를 높였다.

내팽개치듯 자전거를 세워두고 온이 안으로 뛰어 들어갔다.

사무실에서 홀로그램으로 게임을 하던 J 사장이 손을 흔들었지만 온은 인사도 생략한 채 잃어버린 물건이라도 찾는 듯 재빨리 주위를 둘러보았다. 엄청난 것이 왔다고 했는데 사무실은 깨끗하기만 했다. 새로운 기종이나 전에는 볼 수 없었던 로봇이 들어오면, 비록 낡고 처참하게 부서졌더라도 J 사장은 일단 사무실로 옮겨놓았다. 그러고는 제일 먼저 온을 불렀다. 그가 이 분야에 얼마나 진심이고 또 재능이 넘쳐나는지 잘 알고 있으니까. 물론 그는 누구보다 로봇을 좋아했고 사랑했다. 사람들이 쓸모없다며 버린 메이드봇들을 말끔하게 수리해 놓는 일이 기쁘고 즐거우며 보람찼다.

아껴서 오래 쓰고 수리해서 다시 쓸 생각을 해야지. 그럼 천문학적인 돈을 들여서 우주에 쓰레기장을 만들 필요가 있겠냐고? 쉽게 사서 쉽게 버리는 거, 그 잘못된 생각부터 우주로 가장 먼저 날려버려야 한다니까.

J 사장이 유독 온을 아끼고 그의 로봇 연구를 응원하는 이유는 두 사람 모두 같은 생각과 가치관을 공유하기 때문이었다. 쉽게 버리는 것보다 수리해 다시 쓰는 일이 사람과 환경 그리고 로봇에게까지도 좋은 일일 테니까.

보건소장이 아픈 사람 고쳐주는 의사라면, 온이 너는 고장 난 메이드봇 다시 살려주는 로봇 의사 아니겠냐.

처음 시작은 로봇에 대한 순수한 호기심이었다. 그런데 버려진 로봇을 수리하는 일이 마을 사람들에게 이토록 큰 도움이 될 줄은 온도 미처 생각지 못했다.

온아. 우리 미스터 김이 어디 아픈가 봐. 오늘 아침에는 아예 일어나질 못하네. 내가 요즘 우리 미스터 김에게 일을 너무 많이 시키긴 했어.

메이드봇에 전원이 들어오지 않는다는 말을, 누군가는 로봇이 아프다고 표현하며 미안해했다. 그 따뜻한 마음과 살가운 애정이 온을 더욱더 보람 있게 만들었다.

하지만 마을 사람들이 아는 것은 거기까지였다. 온이 왜 이토록 미친 듯이 로봇에 집중하는지, 가장 핵심적인 이유는 알지 못했다.

"굉장한 것이 왔다더니 어디 있어요?"

J 사장이 게임을 종료하고는 끙 소리를 내며 자리를 털어 냈다. 사무실 밖에서 헤라가 부지런히 작업하는 굉음이 들려왔다.

"굉장한 것이 들어왔기는 했는데, 상태가 좀 그래."

사장이 관자놀이를 긁적이며 난감한 표정을 지었다.

"얼마나 부서졌는데요? 사무실에 들여놓지 못할 정도로 엉망이에요?"

"그게 말이지."

적잖이 못마땅한 표정으로 사장이 쯧 소리를 내뱉었다.

"그건 절대 여기 못 들여놔. 우선 헤라보고 창고에 두라고 했는데, 일단 네 눈으로 직접 확인해 보면 알 거야. 아! 그런데 진짜 이 녀석, 그거 보고 기절할까 봐 걱정이네?"

대체 어떤 로봇이 들어왔기에 J 사장이 이런 말까지 할까. 온은 먹이를 앞에 둔 강아지마냥 흥분해 몸을 떨었다.

"창고에 있다는 거죠?"

뛰쳐나가려는 그의 뒷덜미를 낚아채며 J 사장이 중얼거렸다.

"이 녀석아 네가 사장이냐? 하여간 새 물건만 왔다면 물불 안 가리지. 너 혼자 가면 잘도 문이 열리겠다. 따라와, 인마."

그렇게 도착한 창고 앞에서 사장은 온에게 또 한 번의 지루한 경고를 날렸다.

"진짜 놀라지 마라. 절대 기절하면 안 돼. 너같이 껑충한 놈이 쓰러지면, 나 감당 못 해."

"저 웬만한 일엔 눈 하나 깜짝 안 합니다. 이래 봬도 별의별 일 다 겪었다고요. 오히려 저 기절시키는 게 더 어려울걸요?"

"이놈아. 지진과 해일은 여기 사람 다 겪었어."

"알았으니까 빨리 창고 문이나 열어줘요."

재촉하는 온을 보며 J 사장이 버튼에 손을 올렸다. 지문 인식이 끝나기 무섭게 문이 열리고 로봇 부품과 각종 자재들을 보관하는 창고답게 싸한 쇳내가 풍겨 왔다.

사람을 감지한 센서가 자동으로 불을 켜자 어지러운 부품들 가운데 방수포로 덮어놓은 파란 덩어리가 눈에 들어왔다.

온이 고개 돌려 J 사장을 바라보았다. 대체 어떤 제품이기에 방수포로 가려놓을 정도냐는 물음이었다.

"내가 적응이 안 돼서 그래."

사장이 툭 한마디 던지고는 먼저 걸음을 옮겼다. 그 옆으로 온이 바투 따라붙었다.

"있잖아."

"저 답답해서 기절하는 꼴 보고 싶으세요? 안 놀란다고 몇 번을 말해요?"

그러니 제발 그만하라는 표정으로 온이 불퉁거렸다. J 사장이 께름칙한 표정으로 목덜미를 만지고는 거칠게 방수포를 걷어 냈다. 차르륵 소리와 함께 눈앞에 나타난 것은….

"나 진짜 사람인 줄 알고 십년감수했다."

인간의 모습, 아니 인간이라 해도 믿을 정도로 정교한 외형을 가진 휴머노이드였다.

"그 뭐냐. 토막 살인? 그런 건 줄 알고 곧바로 경찰에 신고할 뻔했다니까."

인간과 100퍼센트 흡사한 로봇은, 그러나 하반신이 완전히 부서져 있었다.

"인마, 너 서서 기절했냐? 왜 말이 없어?"

J 사장이 중얼거리며 팔꿈치로 툭 그의 복부를 찔렀다. 온이

한쪽 무릎을 꿇고 상반신만 남아 있는 휴머노이드를 살폈다. 남성 외형의 휴머노이드는 하반신이 완전히 사라진 탓에 정확한 크기를 알 수 없었다. 어림잡아 170에서 175 정도의 신장인 듯했고 귀밑머리가 희끗희끗한 것으로 보아 50대 이상의 연령대로 제작된 듯 보였다. 온이 손을 뻗어 휴머노이드의 피부를 조심히 만져 보았다. 혈관까지 선명하게 보이는 인공 피부는 감촉마저 사람의 것과 크게 다르지 않았다.

"이 자식 진짜 안 놀라네. 나는 아무리 기계라도 만지기가 좀 그런데."

여전히 못마땅한 목소리로 J 사장이 바닥에 나뒹구는 부품을 가볍게 걷어찼다.

"가정용 메이드봇이나 사무용 어시드. 둘 중 하나예요."

"인마, 말이 되냐? 인간과 똑같은 휴머노이드가 고작 메이드 봇이나 어시드라고? 나도 최신형 메이드봇이랑 어시드라면 수도 없이 봐왔다. 작년에 로봇 박람회까지 다녀왔다고. 뭐, 인간이랑 비슷하게 만든 것도 많지만 딱 보면 로봇인 거 티가 나지. 또 그렇게 만들어야 하고."

로봇의 외형을 인간과 유사하게 만드는 건 가능했다. 그러나 인간과 구분할 수 없을 정도로 똑같은 제품은 기획 단계에서부터 정부의 제지를 당했다. CCTV로 봤을 때 정확히 로봇이라는 사실을 알 수 있어야 자칫 범죄에 악용되지 않을 테니까. 더불어 사람들에게 괜한 불쾌감이나 혐오감도 주어서는 안 되었다.

"일반 사람들이 사용하는 것들은 그렇죠."

규칙과 법칙은 늘 보통 사람들만 지켜야 했다. 그것이 바로 가진 것 없는 평범한 사람들에게만 해당하는 가장 불공정한 룰이었다.

"그게 무슨 소리야?"

휴머노이드의 머리카락 한 올까지 살피던 그가 벌떡 몸을 일으켰다.

"비밀리에 만드는 VIP용은 따로 있거든요."

"VIP?"

J 사장의 질문에 온이 손가락을 세워 콕콕 천장을 찔렀다.

"피라미드 꼭대기에 계신 분들을 위한 맞춤형이죠."

"너는 어떻게 아냐?"

두 눈을 끔뻑이는 J 사장을 향해 그가 어깨를 으쓱해 보였다.

"자료 찾아보다가 VIP용은 따로 제작된다는 글을 읽은 적이 있어요. 단순히 소문인 줄만 알았는데…."

"네가 로봇에 미치긴 했나 보다. 자료에서 읽은 것까지 바로 기억해 내고."

J 사장이 너털웃음을 터트리며 팡팡 온의 어깨를 두드렸다.

"너 아주 능청스럽다. 누가 보면 이런 거 많이 본 녀석인 줄 알겠어."

"많이 봤죠…. 휴머노이드 관련 자료에서."

온이 멋쩍게 웃고는 말을 이었다.

"헤라가 이 휴머노이드 스캔했어요?"

"보는 것만으로도 목덜미가 쭈뼛거리는데 스캔을 어떻게 하냐? 그냥 헤라한테 여기로 옮겨놓으라고만 했다. 하여간 있는 사람들은 별걸 다 만든다니까."

헤라만큼이나 커다란 덩치를 자랑하는 J 사장도 정작 그 마음만은 아이처럼 여렸다. 전국의 수많은 고철 로봇이 이곳 정크랜드로 밀려들지만, J 사장은 한 번도 인간과 똑같은 휴머노이드는 본 적이 없었을 것이다. 세상에 그런 것들이, 과연 누구를 위해, 무슨 목적으로 존재하는지조차 몰랐겠지.

미지의 세계는 머나먼 우주에만 있는 게 아니었다. 투명한 벽으로 둘러싸인, 보이지 않는 계급으로 나뉜 바로 이 현실 세계에도 엄연히 존재했다.

"우선 헤라한테 스캔 좀 시켜보죠."

"야 그런데 혹시 심장, 간, 허파, 이런 것들 나오는 거 아니냐? 그럼 나 오늘 잠은 다 잤다."

손톱까지 물어뜯는 사장을 보며 온이 두 어깨를 늘어뜨렸다.

"저 밑에 전선 안 보여요?"

"알아, 인마. 머리로는 이해하는데 감정이 안 받아들여진다고. 그게 인간 아니냐? 이놈 가만 보면 우리 헤라보다 더 감정이 없는 것 같아."

"몰랐어요? 제 몸속에는 차가운 피가 흘러요. 혹시 모르잖아요. 제가 부자들을 위해 비밀리에 만들어진 휴머노이드일 수도."

실없는 농담을 던지자 곧바로 종주먹이 날아들었다. 온이 J 사장을 피해 헤라를 부르러 창고 밖으로 뛰어나갔다. 사장의 말처럼 엄청난 물건이 도착했으니 한시라도 빨리 확인해 봐야 했다. 이 휴머노이드가 무엇인지, 아니 누구의 어시드였는지 알고 싶으니까. 물론 알 수 있는 단서가 조금이라도 남아 있어야 가능하겠지만.

하늘은 금방이라도 비를 뿌릴 듯 짙은 먹구름 떼를 몰고 왔다. 공기 중에 무겁고 축축한 습기가 가득했다. 이토록 어둡고 음침한 날씨에, 상반신만 남아 있는, 인간과 똑같은 모습의 휴머노이드가 방 한가운데에 놓여 있었다. 마치 공포 영화의 한 장면처럼 괴괴한 분위기 속에서 온은 2시간이 넘도록 로봇 수리에만 전념하고 있었다.

브레인칩이 제거되지 않았습니다.

스캔을 마친 헤라가 말했다. 인간과 똑같은 휴머노이드를 발견한 것만으로도 놀랄 일인데, 가장 핵심 부품인 브레인칩이 더욱이 포맷이 안 된 상태로 남아 있었다. 고양이처럼 두 눈을 반짝이는 온을 보며 그럴 줄 알았다는 듯 J 사장이 휘휘 손을 내저었다.

가져가라. 가서 구워 먹든 삶아 먹든 네 맘대로 해. 네 동생 놀라게나 하지 말고.

휴머노이드의 하반신은 완전히 부서져 버렸다. 그러나 브레인칩이 장착된 상체는 상대적으로 손상이 적었다. 연구용으로서는 충분한 가치가 있지만, 안타깝게도 상품으로서는 끝났다. 하반신이 사라진 휴머노이드는 인간의 어떤 명령도 수행할 수 없을 테니까.

가정용 메이드봇의 배터리 교체 시기는 3년이다. 이렇게 짧은 것은 물론 기술 부족이 원인은 아니었다. 로봇 배터리의 수명이 지금보다 연장된다면 사람들의 메이드봇 교체 시기도 길어질 것이다. 즉, 배터리 수명을 3년으로 한정한 것은 새 제품 판매를 위함이었다. 단순히 배터리 교체만 원했다가도 새 버전의 로봇을 보면 '이참에 새로 장만할까?'라는 쪽으로 쉽게 마음이 변할 테니까. 무엇을 생산하고 무엇을 판매하든 기업이 최우선으로 파고드는 건 바로 인간의 변덕스러운 심리와 마르지 않는 욕망이었다.

J 사장이 구해다 준 휴머노이드는 정확히 어디에 배터리가 장착되어 있는지 알 수 없었다. 각 회사와 제품마다 로봇의 구조가 조금씩 달랐고 배터리 위치도 각양각색이었다. 더욱이 일반 사람들은 구경조차 할 수 없는 완벽한 휴머노이드 제품이었다. 헤라가 별말이 없는 걸 보면 배터리는 하반신 쪽에 있었을 테고, 이런

경우라면 외부에서 전선을 연결해 직접 전력을 공급할 수밖에 없었다.

이 휴머노이드의 관리자는 엄청난 부를 지녔을 확률이 높았다. 그런 이들일수록 사생활 보호에 철저할 텐데 휴머노이드의 브레인칩을 제거하기는커녕 포맷조차 하지 않았다. 하반신마저 부서진 것으로 보아 어떤 사연이 있음이 분명한 것 같지만… 그 생각이 들자 온은 이 휴머노이드를 깨우는 일이 과연 괜찮을지 고민되기 시작했다. 하지만 그 고민을 넘어서는 더 큰 호기심이 이미 은발의 남자에게 전기적 신호를 보내며 조심히 어깨를 흔들었다. 얼마쯤 시간이 흘렀을까. 짧은 전자음과 함께 널브러져 있던 몸이 깨어나고 휴머노이드가 까만 두 눈을 열어 마주 앉은 인간을 바라보았다. 온이 꿀꺽 마른침을 삼켰다.

"제 소개를 하기 전에, 여기가 어디며 앞에 계신 분이 누구신지 먼저 여쭤봐도 될까요?"

중저음의 편안한 목소리가 정중하게 물었다.

"여기는 서해 근처 P시 외곽에 있는 마을이고 저는 류온이라고 합니다."

주위를 둘러보던 휴머노이드의 시선이 결국 자신의 몸으로 향했다. 하반신이 사라진 모습에 흠칫 놀라는 얼굴은 인간이 당혹스러울 때 나오는 표정과 똑같았다.

"왜 제가 이런 모습이 되었는지 알 수 없지만 어쨌든 불쾌감을 드려 죄송합니다."

그가 진짜 인간이라면 이런 상황에서 상대의 기분 따위 전혀 고려하지 않았을 터다. 아무리 인간과 똑같은 외형이라고는 해도 그는 확실히 휴머노이드였다.

"제 이름은 정우입니다. 하지만 제 관리자님은 저를 '이봐'나 '친구'로 더 많이 부르셨습니다. '정우'라는 이름도 관리자님의 어릴 적 친구분 성함이라 들었습니다."

"그럼 관리자님은 지금 어디 계신지, 알고 있나요?"

잠시 생각에 잠긴 듯 은발의 남자가 조용히 눈을 감았다. 어쩌면 그동안의 데이터를 불러오는지도 몰랐다.

"돌아가셨습니다. 오늘을 기준으로 정확히 한 달하고 3일 전에 말이죠."

휴머노이드의 관리자는 부동산 재벌이었다. 일찌감치 달에 막대한 땅을 사들였는데, 그곳에 대규모 달 테마파크와 호텔이 들어서게 되었고 덕분에 큰 부를 거머쥘 수 있었다. 아무리 의학이 발전한다 해도, 인간이 죽음을 피해 영원히 도망갈 곳은 없었다. 어마어마한 부를 가진 자도, 그 알량한 재물로 사신死神까지 매수할 수는 없을 테니까. 이 세상 모든 생명의 종착역은 죽음이고, 그것은 인간이 아무리 노력해도 깨트릴 수 없는 공평함이었다.

"그럼 관리자가 죽은 후엔…."

온은 차마 버려졌느냐는 말을 하지 못했다. 상대가 휴머노이드이기 때문만은 아니었다. 누군가에게 버려지는 건 오히려 인간들 사이에 훨씬 자주 일어나는 일이니까.

"글쎄요? 전원이 완전히 차단된 후의 일은 저도 모릅니다. 다만, 마지막으로 저장된 기억은 관리자님의 자녀분들을 만났던 순간으로 기록되어 있군요. 가족 사이에 약간의 언쟁이 있었고 그 뒤에 제 전원은 꺼졌습니다. 그리고… 보시다시피 이런 모습이 돼버렸네요."

정우의 나직한 웃음소리는 세월의 거친 파도를 타고 넘어온 중년 남자의 허망한 한숨처럼 들려왔다.

그 뒤의 비속한 사연은 자세히 듣지 않아도 충분히 짐작 가능했다. 재산과 유산 상속, 그 뒤에 따라붙는 자식들 간의 다툼과 소송 이야기는 지금껏 너무 많이 그리고 지겹도록 들어왔다.

"이런 말 미안하지만, 당신 정도의 휴머노이드는 일반 사람은 상상조차 할 수 없을 정도로 고가예요. 단순히 돈만 많다고 가질 수 있는 것도 아녜요. VIP에게만 비밀리에 판매한다고 들었습니다. 연락 한 번이면 회사가 아무 조건 없이 알아서 수거했을 텐데요."

왜 굳이 부렀느냐는 질문은 생략한 채 온이 말을 이었다.

"더욱이 브레인칩조차 포맷하지 않았어요. 유출되면 안 될 데이터도 없단 뜻이잖아요."

"그럴 겁니다. 제 브레인칩에 저장된 정보라고는 관리자님의 건강 체크, 병원 일정, 하루 식단과 운동량 그리고 함께 체스를 두거나 게임을 한 기록이 전부입니다."

"당신에게 관리자의 마지막 삶이 다 기록되어 있군요."

아버지의 소소한 일상을 간직한 로봇이었다. 가족들에겐 이 보다 더 중요한 기록은 없었을 텐데. 대체 왜….

"그 기록은 관리자님 자녀분에게는 별 도움이 되지 않았을 겁니다."

정우가 말을 멈추고는 온에게로 시선을 돌렸다. 마치 인간의 눈 속에서 무언가를 찾으려는 듯 집요한 시선으로 바라보던 그가 조심스레 입을 열었다.

"당신이 저를 거두었습니까?"

생각지 못한 질문에 온이 목덜미를 만지며 민망한 미소를 내비쳤다.

"글쎄요? 나는 단지….."

"제 꺼져버린 전원을 다시 켜준 분이죠."

거둔다는 표현보다는 한결 대답하기 쉬웠다. 잠든 휴머노이드를 깨운 건 확실하니까. 온이 그렇다는 의미로 고개를 끄덕였다.

"문제는 당신이 관리자님의 자녀가 아니라는 겁니다. 하지만 관리자님은 분명히 '마지막에 저를 거두는 사람'이라고 말씀하셨습니다. 그 대상이 반드시 자녀분 중 한 명이어야 한다고 명시하진 않으셨죠."

정우는 다시금 침묵했다. 두 눈을 감고 어떤 생각에 잠겼는데 분명 저장된 정보를 불러오는 중일 터였다. 휴머노이드가 다시 눈을 뜨는 사이 온이 축축해진 두 손을 바지에 문질렀다.

"그럼 관리자님이 말씀하신 마지막 이야기를 류온 님에게 해 드리겠습니다."

"잠깐만요. 저기… 브레인칩에 뭔가 문제가 생긴 모양인데, 왜 저한테…."

놀라 손사래 치는 온을 향해 정우가 엷게 미소 지었다.

"하게 해주세요."

그 한마디가 온의 가슴에 밀려와 작은 울림으로 퍼져나갔다. 적어도 이 순간만큼은 앞에 있는 존재가 휴머노이드라 생각하고 싶지 않았다. 그의 저장 공간에 있을 데이터나 프로그램 명령 따위가 아닌 삶과 기억을 이야기한다고 믿었다. 온이 고개를 끄덕이자, 정우의 시선이 그만이 볼 수 있는 조금 더 먼 곳, 더 깊은 추억 속으로 향했다.

정우야. 이 음성은 절대 브레인칩에 기록하지 말거라. 그래도 기억할 수 있겠지? 정우, 넌 특별하니까. 아내가 세상을 떠난 후 허망함과 슬픔을 달랠 길 없어 너를 만났으니, 우리가 함께 지낸 지 벌써 10년이 흘렀구나. 그동안 내 곁에 있어주어서 참 고마웠다. 너는 내 친구이자 가족이었다. 그런 너를 두고 내가 먼저 가야 할 것 같구나. 아마 내가 사라지면 내 자식들이 너를 가만두지 않을 거야. 혹여 네게 중요한 단서라도 남겼을까 하고, 득달같이 덤벼들겠지. 내가 사회에 환원한 돈도 어떻게든 다시 찾으려 할거고, 숨겨놓은 다른 재산이 있을까 굶주린 승냥이 떼처럼 눈을 번뜩일 거다. 정우야. 그래서 내가 아이들에게 말했다. 너를 잘 부탁한다고. 내 친구고 가족인 너를 부디 잘 거두라고. 그럼 이 아버지가 하늘에 가서도 복을 내릴 거라 했다. 과연 내 말을 알아들을 녀석들이 있을까 모르겠구나. 마지막까지 정우 너에게 너무 큰 숙제를 내준 것 같아 마음이 참 안 좋다. 혹여 다음 생이 있다면, 그땐 우리 꼭 형제로 태어나자. 형은 정우 네가 하고 나는 동생이 되는 게 좋겠구나. 그래야 네가 하라는 일, 시키는 심부름 모두 다 할 수 있을 테니까.

관리자의 예감은 적중했다. 자식들은 제일 먼저 휴머노이드에 손을 댔고 메이드봇 전문가를 불러 브레인칩에 접속해 들어갔다. 그러나 그곳에 남은 정보라고는 아버지의 따분한 일상이 전부였다. 하루 중 언제 산책했고 약은 몇 시에 먹었으며 식단은 어떻게 관리하고 병원 예약은 며칠에 해야 하는지 따위의, 자식들에게는 전혀 중요치 않은 것들뿐이었다. 남은 재산의 작은 비밀이나 단서조차 들어 있지 않은 휴머노이드를 향해 그들은 괜한 분노를 표출했을 것이다. 그리고 결국, 그들 중 누구도 아버지의 오랜 친구를 거두지 않았다.

혹여 너를 거두는 자가 있거나 너를 깨우는 사람이 있거든, 지금부터 내가 하는 말을 잊지 말고 꼭 전해주면 좋겠다.

멍하니 정우의 설명을 듣던 온이 흠칫 놀라 소리쳤다.

"잠깐만요. 관리자의 자녀들이 이미 다 브레인칩을 살펴봤고 그 안에 아무런 정보도 없었다면서요. 그런데 뭘 더 전해요?"

메이드봇 전문가까지 동원해 모든 것을 뒤져봤다면, 정우에게는 자녀들이 모르는 그 어떤 정보도 남아 있지 않을 것이다. 로봇에게 브레인칩은 컴퓨터의 CPU를 넘어 메모리의 역할까지 하니까.

"관리자님의 마지막 메시지는 브레인칩에 있지 않습니다."

"브레인칩에 없다면⋯."

정우가 손을 들어 자신의 왼쪽 가슴을 가리켰다.

"바로 여기에 있습니다."

"⋯."

"제가 상반신이 아닌 하반신이 부서진 건 천운이란 생각이 드네요."

부서진 휴머노이드의 전원을 켰을 뿐이었다. 그런데 의도치 않게 훨씬 더 복잡한 버튼을 건드린 모양이었다. 온이 흥건하게 젖은 손바닥을 한 번 더 허벅지에 닦았다.

인간과 똑같은 외형의 휴머노이드는 VIP 고객을 위한 100퍼센트 맞춤형 제작이었다. 외모, 성격, 성별, 목소리까지 고객들의 주문에 따라 설계되었다. 그 특별 고객 중에서도 소수의, VVIP들은 브레인칩과 더불어 가슴에 작은 하트칩을 추가 장착하는 옵션이 있었다. 그 하트칩은 웬만한 메이드봇 전문가들조차 찾을 수 없을 만큼 최첨단 은폐 기술이 적용된 장치였다.

"그래서 헤라가 스캔했을 때 아무것도 나오지 않았던 거예요?"

온의 질문에 정우가 살며시 고개를 내저었다.

"아니요. 발견되었을 겁니다. 제 가슴에 희미하게나마 파란빛이 반짝였을 테니까요. 다만 그 크기가 너무 작아서 대부분 스캔 장치는 여타 부품 중 하나라고만 인식했을 겁니다."

"이건 말이 안 되잖아요."

만약 그의 몸에 하트칩이 내장되어 있고 그 사실을 정우가 인식했다면, 그 정보는 반드시 그의 브레인칩에도 저장되어 있어야 했다. 그렇다면 브레인칩을 뒤져본 사람들 모두가 정우의 몸속에 또 다른 메인 칩이 장착되었다는 정보를 얻게 된다.

"저도 제 몸속에 하트칩이 탑재돼 있다는 걸 몰랐습니다. 관리 자님이 마지막 메시지를 남길 때 처음으로 말씀해 주셨고, 명령 대로 브레인칩에 남은 음성 파일은 삭제했습니다. 하지만 하트칩 에는 여전히 남아 있죠."

"어떻게 자기 몸에 다른 메인 칩이 있다는 걸 몰라요?"

정우가 가볍게 어깻짓을 하더니 손을 들어 온을 가리켰다.

"인간은 자신의 몸에 무엇이 어디에 있는지 정확히 알고 있습 니까? 각 장기의 기능을 실시간으로 정확히 느낄 수 있나요?"

"…."

"언젠가 관리자님이 말씀하시더군요. 인간은 때론 너무 많이 알기에 불행하고 가끔은 아무것도 모르기에 행복하다고요. 인간 에게 정말 사후 세계가 있다면 저는 그곳에 계신 관리자님이 부디 아무것도 모르시길 바랍니다. 당신의 죽음 이후에 남겨진 이들 사이에서 무슨 말들이 오갔으며 어떤 일들이 벌어졌는지를요. 그럼 그분이 조금 더 행복하시지 않을까 여겨집니다."

부서진 휴머노이드와 인간 사이에 농밀한 침묵이 찾아들었다. 온은 문득 잃어버린 휘의 기억을 떠올렸다. 그리고 지금까지 살아왔던 자신의 삶도 되짚어 보았다. 그사이 더 많은 것을 알게 되었는지, 아니면 여전히 모른 채로 살아가는지 알 수 없었다. 모든 기억이 돌아오는 것이 휘에게 행복이 될지, 불행이 될지 여전히 모르는 것처럼….

"제가 괜한 말을 많이 했군요. 더 궁금하신 건 없습니까?"

정우의 정중한 목소리가 온의 두터운 상념을 걷어 냈다.

"그럼 그 하트칩에 있는 정보는 어떻게 불러오죠?"

헤라의 스캔에서조차 잡히지 않는 칩이었다. 그 안을 보기 위해선 일반 사람들은 상상하지 못한 엄청난 기술이 필요할 터다.

"간단합니다. 그저 가슴을 열어 칩을 꺼낸 뒤 리더기를 사용하면 됩니다."

"고작 칩 리더기요?"

한참을 망설이다 정우가 다시금 말을 이었다.

"다만 하트칩을 제거했을 때는 몇 가지 문제가 생깁니다."

"어떤 문제요?"

정우가 대답 없이 창으로 시선을 돌렸다. 창밖의 세상엔 시나브로 어둠이 깔렸고 서서히 저물어 가는 태양이 창백한 하늘을 오색으로 물들였다. 관리자를 잃어버린, 이제 걸을 수조차 없는 휴머노이드가 하늘에 흩뿌려진 노을을 보며 천천히 입을 열었다.

"하트칩을 제거하면 자연스레 브레인칩 기능도 멈춥니다. 그 속의 모든 프로그램이 지워지고 모든 기능이 자동 정지됩니다. 물론 한 번 제거된 하트칩은 다시 되돌려 놓을 수 없습니다. 하트칩 안에 든 정보를 읽는 즉시 그 기능이 멈춰버리니까요."

창밖을 바라보던 시선이 온에게로 돌아왔다. 눈가의 선명한 주름조차 관리자의 의도대로 제작되었겠지만, 온은 그 깊은 눈빛이 어쩐지 정우가 살아온 세월의 또렷한 흔적처럼 보였다.

"폭탄의 뇌관을 건드린다고 생각하시면 이해하기 편하실 겁니다. 그 즉시 제 안에서는 소리 없는 폭발이 일어나는 거죠."

온은 그제야 비로소 하트칩이 어떤 시스템으로 작동되는지 알 것 같았다. 가장 중요한 정보를 하트칩에 담아두고 휴머노이드 전체에 강력한 보안 프로그램을 입력한 것이다. 축축해진 손바닥처럼 모든 이야기가 세상에 스며 나온 지금, 더 이상의 질문은 의미가 없을 것이다.

"이 얘기도 당신의 관리자가 말해줬나요?"

"마지막으로 알게 되었죠. 이 안에 제법 재미있는 것이 들어 있다는 사실을요."

정우가 손가락을 들어 자신의 가슴을 가리켰다.

"제 하트칩을 제거해 주셨으면 합니다. 그 속에 저장된 제 관리자님의 마지막 메시지를 읽어주시길 부탁드립니다."

"아니요. 저는 그런 권한도 없고요. 그러고 싶지도 않아요."

당혹감을 숨기지 못하는 온에게 그가 괜찮다는 듯 고개를 끄덕였다.

"류온 님의 권한은 이미 충분합니다. 저는 관리자님의 명령에 따라 저를 깨워준 류온 님께 모든 비밀을 말했을 뿐입니다."

"아니요. 저는 단지⋯."

"저를 그만 편안하게 해주시면 안 될까요? 이렇게 된 상태에서 깨어난 건, 글쎄요, 보는 사람도 저에게도 결코 유쾌한 일은 아니겠죠."

정우는 그 깊은 눈빛으로 상반신만 남아 있는 자신의 몸을 내려다보았다.

"제 관리자님은 이미 예견하셨습니다. 당신이 세상에서 사라진 뒤 제게 어떤 일들이 일어날지를요. 자녀분들에게 절대 환영받지 못할 거란 사실을 아셨을 테고 이렇게라도 저를 편안하게 만들어 주고 싶으셨겠죠."

"그들에게 당신은 아버지의 친구고, 아버지의 모든 기억을 가지고 있잖아요."

"인간에게 중요한 건, 기억보다 정보일 때가 많습니다. 그들이 원하는 유산의 정보를 제 안에서 찾든 못 찾든, 저는 어차피 버려질 운명이었습니다."

인간이 얼마나 잔인한 존재인지는 이미 알고 있었다. 다만 살아간다는 것이 그 경험치를 늘리는 일이 될까 봐 온은 늘 두려웠다.

"부탁드립니다."

그가 손을 뻗어 살짝 온의 무릎을 건드렸다. 바닥을 내려다보던 온의 두 눈이 힘겹게 고개를 들었다. 인간에 의해 만들어진, 인간에 의해 비밀을 간직한, 인간에 의해 파괴되어 버린, 이 휴머노이드를 보며 온은 자신도 그들과 똑같은 인간이란 사실이 좀처럼 견딜 수가 없었다.

"마지막으로 한 가지만 물어봐도 되겠습니까?"

정우가 물었다. 온이 고개를 끄덕였다.

"인간은 그리움을 느끼죠. 누군가를 만나고 싶고 함께하고 싶은 마음. 당신도 그리워하는 누군가가 있나요?"

"그런 인연은 있습니다."

정우의 시선이 텅 빈 허공에 머물렀다. 그곳에 '인연'의 뜻이라도 쓰여 있는 듯 오랫동안 한 곳을 응시했다.

"인간은 단순히 같은 사람만 그리워하지 않거든요."

온의 대답이 만족스러운 듯 정우의 입가에 미소가 어렸다. 그 웃음이 조금은 편안하고 홀가분해 보였다.

"그 말씀은 저에게도 좋은 정보가 된 것 같습니다."

온과 정우의 마지막 대화는 그렇게 끝이 났다. 온은 인간이 생각보다 다양한 존재를 그리워하며 보고 싶어 한다는 사실을 그에게 꼭 알려주고 싶었다. 처참히 부서진 몸 때문일까? 온은 어쩐지 그가 많이 지치고 피곤해 보이는 것 같았다. 이 감정은 단순한 느낌이 아닌 진짜인지도 몰랐다. 그는 진심으로 이 모든 고통과 그리움에서 벗어나길 원하고 있었다. 온이 정우의 몸에 연결된 선을 제거해 그를 깊고 편안한 그리고 자유로운 잠 속으로 침잠시켰다. 고개 돌려 바라본 창밖 하늘에는 비구름이 두텁고 낮게 깔려 있었다.

"글쎄? 이 하트칩을 누가 열었는지 모르겠습니다. 혹여 너희들 중 누군가 정우를 거두어 주었니? 그랬다면 세 녀석 중 한 명이 이 영상을 보고 있겠구나. 그런데 참으로 이상합니다. 이 영상을 보는 사람이 내 자식들이 아닐 거란 생각이 자꾸 들어요. 전혀 다른 사람이 보고 있거나, 그 누구도 이 영상을 영원히 볼 수 없을 것만 같습니다. 그래도 만약 누군가 본다면, 어쨌든 내 친구 정우의 마지막을 거두어 줬단 의미겠네요. 우선은 감사 인사부터 드리고 싶습니다. 우리 정우 잘 보내주셨기를 부탁드립니다. 지난 10년간 나에게는 유일한 친구이자 가족이었으니까요. 그럼 바로 이야기하겠습니다. 정우가 마지막에 무어라 말했는지 모르겠지만…. 그래요. 내 남은 유산이 있습니다. 내 자식들이 생각하는 것만큼 대단치는 않습니다. 그 녀석들은 워낙 욕심이 많아서요. 그래도 누군가의 삶을 한 평생 책임져 줄 만큼은 됩니다. 아마 그 녀석들도 알고 있을 겁니다. 내게 숨겨놓은 계좌가 있고 금고에 넣어놓았다는 것을요. 금고를 열 수 있는 열쇠를 얻고 싶었을 겁니다. 그 열쇠 비밀번호를 말하겠습니다. 모두 24자리 숫자와 영문으로 되어 있습니다. 지금부터 말하는 은행에 가서 그 열쇠만 건네면 됩니다. 만약 이 영상을 아무도 보지 않는다면, 계좌에 있는 돈은 내가 죽은 시점으로부터 정확히 3년 뒤 자동으로 이체됩니다. 내가 오래전부터 후원하는 단체가 몇 군데 있거든요. 정우의 마지막이 외롭지 않았으면 좋겠습니다. 이 영상을 보는 당신에게 부디 행운이 있기를, 그리고 나의 작은 마음을 기쁘게 받아주기를 바랍니다."

　온의 눈앞으로 숫자와 영문들이 반짝이며 천천히 지나갔다. 24자리 비밀들을 바라보던 그가 이내 홀로그램 화면을 꺼버렸다. 화면 속 노신사는 자신의 휴머노이드와 많이 닮은 모습이었다. 사람들은 말했다. 오랜 시간 함께 지내고 같은 시간과 추억을 공유하면 서서히 닮아간다고, 부부와 친구와 연인이 그렇게 조금씩 서로에게 영향을 주며 살아간다고, 그것이 비단 인간과 인간 사이에만 통용되는 건 아닌 듯싶었다. 함께 산 화초와 나무가, 반려동물들이 서로가 서로에게 조금씩 물들어 갔다. 그 관계는 혹여 전혀 다른 존재에게도 해당하는 게 아닐까?

　노신사가 남긴 마지막 선물은, 조금 더 시간이 흐른 뒤 더 많은 이들에게 도착할 것이다. 온이 자리에서 일어나 잠들어 있는 정우를 굽어보았다. 그의 꿈이 조금은 편안하길 바라며 온이 뒤돌아 방을 빠져나왔다.

제5장

새된 비명이 들려온 건, 온이 샤워를 끝낸 후 막 옷을 입던 순간이었다. 그가 욕실 문을 열어젖히자 젖은 머리에서 흘러내린 물이 어깨로 떨어졌다.

"무슨 일이야?"

휘가 엉덩이로 뒷걸음치며 빠끔히 열린 문틈을 가리켰다.

"안… 안에 사… 사람이. 다… 다리가 없…."

너무 놀라 자리에 주저앉은 휘에게 온이 무릎걸음으로 다가갔다.

"휘야. 사람이 아니라 메이드봇이야."

"아녜요. 분명 사람이었다고요."

겁에 질린 얼굴로 휘가 고개를 저었다. 까맣고 커다란 눈동자가 휘저은 수면처럼 어지럽게 일렁였다.

"휴머노이드야. 특수하게 만든 로봇이라고. 사람이랑 겉모습만 똑같아."

아차 싶은 얼굴로 온이 입술을 깨물었다. 정우의 생각에 몰두한 나머지 그만 휘를 잊고 말았다. 머리를 식힐 겸 샤워를 했는데 하필 그 시간에 딱 맞춰 휘가 돌아온 것이다. 빠끔히 열린 문틈 너머로 상반신만 남아 있는 사람을 봤으니, 얼마나 놀랐을까. 안 그래도 심리적으로 불안한 아이에게 큰 충격을 주고 말았다.

"정말 미안해. 놀라지 않게 미리 얘기해 줬어야 했는데."

앞으로는 버려진 로봇을 함부로 가져오면 안 될 것 같았다. 더는 혼자 생활하는 집이 아니니까. 무엇보다 두 사람 사이에 서로를 배려하는 세세한 조율이 필요했다.

"앞으로는 네게 미리 말하고…."

"됐어요."

어깨로 향하는 온의 손을 쳐내고는 휘가 매섭게 노려보았다. 그의 젖은 머리에서 흘러내린 물방울이 턱을 타고 바닥으로 떨어졌다. 휘가 방으로 들어가기 무섭게 쾅 소리 함께 문이 닫혔다. 노을마저 걷어 낸 하늘은 검고 짙은 밤의 장막을 드리웠고, 차가운 공기 속에 익숙한 비 냄새가 느껴졌다. 온이 자리에서 일어나 길게 어깻숨을 내쉬었다.

갑작스러운 장마, 예상치 못한 가뭄, 초봄에 찾아온 이른 더위와 늦가을에 내리는 눈. 홍수로 막대한 피해를 본 지역이 다음 해엔 비 한 방울 내리지 않아 갈라진 강바닥이 고스란히 모습을 드러냈다. 이제 지구 어디에도 또렷한 사계절을 찾아보기 힘들었다. 언제 어디서 갑작스레 비와 우박이 쏟아지고 가뭄과 태풍이 몰려올지 알 수 없었다.

하나둘 떨어지던 빗방울이 쏴쏴 소리를 내며 바닥에 내리꽂힌 건 자정이 지날 무렵이었다. 저녁을 먹기 무섭게 곯아떨어진 온은 꿈속에서 거대한 폭포를 바라보고 있었다. 잠시 뒤 누군가 힘껏 내지른 비명을 시작으로 산 위에서 커다란 바위들이 굴러떨어졌다. 거대한 바위가 일직선으로 날아온 순간, 헉 하는 소리와 함께 눈이 떠졌고 온은 그제야 모든 게 꿈이었음을 알게 되었다. 동시에 폭포수와 새된 비명이 꿈이 아닌 현실임을 자각하게 되었다. 침대에 누워 두 눈을 끔뻑이던 온이 튕기듯 몸을 일으켰다.

꿈속의 폭포는 무섭게 창을 때리는 소나기였다. 누군가의 비명은 휘의 방에서 들려왔다.

"괜찮아?"

벌컥 문을 열어젖히는 순간, 귀를 찢는 날카로운 파열음이 날아들었다. 휘가 집어던진 의자가 벽에 부딪히며 걸어놓았던 거울을 깨버렸다.

"아니야. 나는 못 봤어. 정말 보지 못했어. 나는 몰랐다고."

어둠 속에서도 온은 똑똑히 볼 수 있었다. 올무에 걸린 짐승처럼 번뜩이는 휘의 두 눈을. 온의 시선이 창밖에 쏟아지는 굵은 빗줄기에 닿았다.

"안 보였어. 진짜 아무것도 안 보였어."

휘가 주변 물건을 손에 잡히는 대로 벽을 향해 집어 던졌다. 바닥에는 깨진 거울 조각이 날카로운 빛을 튕겨 냈고 창밖은 천둥 번개를 동반한 강한 폭우가 쏟아지고 있었다.

많이 좋아졌지만, 여전히 빗소리에 민감한 반응을 보입니다. 혹시라도 많이 불안해하면 곁에 있어주세요.

낮에 본 휴머노이드 때문일 것이다. 안 그래도 충격이 컸을 텐데 하필 이런 날 창밖에는 비까지 퍼부었다.

"안 돼."

온이 뒤늦게 소리쳐 보지만, 휘의 손에는 이미 깨진 거울 조각이 들려 있었다.

"그거 내려놔."

"어떻게 여기까지 찾아왔어? 나 죽이려고? 그러고 싶어서 기어이 날 데리러 온 거야?"

두려움과 공포에 휩싸인 두 눈은 과연 누구를, 무엇을 보고 있는 것일까.

"오지 마. 싫어. 나는 몰랐다고, 못 봤다고 했잖아."

휘가 손에 쥔 거울 조각을 집어 던지는 순간, 온이 몸을 날려 힘껏 휘의 얼굴을 가격했다. 미친 듯이 날뛰던 녀석이 마지막 도끼날을 맞은 나무처럼 침대 위로 힘없이 쓰러졌다. 비는 온 마을을 휩쓸어 버릴 듯 세차게 내렸고 한 줄기 섬광이 지나가자 멀리

서 천둥이 포효했다. 아무리 침착하려 해도 귀 뒤를 터치하는 손
이 미친 듯이 떨렸다. 온이 주먹을 움켜쥔 채 입술을 깨물었다.

"나예요. 차 좀 보내줘요. 휘… 휘가 다쳤어요."

거울 조각이 파고든 휘의 손에서 피가 흘러나왔다. 불을 켜야
하는데 온은 차마 밝은 불빛 아래 쓰러진 휘의 얼굴을 볼 자신이
없었다. 녀석의 몸에 또 하나의 상처가 남아버렸고 그것이 자신
과 무관하지 않다는 사실이 깨진 거울 조각처럼 그의 가슴을 찔
렀다. 온이 무너지듯 바닥에 주저앉았다.

"페퍼민트 차야. 두통에 좋아. 머리 아프잖아."

테이블에 찻잔을 내려놓고는 소장이 풀썩 맞은편 의자에 앉았
다. 이마를 짚던 두 손을 떼고 온이 숙였던 고개를 들었다. 단순한
두통이 아니었다. 휘의 상태는 예상했던 것보다 심각하고 상처는
우려했던 것보다 깊었다.

"방금 진정제 들어갔어."

"…."

"많이 안 넣었어. 잠깐 재운 것뿐이야."

소장이 콜록 기침하고는 앞에 놓인 찻잔을 들어 올렸다. 진한
물비린내 사이로 싸한 허브차 향이 스며들었다. 온이 어깨를 들
썩이며 긴 한숨을 내뱉었다.

"손은 어때요?"

"다행히 깊게 베이지 않았더라."

흘낏 온을 곁눈질하고는 그녀가 창백한 얼굴 가득 못마땅한 심기를 드러냈다.

"대신 얼굴은 좀 붓겠더라. 어떻게 애를… 그러다 광대나 코뼈라도 잘못되면 어쩌려고?"

온은 자신이 무슨 짓을 저질렀는지조차 기억나지 않았다. 어떻게든 날뛰는 휘를 막아야 했는데 생각보다 몸이 먼저 반응했다. 한 방에 기절시켰으니 타격이 제법 셌을 터다.

"너무 위험했어요. 바닥에 유리 조각이 가득해서 또 무슨 짓을 할지 모르니까. 그 상황에서 어떻게 힘 조절까지 해요."

"맨날 로봇만 만지작거리더니. 인간도 한 방에 전원 차단하려고 했니?"

"…"

"소나기가 그날 밤 밀어닥친 물소리로 들렸을 거야. PTSD는 쉽게 벗어날 수 없어. 구조된 후에도 한동안 혼자 있었잖아. 그것도 분명 큰 공포로 남았을 테고. 어쩌면 평생을 가지고 가야 할 멍에이자 고통일지도 몰라."

"꼭 서해 대지진 때문이 아닌 것 같아요."

"무슨 소리야?"

무엇 때문인지는 온도 알 수 없었다. 휘가 갑자기 발작을 일으킨 이유가 과연 퍼붓는 소나기 때문일까. 서해 대지진의 악몽이 되살아나서?

어떻게 여기까지 찾아왔어? 나 죽이려고? 그러고 싶어서 기어이 날 데리러 온 거야?

찾아왔다거나, 데리러 왔다는 말로 보아, 사람에게 하는 소리임이 틀림없었다. 그렇다면 휘의 눈에 비친 존재는 누구였을까. 온은 문득 며칠 전 보았던 휘의 상처가 떠올랐다. 어깨에 또렷하게 남은 상흔과 갑작스러운 발작 사이에 혹여 어떤 관계가 있지 않을까. 대지진과는 전혀 다른… 어떤 인물 때문에?

소장이 콜록콜록 기침하며 온에게 휘휘 손을 저었다.

"이봐요. 같이 고민합시다. 뭐가 그렇게 혼자 심각해?"

그가 미간에 새긴 주름을 풀고 소장의 움푹 파인 두 눈과 마주했다.

"감기 아직 안 나았어요? 왜 여전히 기침해요?"

"밖에 날씨 안 보이니? 가만히 있어도 몸이 떨리는데. 더욱이 어떤 분 덕분에 새벽에 자다가 놀라 뛰쳐나왔거든. 감기가 나을 틈이나 있니? 너 원래 나 쉬는 꼴 못 보잖아."

그녀가 또다시 콜록 기침을 내뱉었다. 온의 시선이 의료용 밴드가 붙어 있는 소장의 손등에 닿았다. 아직도 상처가 낫지 않은 모양이었다.

"심각한 것 같은데. 열 있는지…."

자신의 이마 쪽으로 손이 다가오자 소장이 재빨리 상체를 뒤로 젖혔다.

"됐어. 여기 널린 게 체온계인데 뭔 정확하지도 않은 체온 측정이야?"

"아, 네. 깜빡했네요. 과학적인 거 대단히 좋아하는 분에게 실례했습니다."

소장에게 가늘게 눈을 뜨고는 그가 혼잣말처럼 덧붙였다.

"과학적이 아니라 가학적이라고 해야 하나?"

"나는 그 중간 어디쯤이겠지."

"올라가서 좀 쉬어요. 병실에 가볼게요. 휘 깨어나서 아무도 없으면 당황할 테니까."

자리를 털고 일어나는 그를 따라 소장도 몸을 일으켰다.

"무슨 일 있으면 바로 호출해. 내려올 테니까."

"소장님도요."

"…."

"무슨 일 있으면 부르라고요."

온이 병실로 들어서자 침대에 잠들어 있는 휘가 있었다. 창밖은 여전히 물의 세계였다. 희미한 별빛조차 사라진 어두운 밤이 는적거리며 더디 흘러가고 있었다.

휘가 깨어난 건 정확히 1시간 뒤였다. 부스럭거리는 소리에 의자에 앉아 있던 온이 벌떡 몸을 일으켰다. 흐릿한 취침 등 아래, 작고 창백한 얼굴이 또렷했다. 손에 감긴 붕대를 쳐다보며 두 눈을 끔뻑이는 것을 보니, 이곳이 어디고 왜 오게 됐는지 조금씩 떠오르는 모양이었다. 휘가 손에서 시선을 거두고는 감정 없는 얼굴로 물끄러미 온을 바라보았다.

"손은 크게 베이지 않았대. 소독 잘하고 약 잘 바르면 금방 아물 거야."

온이 침대로 다가서자, 조도가 낮은 곳에서도 휘의 부풀어 오른 한쪽 뺨이 선명했다. 소장이 걱정했던 것이 정확히 무엇이었는지 알 것 같았다. 자칫 잘못했다가는 휘가 크게 다쳤을 것이다. 무식한 누군가의 손에….

"미안해. 다른 방법이 있었을 텐데."

초점이 사라진 텅 빈 두 눈으로 휘가 입을 열었다.

"뭐가 미안해요?"

소리는 바싹 마른 입술이 아닌, 저 동굴 같은 눈에서 흘러나오는 것 같았다. 휘의 탁한 목소리가 무겁게 가라앉은 밤공기를 파고들었다.

"너를… 때린 거… 절대 그러지 말았어야 했어. 많이 아팠지?"

"나를… 때린… 거?"

낯선 외국어를 배우는 사람처럼 휘가 천천히 온의 말을 따라 했다.

"누워서 좀 쉬고 있어. 얼음팩 가져올게."

온이 문을 향해 돌아서는데 등 뒤에서 키득거리는 소리가 들려왔다. 그가 천천히 몸을 돌린 곳에 어깨까지 들썩이며 웃고 있는 휘가 있었다. 창백한 얼굴은 웃음인지 울음인지 모를 기괴한 표정으로 뒤덮여 있었고, 방금 전까지 텅 비어 있던 두 눈에선 광기 서린 빛이 뿜어져 나왔다.

"당신 누구야?"

그 한마디가 얼음송곳이 되어 온의 관자놀이를 찔렀다.

"오늘 휴머노이드 때문에 많이 놀랐지? 네가 아직 기억을 못 해서⋯."

큭큭 소리 내어 웃던 휘가 몸을 돌려 침대에서 내려왔다.

"그 어렵다는 고등학교 졸업 시험을 한 번에 붙었어?"

세상을 쓸어버릴 듯 비는 세차게 퍼붓고 있었다. 맨발로 천천히 다가오는 휘는 마치 공중에 떠 있는 듯 아무 소리도 내지 않았다. 큭큭거리는 날카로운 웃음소리만이 짓눌린 밤공기를 찢고 베어 냈다.

"로봇을 좋아해?"

유령처럼 소리 없이 다가오는 거리만큼 온이 주춤주춤 뒤로 물러섰다.

"당신 누구냐고."

어느덧 휘는 그의 코앞까지 다가와 있었다. 하늘에 섬광이 지나가자 싸늘한 불빛 사이로 파랗게 안광을 내뿜는 두 눈이 스쳐 지났다.

"우리 형 아니잖아."

'맞지?'라고 되묻듯 휘가 고개를 까딱거렸다. 금방이라도 심장이 터져버릴 것 같아 온은 숨조차 내쉬지 못했다.

"당신 류온 아니잖아."

붕대가 감긴 휘의 손이 천천히 온의 얼굴로 다가오더니 검은색 뿔테 안경을 벗겨 냈다. 희붐한 어둠 속에서 휘의 한쪽 입꼬리가 반원을 그리며 올라갔다.

"당신이 내 형일 리가 없어."

안경이 사라진 그의 얼굴을 확인하듯 휘가 조금 더 가까이 다가왔다.

"왜냐고?"

또 한 번의 섬광이 하늘을 하얗게 태우자, 분노한 바람은 매서운 채찍이 되어 여린 나뭇가지를 쉼 없이 내리쳤다.

"형은 내가 죽였거든."

번개가 내리꽂히기 무섭게 천둥이 세상을 뒤흔들고, 하늘의 폭발음은 잠든 밤을 깨운 후 그 뾰족한 손톱으로 다가오는 새벽마저 갈가리 찢어 냈다. 커다란 굉음 사이로 키득거리는 웃음소리가 들려왔다. 창백한 미소가 날카로운 파편처럼 부서져 사방으로 흩어졌다.

제6장

늦은 밤, 류온이 돌아왔다. 집을 나간 지 정확히 일주일 만이었다. 방문 안으로 엄마의 울먹이는 목소리와 류온의 짜증 섞인 고성이 뒤섞여 흘러들었다. 그가 돌아오면 늘 반복되는 일상이었다. 류온은 집에 있어도, 집 밖을 떠돌아다녀도 늘 엄마를 힘들게 했다. 그가 있는 집은 전쟁터였고, 그가 사라진 집은 폐허가 되었다.

류온은 입학 후 한 학기 만에 고등학교를 그만두었다. 말이 그만둔 것이지 쫓겨났다는 표현이 더 맞을 것이다. 그가 일으킨 문제는 그 수를 다 헤아릴 수 없을 정도로 많았다. 심심찮게 학교가더봇School Guard Robot에게 제지당하던 그는 결국 체육실에 있는 골프채로 가더봇을 공격했다. 그 폭력성이 언제 인간에게로 향할지알 수 없기에, 모두 그가 학교를 떠나길 바랐다. 그 만장일치의 결정에 류온은 처음으로 수긍했다.

학교가 싫으면 졸업 시험 준비라도 해라.

엄마의 간절함을 비웃은 쪽은 오히려 동생 류휘였다. 그럴 위인이라면 애초에 학교에서 쫓겨나지도 않았을 테니까. 밖에서 떠돌던 류온이 돌아오는 건 오직 한가지 이유 때문이었다. 돈이 떨어졌으니 ESC 속 현금 카드를 충전시켜 달라는 의미였다.

눈 수술 하나 못 시켜주면서.

정작 수술을 거부한 건 류온 자신이었다. 시력도 좋은 그가 굳이 안경을 착용하는 이유는 패션을 위해서였다. 이렇듯 유치하고 한심한 류온의 투정은 곧잘 고성으로 이어지다, 결국 폭력으로 마무리되었다. 그의 화풀이 대상은 언제나 힘없고 약한 동생이었다. 휘는 온을 통해 세상의 모든 폭력과 고통을, 경멸과 살의를 배웠다.

네가 태어난 후로 집구석이 이렇게 됐어.

휘가 태어나고 얼마 후 아버지에게 사고가 일어났다. 택배 드론을 관리하는 업무였는데, 물건을 싣던 드론이 아버지에게 날아들었다. 뒤늦게 병원으로 옮겨졌지만, 이미 아버지는 사망한 후였다. 회사 측은 관리자의 업무상 과실 사고라 말하며 유족들이 이해할 수 없는 어려운 프로그램 코드와 복잡한 기술 언어를 들먹였다. 실수는 오직 인간만이 할 수 있으며, 입력된 프로그램대로 움직이는 로봇과 기계는 한 치의 오차도 용납되지 않는다고 했다. 회사는 법적인 절차를 운운하며 드론의 오작동을 입증할 증거 제출을 원했지만 사고의 명확한 이유를 왜 유가족 측에서 입증해야 하는지는 알 수 없었다. 그들에게는 무엇 하나 쉽지 않았다. 어쩌면 처음부터 불가능한 일인지도 몰랐다.

류온이 로봇을 싫어하는 이유는 자명했다. 하지만 그 억울함과 분노가 결코 폭력의 면죄부는 될 수 없었다. 아버지의 죽음은 류온의 일탈을 합리화시키는 그럴싸한 도구에 불과했다. 류온은 순수 악이었고 휘가 자랄수록 그 폭력의 수위는 높아져 갔다.

너는 정말 재수 없는 새끼야. 너만 태어나지 않았어도 집이 이 꼴이 되진 않았을 거야.

그건 내가 할 소리야.

이 새끼가 미쳤나? 어디 감히.

류온에게 맞아 뼈에 금이 간 적도 있었다. 얼굴이 찢기거나 온몸에 멍이 드는 경우는 부지기수였다. 류온이 유리컵을 던진 날 깨진 유리 조각이 어깨의 살갗을 파고들었다. 그 상처는 몸이 아닌, 가슴에 더 깊게 박혔다.

그날도 류온은 습관처럼 주먹을 앞세웠고 그 이유는 언제나처럼 단순했다. 류휘가 거기에 있으니까. 안 그래도 재수 없는 놈이 또박또박 말대꾸까지 하니까. 류휘는 그저 자신의 화풀이 대상으로 태어났으니까. 류휘에게 익숙한 악몽이 되살아나는 사이 잠긴 문밖에서 엄마의 울음 섞인 절규가 들려왔다.

온아, 그만해. 문 열어. 동생 때리지 마.

무차별한 폭력을 견디며 류휘는 잔뜩 몸을 웅크린 채 기도했다. 하늘과 땅이 맞닿아 온 세상이 산산이 갈려버리길, 이 끔찍한 지옥이 영원히 끝나버리기를 간절히 바랐다. 할 수만 있다면 악마와 거래라도 하고 싶었다. 하지만 그때까지도 전혀 생각지 못했다. 불과 몇 시간 뒤에 그 간절함이 진짜 현실이 될 줄은, 하늘과 바다가 뒤집혀 온 세상이 흔적 없이 쓸려 가게 될 줄은 조금도 상상하지 못했다. 땅이 류휘의 비명에 귀를 기울였고 바다가 그의 눈물에 응답했다. 악마가 기어이 그 끔찍하고도 슬픈 소원을 들어주었다.

굵은 창처럼 내리꽂히던 빗줄기가 힘을 잃고 가늘어졌다. 성난 맹수처럼 날뛰던 천둥과 번개도 거짓말처럼 잠잠해졌다. 언제 그랬냐는 듯 세상이 차가운 고요 속으로 숨어들자 마을에도 서서히 새벽 어스름이 찾아들었다.

"때릴 땐 그냥 맞아야 해. 그래야 빨리 끝나니까. 괜히 맞섰다가는 더 크게 다쳐. 제풀에 꺾일 때까지 기다리면 돼. 그날도 그랬어. 정신없이 때리다 집을 나갔는데, 엄마가 곧바로 쫓아갔어. 돈 없다고 하면서도 또 현금 카드를 충전해 주려고 했을 거야. 그리고 1시간 뒤에 땅이 흔들리고 곧바로 바다가 덮쳤어. 만약 엄마가 집에 있었다면… 적어도 그랬다면 나랑 같이 구조됐을 거야."

희붐한 어둠을 무연히 쳐다보며 휘가 중얼거렸다.

"집에는 나 혼자 있었고, 세상이 온통 물바다가 됐어. 꿈인지 생시인지. 처음에는 내가 맞아 죽어 지옥에 떨어졌나 싶었어. 엄마를 찾아야 한다는 생각에 무조건 허우적거렸어. 어디에 잠깐 매달리기도 했는데 시간이 얼마나 지났는지 여기가 어딘지조차 알 수 없었어. 그런데 갑자기 누군가가 나를 물속에서 끄집어내더라. 나중에야 그 억센 손이 구조봇의 팔이었다는 사실을 알았어. 나한테 뭐라 뭐라 자꾸만 말하는데 아무것도 들리지 않았어. 내가 있는 곳이 아주 높은 건물 옥상이란 사실만 어렴풋이 알겠더라. 그 높이까지 이미 다 물에 잠긴 거야. 구조봇은 내게 구명조끼를 입힌 후에 내 옆에 튜브와 또 다른 장비를 내려놓았어. 마지막으로 잠시 기다리라는 말을 하고는 사라졌어."

휘의 지친 목소리가 가만가만 병실에 퍼져나갔다. 어제 본 영화를 이야기하는 듯한 담담한 음성이 빗소리가 되어 온의 귓가에 젖어들었다.

"옥상에서 떨고 있는데 사람이 떠내려가는 걸 봤어."

감정조차 메말라 버린 휘의 두 눈 속으로 그날의 기억이 잘게 부서져 차오르기 시작했다.

"형이었어."

그 조용한 한마디가 우렛소리처럼 온의 가슴을 흔들었다.

"형이 떠내려가고 있었어."

"그럴 리 없어."

온이 힘주어 말하자 핏기가 사라진 창백한 얼굴이 강하게 도리질 쳤다.

"아니야. 형이 물에 빠져 허우적거리는 걸 내 눈으로 봤어. 어떻게 내가 모를 수 있겠어?"

"새벽이었잖아. 엄청 깜깜했다고. 떠내려간 게 사람인지 아닌지도 확실치 않아. 그런데 어떻게….”

"나는 알아."

휘가 고개 들어 온을 향해 소리쳤다.

"형이랑 눈이 마주쳤어. 그런데… 그런데….”

커다란 두 눈이 붉게 충혈되고 강파른 어깨가 여리게 떨렸다.

"나는 튜브를 던지지 않았어. 내 옆에 있었는데. 던질 수 있었는데. 나는 안 했어. 류온이 떠내려가게 그냥 내버려뒀어."

고이지도 못한 눈물을 떨어뜨리며 휘는 끊임없이 과거를 되새김질하고 있었다. 자신이 침묵으로 집어삼킨 그날의 공포와 고통을, 죄책감과 분노를, 지금까지 수십, 아니 수백 번 꺼내 보고 또 꺼내 보며 괴로워하고 있었다.

"내가… 내가 형을 죽였어."

"아니야."

온이 와락 휘를 품에 안았다. 고작해야 열세 살, 너무 어린 아이였다. 존재만으로 충분히 사랑받아야 할 아이가 지금까지 얼마나 큰 고통과 공포 속에 살아왔는지, 도저히 감당할 수 없는 어둠을 제 안에 담아두고는 태산 같은 죄책감에 짓눌려 있었는지 생각만으로도 숨이 막혀 왔다. 온은 더는 휘의 고백을 들을 수가 없었다.

"형이 아니었어. 네가 잘못 본 거야. 만에 하나 진짜 형이었다 해도 그 상황에서 뭘 할 수 있었겠어. 네가 튜브를 던졌다 해도, 절대 닿지 않았을 거야. 그냥 사고였다고. 너무 크고 무서운 재해였을 뿐이야."

온의 품에 안겨 휘가 서러운 울음을 터트렸다. 가슴 저 밑바닥부터 쌓여 있던 슬픔과 죄책감이 여린 목울대를 찢고 한꺼번에 튀어나왔다.

"형은 나한테 한 번도 사과하지 않았어. 때려서 미안하다고 잘못했다고 말하지 않았어. 한 번만, 한마디만 해줬으면… 그랬다면… 그렇게 미워하지 않았을 텐데. 튜브를 던졌으면… 살 수도 있었어. 나 때문에 형이… 형이 죽었어."

어린 휘가 원한 건 단지 그뿐이었다. 미안하다는 사과와 잘못을 인정하며 용서를 구하는 진심. 그 밖에 원하는 것도, 바라는 일도 없었는데 그 한마디를 끝끝내 해주지 않았다. 이 여리고 작은 가슴에 바다보다 깊은 상처를, 화산처럼 뜨거운 분노를 심어주고 무심하게 떠나버렸다.

온이 휘를 안은 두 팔에 꽉 힘을 주었다.

"휘야, 형이 미안해. 때려서 미안해. 괴롭혀서 미안해. 잘못했어. 정말 잘못했어. 그러니 형 미워해도 돼. 용서하지 않아도 돼. 휘야, 괜찮아. 너는 아무 잘못 없어."

"형… 형."

그의 품속에서 휘는 오랫동안 울었다. 하늘이 희뿌연 빛으로 태어날 동안, 울고 또 울었다. 그래서 다행이라고, 정말 다행이라고 온은 생각했다.

휘는 말을 잃지 않았다. 기억이 지워지지도 않았다. 단지 그런 척 연기를 했을 뿐이었다. 누군가 형의 죽음을 물을 것 같아서, 왜 구해주지 않았느냐고, 왜 튜브를 던지지 않았느냐고 채근하고 몰아세울 것 같아서 늘 무섭고 두려웠다. 눈만 감으면 떠내려가던 류온의 얼굴이 떠올랐다. 희미한 빗소리에도 형의 원망이 들리는 듯했다. 형이 물 위에 둥둥 떠 있는 모습으로 꿈에 찾아오면 휘는 새벽에 혼자 일어나 땀으로 흠뻑 젖은 몸을 떨며 날이 밝기를 기다렸다.

그리고 어느 날, 기적이자 악몽처럼 형이 살아 있다는 소식을 들었을 때, 휘는 소용돌이치는 물속으로 빨려 들어가는 기분이었다. 형이 기어이 살아남아 자신을 죽이러 왔다고, 그날의 복수를 위해 죽음에서 뚜벅뚜벅 걸어 나왔다고 믿었다. 류온과의 재회는 두려웠지만, 한편으로는 홀가분한 마음도 있었다. 그가 살아 있다면, 적어도 이 지옥 같은 죄책감에서는 벗어날 수 있을 테니까. 그렇게 찾아간 곳에서 휘의 눈앞에 나타난 사람은 류온과 비슷한 또래에 같은 안경을 쓰고 있었지만, 결코 류온이 아니었다. 그는 칼날 같은 눈빛을 번뜩이지 않았고 욕설을 내뱉거나 주먹을 휘두르지도 않았다. 류온은 단 한 번도 보여준 적 없는 그 미소 속에는, 그러나 숨길 수 없는 당혹감이 엿보였다. 휘는 그 이유를 충분히 눈치챌 수 있었다. 그 순간 눈앞이 새하얗게 부서지며 온몸이 힘없이 바닥으로 무너져 내렸다.

정신을 차렸을 때 류온의 어색한 미소는 여전히 눈앞에 있었다. 사람들 모두 그를 류온이라 불렀지만, 그는 결코 휘가 알고 있는 사람이 아니었다. 형이 아니었다.

류온은 휘를 위해 그가 할 수 있는 최선을 다하려 했다. 학교를 알아보고 통학을 걱정하며 휘의 작아진 옷을 손에 쥔 채 난감한 표정으로 바라보았다. 이 모든 평범한 일상이, 휘에게는 언어가 통하지 않는 이방인과의 대화처럼 낯설고 어색하며 또 어려웠다. 하지만 시간이 지날수록 휘는 조금씩, 그리고 천천히 과거의 류온이 아닌 지금의 류온이 궁금해지기 시작했다.

학교를 다녀온 후 언제나처럼 마주하던 그 미소가 보이지 않았다. '집에 없나?' 싶은 생각에 빠끔히 열린 문틈으로 살며시 고개를 들이밀었다. 그곳에 진짜 류온이 있었다. 물에 떠내려가던 그날 그 모습 그대로 상반신만 남은 채 앉아 있었다.

"너 왜 나 모른 척했냐?"

휘가 외마디 비명과 함께 무너지듯 바닥에 주저앉았다. 온 세상을 쓸어버릴 듯 소용돌이치는 수마의 포효 소리가 쾅쾅 귓속을 울렸다. 하늘을 가득 메운 먹구름이 무게를 이기지 못한 채 후드득후드득 빗방울을 떨어뜨렸다. 휘는 드디어 류온이 찾아왔다고 생각했다. 죽음에서 걸어 나와 그 검고 차가운 물속으로 기어이 자신을 끌고 가리라 믿었다.

차에 오르려던 온을 소장이 황급히 멈춰 세웠다. 그가 굽혔던 허리를 펴고 몸을 돌리자 그녀가 차 안을 곁눈질하며 뒷좌석에 앉은 휘를 살폈다.

"뭐야. 간밤에 무슨 일이 있었던 건데? 얼굴 부은 건 그렇다 치고 휘 눈은 또 왜 저래?"

"나중에 얘기해요."

돌아서는 온의 어깨를 소장이 붙잡았다.

"갑자기 센터에는 왜 연락하라는 거야? 휘가 다시 돌아간대? 뭘 알아야 그쪽에 연락하든 말든 할 거 아니야?"

휘가 다시 돌아갈지 어떨지는 알 수 없었다. 이제 모든 걸 알게 되었으니, 아니 처음부터 알고 있었으니 지금이라도 바로잡아야 했다. 무엇을 어떻게 바로잡을지는 진지하게 고민해 봐야겠지만, 그것 역시 온이 아닌 휘가 결정할 문제였다.

"이따 전화할게요."

온이 차에 오르자 보건소 앞뜰에 소장을 남긴 채 자율주행차가 출발했다. 휘는 얼굴과 눈이 퉁퉁 부은 모습으로 멍하니 창밖을 보고 있었다. 녀석이 무슨 생각을 하며, 어떤 계획을 품고 있는지 온은 알 수 없었다. 물기를 머금은 숲이 햇살 속에 반짝였다.

집에 도착하기 무섭게 휘가 서둘러 제 방으로 들어갔다. 열린 문틈 사이로 잠시 부스럭 소리가 들리더니 어깨에 가방을 둘러멘 채 휘가 다시 거실로 나왔다.

"학교 가려고?"

온이 묻자 휘가 뿌루퉁한 표정으로 고개를 끄덕였다.

"저기… 지금 얼굴이….."

한쪽 뺨은 퍼렇게 부풀어 올랐고, 두 눈은 금붕어가 되어 있었다. 학교나 청소년 보호 기관 더 나아가 경찰에서 연락이 와도 조금도 이상하지 않을 모습이었다.

"예전에도 이런 얼굴로도 잘만 다녔어요. 부딪혔다고 대충 둘러대면 돼요."

너무나도 태연한 목소리 앞에서 온은 더는 할 말도, 할 수 있는 얘기도 없었다

"아침 먹을 시간 없지? 기운 없을 텐데, 학교 앞에서 간단하게 빵이라도 사 먹고 들어가. ESC 현금 카드에 얼마 남았어? 벌써 다 썼겠다. 내가 바로 카드 충전해 줄 테니까."

"많이 남았어요. 돈 쓴 적 없어요."

퉁퉁 부어 잘 떠지지 않는 눈으로 휘가 그의 얼굴을 살폈다.

"진짜 이름, 안 물어볼게요."

"…."

"진짜 나이도요."

"나이는 열아홉 맞아."

두 사람의 시선이 잠시 허공에서 맞닿았다. 온은 여전히 휘의 앞에서 어떤 표정을 지어야 할지 알 수 없었고, 휘는 또다시 짙은 안개 속으로 들어가 제 표정을 숨겼다. 찰나의 순간이 지나가고, 휘가 먼저 몸을 돌려 현관을 향해 걸음을 옮겼다. 저 강파른 어깨를 보는 일도 오늘이 마지막이려나? 그 생각이 온의 마음을 아프게 찔렀다.

"자전거요."

온이 물끄러미 휘의 등을 바라보았다. 열다섯 치고는 큰 키에 마른 몸이었다. 어깨에 남은 상흔이, 그보다 깊은 곳의 상처마저 보이는 듯했다.

"전동 킥보드는 많이 타봤는데, 직접 페달 밟는 자전거는 타본 적 없어요."

여전히 등을 보인 채 휘가 말했다.

"나중에 알려줄 수 있어요? 자전거 타는 법."

"어? 그… 그럼 아주 쉬워. 금방 배울 수 있어."

현관 앞에서 오도카니 서 있던 휘가 어깨를 들썩이며 심호흡했다.

"형한테 뭐 배웠다는 애들이 되게 부러웠어요."

그 말을 끝으로 휘가 밖으로 나갔다. 쾅 소리와 함께 문이 닫히고 자박자박 발소리가 멀어져 갔다. 휘가 집을 떠난 후에도 온은 한동안 멍하니 선 채 현관만 바라보았다. 순간 뿌옇게 흐리기만 했던 시야가 서서히 걷히며 주위가 환해지기 시작했다. 눈에 닿는 모든 것이 전보다 몇 배 선명하며 또렷하게 느껴졌다.

"나중에… 형한테?"

넋 나간 표정으로 중얼거리는 사이 소장에게서 전화가 걸려왔다. 그제야 퍼뜩 정신을 차리고 온이 귀 뒤를 터치했다.

"휘, 옆에 있어?"

"학교 갔어요."

"그 얼굴로 어떻게 학교를."

소장이 말을 멈추고는 짧은 한숨을 내쉬었다.

"그럼 말하기 편하겠네. 뭐야? 갑자기 센터에는 왜 연락하라고 해? 혹시 휘 기억이….."

"보호 센터에서 그 녀석 뭐 잘 먹었대요? 주는 건 다 군말 없이 먹는데, 정작 입맛을 몰라서. 혹시 그쪽 사람들은 알고 있을까 해서요. 휘 식성이나 잘 먹는 음식 같은 거요."

"너… 갑자기 무슨 소리를. 지금 고작 휘 식성 물어보라고 센터에 연락하라는 거였어?"

"내가 형이잖아요. 형이 동생 식성도 몰라서 되겠어요?"

"야! 너!"

소장의 쨍한 목소리가 날카롭게 그의 귓속을 파고들었다.

"왜 소리를 질러요? 말 나온 김에 오늘 그린돔에서 일 좀 도와주고 과일이랑 채소나 얻어 와야겠어요. 내 동생 저녁 해줘야 해서요."

소장이 뭐라 덧붙였지만, 온이 먼저 전화를 끊어버렸다. 아무래도 오늘 하루가 짧을 것 같았다. 집 안에 쌓인 먼지도 청소하고 저녁 메뉴도 고민해 봐야 하며 출출할 때 먹을 수 있는 간식도 사와야 했다. 지금부터 부지런히 몸을 놀린다면 휘가 돌아오기 전까지 모든 걸 새로이 준비할 수 있을 터였다.

"아! 우선 자전거 수리부터 좀 해봐야겠다."

그가 콧노래를 부르며 벌컥 현관문을 열어젖혔다.

◐

서재로 들어서는 하라를 향해 강 회장이 기묘한 미소를 건넸다. 그럴 리 없으리라 생각하면서도, 마치 하자 없는 제품을 보는 듯 만족스러운 회장의 눈빛이 자꾸만 하라의 신경을 곤두서게 했다.

"이리 와 앉아라."

회장이 자신의 왼쪽 자리를 가리켰지만, 그는 걸음을 옮겨 테이블이 가로놓인 맞은편 의자에 앉았다. 가장 먼 자리에 앉는 그를 보며 회장의 굵은 눈썹이 꿈틀거렸다.

"건강검진 결과를 받았다. 특별히 문제 될 게 없다고 하더라. 아주 건강하다니, 그것만큼 반가운 소식이 어디 있겠냐."

"회장님 건강은 어떠십니까?"

강 회장이 등받이에 몸을 묻고는 왼쪽 다리를 오른쪽 다리 위에 포갰다.

"여기저기 삐걱대는 곳이 좀 있지. 아무리 의학이 발전해도 세월을 어찌 붙잡을까?"

"건강하셔야 합니다."

하라의 한마디에 강 회장이 기분 좋은 표정으로 너털웃음을 터트렸다.

"나뭇등걸처럼 뻣뻣해도 할아버지 걱정해 주는 사람은 역시 손주밖에 없네."

회장은 반드시 건강해야 했다. 그것이 하라에게 남은 마지막 바람이자 희망이었다. 오랫동안 건강하게 살아서 하나밖에 없는 손자가 뒤를 잇는 모습을 꼭 지켜봐야 하니까. 자신이 평생에 걸쳐 이룩한 모든 것들을 하나둘 파괴하는 그 순간들을 두 눈으로 천천히 응시하기를 원하니까. 오직 그 일념 하나로 그는 지금껏 얌전히 엎드려 있었고, 때가 되기 전까지는 바퀴에 짓눌린 개구리처럼 죽은 듯 지낼 계획이었다.

"학교생활은 어떠냐? 친한 친구들은 좀 있고?"

"쓸모 있는 친구를 말씀하시는 겁니까?"

그런 사람이라면 주위에 흘러넘쳤다. 물론 자신 역시 그들에게 제법 쓸모가 있다는 사실도 절대 모르지 않았다. 그럴싸하게 학교라 이름 지었지만, 일찌감치 더러운 연줄이나마 잡아보겠다고 몰려든 거미들 집단에 불과하니까.

하라를 바라보는 강 회장의 두 눈에 싸늘한 빛이 맴돌았다.

"다들 너를 좋게 보더구나. 꼭꼭 숨겨놓을 만했다고 해. 아까워서 보여줄 수 없었다고 했다."

기분 좋은 웃음소리가 귀를 때렸다. 하라가 꽉 어금니를 사리 물었다.

"벌써 너를 탐내는 사람도 있어. 하지만 어림도 없지. 적어도 네 어머니 정도는…."

회장이 입을 닫고는 천천히 도리질 쳤다. 기분 좋은 미소가 사라진 자리에 설핏 그리움이 스쳐 지났다.

"과연 그런 완벽한 사람을 어디서 다시 볼 수 있을까?"

강 회장에게 하라의 어머니는 며느리도, 아들의 부인도 아니었다. 완벽한 사업파트너이자 어쩌면 자신의 모든 것을 마음 편히 맡길 수 있는 믿음직한 후계자였을 것이다. 만약 지금까지 살아 있었다면….

"네 아버지의 최대 업적이었지."

아니, 처음부터 아버지에게는 그 어떤 결정권도 없었다. 아버지의 최대 업적이라면 오직 단 하나, 그가 강 회장의 아들로 태어났다는 것뿐이었다.

"네 어머니가 내 눈을 너무 높여놨어. 너를 아무에게나 소개할 수 없지.”

“그 사람들도 압니까?”

'뭐를?'이라고 되묻는 듯한 눈빛으로 강 회장이 눈썹을 움찔거렸다.

“제 과거 말입니다. 제가 어떤 상태였는지 만약 안다면,”

하라의 입가에 싸늘한 조소가 머물렀다.

“그때도 과연 저를 원할 사람들이 있을까요?”

그의 말을 들으며 회장이 등받이에서 몸을 세우고는 손끝으로 턱을 쓰다듬었다.

“어릴 때 유독 잔병치레가 심한 아이들이 있지. 그런 놈일수록 더 건강하고 튼튼하게 자라는 법이다.”

그 치료를 위해 너무 많은 희생이 뒤따랐고 상상도 못 할 음모가 비밀리에 진행되었다. 그 결과는 보시다시피 이 빌어먹을 목숨 하나 유지하게 된 것뿐이었다. 그 사실이 여전히 견딜 수 없는데 어떻게 그 어마어마한 일을 잔병치레라 가볍게 말할 수 있을까.

“단순히 잔병치레라 말하기엔 제법 많은 목숨이 사라진 것으로 알고 있는데요.”

그럴 줄 알았다는 듯 회장의 얼굴은 감정 없는 바위처럼 고요했고, 하라는 저 단단한 바위를 깨뜨리기 위해 얼마나 강한 폭풍을 일으켜야 하는지, 그 위력을 계산하고 있었다.

“그래서 이제 와 뭘 어쩌자는 거냐?”

“저는 단지 회장님이 잘못 알고 계신 걸 정정해 드리는 것뿐입니다. 무려 다섯 아이가 이유도 모른 채 죽어갔으니까요."

하라의 눈빛을 정면으로 응시하며 회장이 가벼운 웃음을 터
트렸다.

"정확히는 다섯이 아니지? 넷이었다. 한 명은 용케도 살아남
았으니까. 만약 자신이 어떤 존재인지 끝까지 몰랐다면 마지막
다섯 번째 아이는 살 수 있었다. 그 아이를 옥상까지 끌고 간 게
과연 나였을까? 아니면…."

회장이 말을 멈추고는 천천히 등받이에 몸을 묻었다.

"나는 그저 네가 잘못 알고 있는 걸 정정한 것뿐이다."

심장이 금방이라도 가슴을 찢고 나올 듯 쿵쾅거렸다. 눈앞으
로 환영처럼 새하얀 얼굴이 아른거렸다. 또다시 옥상 난간이 얼
비치며 지독한 현기증이 밀려들었다. 더는 이곳의 숨 막히는 공
기와 그 속에 녹아 있는 잔인함을 견딜 수가 없었다. 하라가 솟구
치듯 의자에서 몸을 일으켰다.

"그래, 그만 가봐라. 그런데, 집에서까지 꼭 회장님이라 불러
야겠냐?"

"할아버지라는 말은 지금까지 너무 많이 들어오셨잖아요. 그
다섯 번째 아이를 통해서…. 안 그렇습니까, 회장님?"

그가 서재를 빠져나오기 무섭게 밖에서 기다리던 진솔이 그림
자처럼 따라붙었다. 문득 시간이 너무 천천히 흐르는 것 같았다.
과연 언제쯤 이 감옥에서 벗어나 막힌 숨을 마음껏 토해 낼 수 있
을까. 생각할수록 그날이 너무 멀고 아득하게만 느껴졌다.

방으로 돌아온 하라가 무언가에 쫓기는 사람처럼 글라스에 위스키를 따라 급히 들이켰다.

"되도록 빈속에 독주는⋯."

"제발 닥쳐."

이렇게라도 하지 않으면 당장에 숨이 막혀 죽을 것만 같았다. 아물지 않은 상처에 소금을 뿌려도 이것보다는 덜 쓰릴 테니까. 떨리는 손을 감추려 그가 빠르게 잔을 비웠다.

"그래, 내가 죽였어. 내가 주제도 모르고 설치는 바람에 그 아이를 옥상으로 끌고 갔어. 누가 몰라? 알아. 너무 잘 알고 있다고. 그래서 얌전히 시키는 대로 죽어지내잖아!"

그가 글라스를 손에 쥔 채 대리석 테이블을 내리쳤다. 날카로운 파열음이 터지고 산산이 부서진 유리 조각이 맹수의 송곳니처럼 하라의 손 마디마디 살갗을 물어뜯었다.

진솔이 재빨리 그의 손목을 낚아채자 손가락 사이에서 흘러나온 피가 테이블에 방울져 떨어졌다.

"움직이지 마십시오. 바로 병원으로⋯."

"솔아."

독주는 혈관을 타고 온몸 구석구석까지 빠르게 퍼져나갔다. 두 다리에 힘이 풀려 금방에 무너져 내릴 것만 같았다. 하지만 아직은 아니었다. 고작 이런 것 때문에 힘들다 하면, 싸늘한 겨울 새벽, 혼자 그곳까지 올라간 아이에게 너무 미안한 짓이지 않은가.

"피가 많이 납니다. 우선 지혈이라도 하셔야."

"아! 그렇네. 내 손에서 피가 나네."

하라가 제 손을 보고는 큭큭 소리 내어 웃었다.

"괜찮아. 나도 이제 피 좀 흘려도 돼. 전에는 절대 안 됐지. 왜?
내 핏속에 엄청난 것들이 꿈틀대고 있었으니까. 이 한 방울이면
여러 사람 목숨을 좌지우지할 수 있었거든. 그런데 이제 그것들
이 다 사라졌네? 아주 대단한 누구 덕분에 말이야."

"하라 님. 상처가⋯."

"솔아. 아니, 이봐요. 진솔 아저씨. 너는 정말 걔 기억 안 나?"

절대 기억나지 않을 것이다. 결코 기억할 수 없을 것이다. 프로
젝트가 끝난 후, 회장은 바이러스와 치료제에 관한 진솔의 모든
기억을 삭제해 버렸으니까. 그의 브레인칩 어디에도 그 아이에
대한 정보는 남아 있지 않았다. 하라는 때때로 그 사실이 못 견디
게 부러웠다.

"우선 병원부터 가시는 게 좋겠습니다."

"너 내가 다치는 게 싫지? 어떤 상황에도 네 관리자를 보호할
의무가 있으니까."

"그렇습니다."

"그럼 빨리 찾아."

"지난번에 말씀하신 메이드봇의 브레인칩 DR은⋯."

진솔의 말을 가로막으며 하라가 지친 표정으로 고개를 내저
었다.

"솔아. 내가 지금 그 깡통 얘기하는 게 아니잖아. 사람, 그 잘난

인간 말이야. 전 세계를 샅샅이 뒤져서라도, 안 되면 달과 화성을 이 잡듯 뒤져서라도 반드시 찾아내라고 했잖아."

그가 긴 한숨을 내쉬고는 천천히 몸을 돌려세웠다. 피곤했다. 그냥 이대로 잠들어 영원히 깨지 않기를 바랐다. 인간의 뇌도 깨끗하게 포맷시킬 수 있다면 얼마나 좋을까. 기억이란 때론 신이 내린 저주와도 같았다. 술병으로 향하던 손이 주춤 허공에서 멈추고 하라가 반쯤 몸을 돌린 곳에 언제나처럼 진솔이 서 있었다.

"왜 대답이 없어?"

그가 진솔을 향해 비틀거리며 다가왔다. 그 순간 하나의 생각이 뾰족하게 머릿속을 관통했다. 붉게 충혈된 두 눈이 커지며 하라가 덥석 진솔의 파란색 넥타이를 낚아챘다. 인간만큼이나 정교하고 인간보다 완벽한 얼굴이 그의 코앞까지 바투 다가와 있었다.

"너… 찾았구나."

터질 것처럼 커진 동공 속으로 휴머노이드의 까만 두 눈이 차올랐다.

"네. 찾았습니다."

넥타이를 꽉 움켜쥔 손에서 피가 비어져 나왔다. 파란 넥타이가 시든 꽃잎처럼 검붉게 물들어 갔다.

2부

하라

지금까지 오작동을 일으킨 적은 단 한 번도 없었습니다. 메이드봇보다는 어시드에 가까웠죠. 아, 3년 전 한 차례 프로그램을 업데이트한 적이 있네요. 그 밖에 특이한 사항은 없습니다. 이동할 땐 주로 같이 움직입니다. 가끔은 그 친구 혼자 차를 타기도 하고요. 물론 제 명령에 따라서죠. 사고 장소는… 글쎄요. 한 번도 가본 적 없는 곳입니다. 그 친구가 최종 목적지를 왜 그곳으로 설정했는지는 저로서도 알 수가 없습니다. 차가 낭떠러지 앞에서 한 번 멈췄다고 하더군요. 혹시 또 모르죠. 그렇게라도 속박에서 벗어나고 싶었는지도…. 단순한 프로그램 오류나, 해킹과 버그, 악성 바이러스에 감염됐을 가능성도 있겠고요. 그건 제가 아니라 제조사가 찾아내야 할 과제 아닙니까? 뭐, 오류라 해도 로봇 회사에서 순순히 인정할 것 같지는 않습니다. 잘 알다시피 말이죠. 하필 그 시간에 왜 관리자의 명령도 없이 그 친구가 차를 몰고 거기까지 갔는지는, 항간에 떠도는 소문처럼 진짜 자살인지도 모르고요. 이 세상이 싫었을 수도 있겠죠. 제가 사실대로 말하면 언론이 그대로 보도할 겁니까? 아시겠지만 괜스레 세간의 주목을 받는 거 썩 달갑지 않습니다. 좋은 일도 아니고, 사람들의 이목이 쏠리면 그쪽이나 우리나 서로 골치만 아파질 테니까요. 어차피 일반인들이 흔히 사용하는 메이드봇 제품도 아니잖습니까. 이번 일로 사람들에게 괜한 불안감을 조성할 필요는 없다고 생각합니다.

휴머노이드 혼자 자율주행차에 올랐다. 관리자는 동승하지 않았고 그 어떤 명령도 내린 적이 없었다. 차가 도착한 곳은 인적조차 없는 낭떠러지였다. 그곳을 최종 목적지로 설정한 것은 바로 휴머노이드였다. 더는 길이 존재하지 않는다는 차량의 경고음에도 휴머노이드는 강제로 주행 모드를 작동시켰다. 그 즉시 차는 300미터 아래로 추락했고 암석에 부딪히기 무섭게 폭발했다. 이 사건이 세상에 알려지자 충격과 공포에 휩싸인 사람들은 한동안 자신의 차에 어시드와 메이드봇을 동승시키지 않았다.

로봇의 안정성이 본격적으로 거론되면서 사람들 사이에서도 격렬한 논쟁이 벌어졌다. 전문가들은 과거의 몇몇 사례를 예로 들며 로봇의 위험성을 경고했다. 그러나 정작 이 모든 혼란 속에서도 사고 차량의 주인이자 휴머노이드의 관리자는 침묵했다. 아무도 그가 누구이며 어떤 인물인지, 왜 제조사를 향해 손해배상을 청구하지 않는지 알지 못했다. 그보다 이해할 수 없는 건 그 어떤 언론사도 사고 휴머노이드의 정확한 제조사와 고유 넘버를 밝히지 않는다는 것이다.

기계음과 함께 문이 열리고, 기자와 인터뷰를 끝낸 남자가 밖으로 나왔다. 뚜벅뚜벅 바닥을 찍는 구두 소리가 텅 빈 복도를 울렸다.

제1장

문이 열리기 무섭게 좁은 대기실이 나타났다. 그 흔한 의료봇조차 보이지 않았고 접수를 도와줄 직원이나 특별한 무인 시스템도 없었다. 오래된 건물은 외부만큼이나 내부도 별반 다르지 않았다. 텅 빈 안내데스크에는 엉뚱한 과일과 채소가 놓여 있었는데, 그는 이곳까지 오며 보았던 고만고만한 크기의 소형 그린돔들을 떠올렸다. 이곳이 대략 어떤 방식으로 흘러가는지는 굳이 묻지 않아도 알 것 같았다.

이 마을이 어떻게 형성되었고 어떤 사람들이 모여 사는지, 그는 익히 들어 알고 있었다. 하지만 언론에서 떠드는 것처럼 모든 시설이 잘 정비된, 풍족한 정부 지원을 받은 곳은 아닌 듯싶었다. 사시사철 농작물을 재배할 수 있는 그린돔치고는 그 규모가 너무 작았고 천편일률적인 모듈러 주택들은 기본적인 단열이나 냉방조차 취약해 보였다. 스크린에서 보여준 모습과는 그 차이가 확연했다.

진료 중입니다. 자리에 앉아 기다리시면 곧 안내해 드리겠습니다.

사람이 들어오자 홀로그램 전광판에 안내 문구가 반짝였다. 접수와 진료 약 처방까지 이곳에서는 모두 한 사람의 몫인 듯 보였다. 생각보다 의료 서비스가 대단히 낙후된 곳이었다.

하라의 시선이 의자에 앉아 있는 작은 꼬마에게 닿았다. 무릎에 강아지를 올려놓았는데 진짜는 아닌 것 같았다. 한눈에 봐도 반려견봇임이 분명했다.

자꾸만 흘낏거리던 아이가 하라와 눈이 마주치고는 배시시 웃었다. 그 귀여운 미소에 그의 입술 끝이 절로 미소를 그렸다.

"안녕?"

그가 손을 들어 인사하자, "안녕하세요"라고 아이가 작게 속삭였다. 동그랗고 맑은 두 눈이 지그시 붕대 감긴 오른손을 쳐다보았다.

"손 아파서 왔어요? 지금 저 안에 우리 엄마 있는데. 기다려야 해요."

엄마가 진료 중이니 뒤에 온 당신들은 얌전히 순서를 기다리라는 소리였다. 대단히 영특하고 논리적이며 친절한 정보였다.

"몇 살이야?"

하라가 한 걸음 가까이 다가서며 물었다. 아이가 왼쪽 손가락 다섯 개를 쫙 펴고는 오른쪽 두 번째 손가락 한 개를 폈다.

"여섯 살이요."

그 또랑또랑한 눈망울이 다시금 하라의 손을 보았다.

"다쳤어요?"

그가 주억거리자 아이의 얼굴에 머물던 웃음이 지워졌다.

"우리 엄마는 마음이 다쳤는데. 바다가 할머니를 데려갔대요. 나는 그때 세 살이었거든요. 그래서 기억나지 않아요. 엄마는 엄청 다행이래요."

이 작은 영혼 속에 그 끔찍한 참사가 없다니, 그나마 정말 다행한 일이었다.

"엄마는 바다가 할머니 데려가는 걸 봤대요. 그래서 가끔 여기가 많이 아파요. 막 두근거린대요. 그럼 잠을 못 자요."

서해 대지진은 끝났고, 해일도 물러갔다. 그러나 너무 많은 사람이 여전히 그날의 충격과 공포에서 벗어나지 못했다. 평생을 견뎌야 할 지독한 트라우마로 남을 텐데 고작해야 이렇듯 작고 낙후된 보건소 하나가 전부라니. 재난이 터진 후 잠시 반짝했던 온정의 손길과 정부 지원마저 모두 사라진 모양이었다.

아이의 작은 손이 제 가슴을 가리켰다.

"여긴 약을 먹어도 안 돼요."

"응, 알아."

정신과에서 처방해 준 약만으로는 결코 해결될 수 없는 문제가 있었다. 그것이 무엇이고 어떤 아픔인지 하라는 누구보다 잘 알고 있었다.

"그런데 아저씨는 누구예요?"

그를 보던 아이의 시선이 뒤에 서 있는 진솔에게 닿았다.

"치료받으러 왔지. 여기 소장님이 유명하거든."

하라가 빈 의자를 가리키며 앉아도 되느냐는 동의를 구하자 아이가 크게 고개를 주억거렸다. 낡은 반려견봇은 주인의 무릎에서 평화롭게 잠이 들었다.

아이의 허락에 그가 조심스레 옆자리에 걸터앉았다.

"여기 소장님 되게 좋아요. 나한테 초코바도 많이 줬는데. 밖에서 얌전히 기다리면 아마 또 줄 거예요. 소장님 간식 많아요."

"아마 그렇겠지."

"아저씨도 소장님 알아요?"

어떨까, 하고 되묻는 눈빛으로 하라가 빙그레 웃었다. 잠든 강아지를 쓰다듬으며 아이가 속삭였다.

"아저씨 되게 멋지게 생겼어요. 스크린에서 보는 배우 같아요. 혹시 진짜 배우예요?"

"미안하지만, 아니야. 그런데 저 아저씨가 배우들보다 훨씬 더 멋지지 않아?"

흘낏 진솔을 올려다본 후, 아이가 까딱까딱 손짓하며 귀를 가져오라 명령했다. 하라가 아이 쪽으로 비스듬히 얼굴을 기울이자 달달한 망고 향과 함께 귓가에 비밀스러운 목소리가 스며들었다.

"저 아저씨도 멋진데요. 좀 무서워요. 말도 안 하고 웃지도 않잖아요."

손날까지 세우며 소곤거리는 진지함에 하라가 풋 하고 웃음을 터트렸다. 진솔에게 늘 웃는 얼굴을 선물할까 싶지만, 썩 좋은 아이디어는 아닌 듯싶었다.

"저 아저씨는 무표정이 매력이야."

하라도 손날을 세워 은밀히 대답했다.

"그래도 나는 온이 오빠가 세상에서 제일 멋있어요. 온이 오빠는 자전거를 되게 잘 타거든요. 물론 아빠도 멋있지만, 솔직히 온이 오빠가 조금 더 멋있어요. 그런데 이건 비밀이에요. 엄마가 그렇게는 말하지 말래요. 아빠가 많이 슬퍼한대요."

공처럼 이리저리 튀어 오르는 예측불허 대화가 하라는 어쩐지 즐거웠다.

"나는 커서 꼭 온이 오빠랑 결혼할 거예요."

아이가 아랫입술을 살짝 깨물고는 솜털이 보송한 얼굴을 붉히며 중얼거렸다.

"와! 온이 오빠 되게 좋겠다. 그런데 그 오빠는 몇 살이야?"

이번에도 허공에 쫙 편 왼손이 나타나더니 엄지를 접어 숫자 4를 만든 오른손을 그 옆에 두었다. 여섯 살 마음을 두근거리게 하는, 세발자전거를 멋지게 타는 아홉 살 매력남이 누구인지 궁금했다.

"아홉 살 오빠구나."

하라의 한마디에 아이가 아니라는 듯 강하게 도리질 쳤다.

"아홉 살 아녜요. 열아홉이에요."

"열… 열아홉?"

다소 놀란 듯한 하라의 눈빛을 보며 아이는 금세 시무룩해진 표정으로 중얼거렸다.

"아빠가 온이 오빠랑은 띠동갑이 넘는대요. 근데 그게 뭐예요? 왜 넘으면 안 돼요?"

딸이 세 살 연상을 좋아한다 해도 서운할 텐데 띠동갑이 넘는다 자란 남자를 마음에 둔다고 했다. 아빠라면 서운함을 넘어 불안하지 않을까. 더불어 열아홉이면 그와는 고작해야 두 살 터울이었다. 그런데 한 명은 아저씨고, 다른 한 명은 오빠라니. 어쩐지 부당한 것 같지만, 전적으로 부르는 사람 마음이니 하라는 그저 수용할 수밖에 없었다.

"온이 오빠 되게 똑똑해요. 그래서 이 파랑이도 살아나게 해주고 아플 때도 온이 오빠가 다 치료해 줘요. 우리 마을 로봇들은 거의 다 온이 오빠가 만들어 줬어요."

멋있고 똑똑한 데다, 그 능력으로 사람들에게 도움까지 준다. 자신은 범접할 수조차 없는 완벽한 인물이란 생각에 하라의 입에서 씁쓸한 웃음이 흘러나왔다.

"온이 오빠요. 소장님하고도 엄청 친해….."

그 순간 삐거덕 소리와 함께 문이 열리더니 안에서 여자가 나왔다.

"새별아, 너 뭐 해?"

한걸음에 달려온 여자가 놀란 얼굴로 아이를 끌어안았다. 두 남자를 바라보는 눈빛에는 또렷한 반감이 들어 있었는데 어린 딸이 시커먼 두 남자 사이에 있었으니 경계하는 것도 결코 무리는 아닐 터였다. 그가 의자에서 몸을 일으켰다.

"엄마, 끝났어?"

"너…."

여자가 두 사람을 곁눈질하고는 빨리 가자며 아이를 재촉했다. "우리 새별이 얌전히 잘 기다렸지? 여기 초코바…." 또다시 문이 열리며 대기실을 울리던 경쾌한 목소리가 뚝 하고 끊겼다. 하라가 천천히 몸을 돌려세운 곳에 보건소 소장으로 보이는 여자가 있었다. 대낮에 유령이라도 본 듯 소장의 얼굴이 창백하게 굳어 갔다.

"엄마, 나 초코바."

아이, 아니 새별이가 깡충깡충 뛰어와 강아지 같은 표정으로 소장을 올려다보았다.

"어… 그래… 새별아. 심심했지?"

소장이 반쯤 넋 나간 표정으로 초코바를 건네자 새별이가 천진하게 웃었다.

"아니요. 저 아저씨랑 같이 놀았어요."

'맞죠?'라고 묻는 아이의 눈짓에 하라도 미소 지으며 손을 들어 보였다.

"빨리 와. 엄마가 그렇게 누누이 말했는데. 너, 집에 가서 다시 얘기하자."

"왜? 저 아저씨 나쁜 사람 아니야. 손 아파서 왔대."

거칠게 잡아끄는 엄마의 손길이 싫은지 아이는 불퉁거리며 끌려갔다. 그 뒤를 파란 눈의 로봇 강아지가 총총히 따랐다. 지잉 소리와 함께 문이 닫히고, 대기실에는 먼지 떨어지는 소리가 들릴 정도로 숨 막히는 고요가 내려앉았다.

"안녕하세요. 소장님."

하라가 가볍게 고개를 숙이자 그녀의 시선이 한 걸음 뒤에 서 있는 진솔에게로 향했다.

"여긴 병원이 아닙니다. 다른 지역 분들은 그쪽 보건소를 이용해 주세요."

"보건소는 어느 지역 사람이든 이용 가능한 것으로 알고 있습니다. 따로 비용을 지불하면 말이죠."

하라가 빙긋이 웃으며 대답했다.

"세계 최고 수준의 의료진들과 의료 설비를 갖춘 병원의 VVIP께서 누추한 지역 보건소까지 굳이 찾아오실 이유가 없을 텐데요."

소장이 팔짱을 끼고는 한쪽 다리에 힘을 실어 삐딱하게 섰다.

"이 보건소에 대단한 분이 계신다는 소문 듣고 먼곳에서부터 일부러 찾아왔죠."

하라가 고개를 좌우로 돌리며 좁은 대기실과 안내데스크를 차례로 훑었다.

"세계 최고 수준의 바이러스 치료제 전문가가 계시기엔 썩 어울리지 않는 곳이네요."

경멸과 놀라움이 뒤섞인 오묘한 눈빛으로 그가 소장을 쏘아보았다.

"안 그렇습니까, 이반이 소장님?"

"…."

"아니, 이 선생님?"

하라의 마지막 한마디가 예리한 칼날이 되어 부풀어 오른 공기를 찢었다. 소리 없는 굉음이 터지며 두 사람 사이로 부서진 시간의 파편이 날카롭게 내리꽂혔다.

◐

정우를 어떻게 해야 할지 온은 여러 시간 고민했다. 단순히 그가 인간과 외형이 똑같기 때문만은 아니었다. 정우에게는 입력된 프로그램이 아닌, 그만이 가지고 있는 고유한 무언가가 있었다. 정우를 분해할 수 없다는 온의 의견에는 J 사장도 동의했다. 결국 헤라의 도움으로 정우는 넓은 정크랜드 부지 한 곳에 묻혔다. 그렇게 로봇들의 무덤에서 영원히 잠들었다. 모든 작업이 끝날 때까지 J 사장은 사무실에서 단 한 걸음도 움직이지 않았다. 헤라만큼이나 선이 굵고 우락부락한 인상이지만, 마음은 마냥 여리고 약했다. 온은 문득 인간들의 마음을 떠올렸다. 정확한 실체도 정의도 내릴 수 없는 그것이 때론 너무 잔인하고 무섭게 느껴졌다. 휴머노이드 정우는 누군가의 친구이자 가족이었고 피를 나눈 사이보다 몇 배 더 가까운 존재였다. 땅속에 파묻히는 휴머노이드를 보며 온은 한 번도 만난 적 없는 노신사의 가족들을 떠올려 보았다. 몸속에 피가 흐르는 그들의 진짜 마음이 궁금했다.

처음에는 정우를 그냥 집에 두려 했지만 온은 휘를 생각해야 했다. 그날 이후 휘는 온에게 아무 질문도 하지 않았다. 그가 누구인지, 왜 류온이라는 이름으로 살아가는지 그 어떤 것도 묻지 않았다. 그저 폭풍이 지나간 이른 아침처럼 간밤에 무슨 일이 있었냐는 듯 태연히 입을 닫았다.

"ESC에 스쿨 뉴스 앱 깔아. 학교, 반, 번호 그리고 패스워드 입력하면 내 이름이 뜰 거야."

그 말을 끝으로 메시지가 왔다는 알람이 울렸다. 확인 안 해? 재촉하는 휘의 눈빛에 온이 젓가락을 내려놓고는 서둘러 귀 뒤를 터치했다. 그 즉시 허공에 홀로그램 화면이 열리더니 휘가 보낸 앱 다운로드 링크와 휘의 학교 정보가 눈앞에서 깜빡거렸다.

"거기 들어가면 우리 반 소식 알 수 있어. 준비물이랑 안내문도 볼 수 있고. 가끔 설문조사 응답도 해야 해. 진짜 담임 말고 AI 티처하고는 24시간 교육 상담도 가능하대."

온이 고장 난 메이드봇처럼 두 눈만 끔뻑이자 휘가 짜증 섞인 얼굴로 물었다.

"'스쿨 뉴스' 몰라?"

물론 알지 못했다. 하지만 그깟 앱을 다운로드 하는 건 그야말로 일도 아니었다.

"아니, 뭐 그… 그거야…."

지극히 평범하고 사소한 대화에 온은 자신이 왜 이토록 당황하며 말까지 더듬는지 알지 못했다. 앱이 문제는 아닐 테고, 그를 고장 나게 한 건 갑자기 바뀐 녀석의 말투였다.

"갔다 올게."

자리에서 일어나는 휘를 따라, 온도 튕기듯 몸을 일으켰다. 그러거나 말거나란 표정으로 휘는 가방을 어깨에 둘러멘 채 현관을 벗어났다. 식탁 끝에 걸쳐 있던 젓가락이 떨어지고, 투둑 바닥을 때리는 소리에 온이 퍼뜩 정신을 차렸다.

"아! 스쿨 뉴스"

그가 귀 뒤를 터치해 허공에 홀로그램 화면을 띄웠다. 스쿨 뉴스를 다운로드 한 후, 학교와 학년, 반, 마지막으로 패스워드를 입력했다. 곧바로 '류휘'라는 두 글자가 나타나며 바로 아래 '학생과의 관계'란이 반짝거렸다. '가족'을 선택하려는 손이 갈 곳을 잃은 채 한참을 망설이고 있었다. 그는 결국 가족을 터치했다.

스쿨 뉴스에 오신 걸 환영해요.

귀 뒤에 연필을 꽂은 부엉이가 반갑게 인사를 건넸다. 학교 마스코트인 모양인데 까맣고 커다란 두 눈이 어쩐지 휘와 비슷해 보였다. 온이 픽 하고 싱거운 웃음을 터트렸다.

"간단하네."

생각보다 어렵지 않았고 터치 한 번이면 손쉽게 끝나는 일이었다. 괜한 머뭇거림도, 엉뚱한 고민이나 걱정도 필요 없었다. 온은 두 사람의 관계야말로 이와 비슷할 것이라 믿었다. 그가 바닥에 떨어진 젓가락을 주워 들고는 식탁을 정리했다.

오늘은 소장이 메타버스에서 열리는 세미나에 참석하는 날이었다. 오전 진료가 없는 탓에 온은 모처럼 마음껏 로봇 수리 작업에 집중할 수 있었고, 벌써 3시간째 새로 출시된 메이드봇의 기능과 사용 프로그램을 알아보는 중이다. 자세히 들여다보면 크게 달라진 건 없었다. 그저 몇 가지 세밀한 표정과 미세한 감정 변화 기능이 추가되었는데, 사실 그런 자잘한 부분까지 신경 쓰면서 메이드봇을 사용하는 관리자는 드물었다. 신상품이 나왔으니까. 남들도 새로 구매하니까. 사람들은 쉽게 메이드봇과 어시드 들을 바꾸었고, 그렇게 버려지고 부서지는 로봇들이 세상에는 너무 많았다.

간단하게 과일 몇 개로 점심을 때운 후, 온이 몇몇 대학의 기계공학 강의를 들었다. 얼마쯤 시간이 흘렀을까. 무심코 고개를 들어 바라본 창밖에선 어느덧 하늘 귀퉁이가 붉게 물들어 가고 있었다. 뻐근해진 몸으로 기지개를 켜는데 메시지가 왔다는 알람이 울렸다.

"갑자기 웬 메시지? 늘 전화하더니."

소장이 보낸 것이었다. 그가 허공에 홀로그램 화면을 띄우자, 눈앞에 '오늘은 올 필요 없어'라는 단 한 줄의 문장이 떠올랐다. 오후 진료는 이미 시작했을 테고, 평소라면 지금쯤 빨리 오라는 SOS 호출이 왕왕 날아들었을 터다.

"오늘은 한가한가?"

보건소가 한가하다는 건 여러모로 좋은 일이었다. 마을에 아픈 사람이 줄어들었다는 뜻임과 동시에 소장의 과중한 업무도 가벼워졌다는 의미니까. 덩달아 온에게도 개인적인 시간이 더 많이 주어진다는 희소식이었다.

"이런 날도 있어야지."

온이 허공에서 홀로그램 화면을 지우고는 로봇구조론 강의 버튼을 터치했다. 조금 전까지 귀에 쏙쏙 들어오던 AI 교수의 설명이, 돌연 부서진 과자 가루처럼 주위에 흩날리기 시작했다. 대체 왜 전화도 아닌 메시지를, 그것도 명령조로 보냈을까?

"나는 메이드봇이 아니라 인간이라고. 오지 말라면 더 가고 싶잖아."

온은 화면의 정지 버튼을 누르고는 끙 소리와 함께 몸을 일으켰다. 별일 아닐 것이라고 애써 무시하려 해도, 썩은 과일에서 풍기는 시큼한 냄새처럼 가슴 가득 정체 모를 불안이 피어오르기 시작했다. 벽에 걸린 검은 캡을 낚아챈 후 그가 벌컥 방문을 열어 젖혔다.

소장의 시선이 붕대가 감겨 있는 하라의 오른손에 닿았다.

"성격은 여전한 모양이야? 화나면 물불 안 가리는 거."

"내 성격이 여전했다면,"

하라가 등받이에 몸을 기댄 채 고개를 오른쪽으로 기울였다.

"소장님은 지금쯤 매우 조용해졌을 겁니다."

그녀가 문 쪽을 바라보고는 뭔가 알 것 같다는 미소를 내비쳤다. 그 여유 가득한 모습이 자꾸만 하라의 신경을 건드렸다.

"그것도 나쁘지 않았을 텐데. 지금도 충분히 늦지 않았어."

저 정도의 배짱이었으니, 제 발로 그 지옥까지 걸어 들어왔겠지. 자신의 손으로 그토록 끔찍한 짓을 저지르고도 여전히 당당할 수 있겠지. 저런 상대에게 길게 말해봤자 어린아이의 투정으로밖에 안 들릴 테고, 유치한 말장난으로나 느껴질 터였다. 그러니 괜한 말은 불필요했다. 하라는 자신이 더는 초코바 하나로 웃고 우는 꼬마가 아니라는 사실을 그녀가 곧 알게 되리라고 생각했다.

"그런 소장님은 많이 바뀌었네요?"

그사이 이 선생은 눈에 띄게 변해 있었다. 짧게 자른 머리 스타일에 얼굴은 살이 빠져 광대가 도드라져 보였다. 창백한 피부는 윤기를 잃어 퍼석했고 움푹 파인 눈덩이 아래가 어두웠다. 지난 3년간 그녀에게 무슨 일이 일어났는지는 알 수 없지만 단 한 가지는 확실했다. 날카롭고 영민하며 상대를 꿰뚫는 저 예리한 눈빛만은 여전히 변함없다는 사실이었다.

"외모는 그쪽도 만만치 않게 변했네. 눈 수술했나 봐? 안경 벗은 게 100배는 낫다. 원래도 한 인물 했잖아. 지나가다 마주치면 전혀 못 알아보겠어."

소장이 풋 웃으며 혼잣말하듯 나직이 웅얼거렸다.

"하긴 지나가다 쉽게 볼 수 있는 분이 아니시지?"

"그래서 제가 이렇게 직접 찾아오지 않았습니까."

이 선생이 어딘가에 살아 있으리라 하라는 굳게 믿었다. 다만 이렇듯 낙후된 마을에 다 쓰러져 가는 보건소에 숨어 있으리라고는 결코 상상하지 못했다. 그런 줄도 모르고 지금까지 세계적으로 유명한 병원과 제약 회사의 연구소만 이 잡듯 뒤지고 다녔다.

"화성 복권에 당첨돼서 가뿐하게 떠나셨나 했습니다."

"나에게 그런 행운이 있을 리가."

하라가 등받이에 몸을 떼고는 소장을 향해 상체를 기울였다. 두 사람의 거리가 가까워지고 두 사람 누구도 상대의 칼날 같은 시선을 피하지 않았다.

"지금까지 살아 있다는 게 그 행운이지 않을까요?"

"그러게나 말이야. 죽음의 사신도 나란 인간이 지긋지긋했나 보지."

그래, 그녀는 인간이었다. 죽음의 사신조차 진저리 칠 정도로 잔인하고 끔찍한 인간이었다. 어떻게 인간이 그럴 수 있느냐는 절규와 탄식은 공허한 메아리에 불과했다. 인간이기에, 오직 인간이기에 그토록 잔인하고 파괴적이며 악랄한 짓까지 서슴지 않았을 것이다.

"나를 못 알아보네? 단순한 외모 변화를 감지 못 할 리 없고?"

그녀가 흘낏 문을 곁눈질하며 말했다. 이 선생을 코앞에 두고도 진솔은 전혀 반응하지 않았다. 진솔은 오직 관리자의 명령에 따라 그녀를 찾아냈을 뿐, 대체 이 사람이 누구이며 왜 하라가 찾으려 하는지 알지 못했다. 자신이 과거 이 선생이었던 그녀와 어떤 관계였는지 전혀 눈치챌 수 없을 것이다.

모든 기억이 사라지는 행운은 오직 그림자에게만 허용된 축복일 테니까.

"저보다 강 회장님과 훨씬 더 잘 통하는 분 아니었습니까? 여러모로 말이죠."

그러니 유추해 보라는 듯 그가 얼음장 같은 미소를 내비치며 두 손바닥을 하늘로 들어 보였다.

"깨끗이 지웠나 보네."

"문밖에 있는 저 친구는 그렇죠."

책상을 내려다보던 그녀의 시선이 그에게로 되돌아왔다.

"안타깝게도 저는 아닙니다. 조금도, 티끌 하나만큼도 지워지지 않았습니다."

하라가 손가락을 세워 자신의 머리를 찔렀다. 겨울 숲 설원처럼 새하얀 모습이, '형도 메이드봇 있지? 어떤 모델이야? 최신형이야?'라고 수줍게 묻던 음성이, 치가 떨리도록 잔인하고 무서운 계획들이, 지금도 머릿속에 또렷하게 각인되어 있었다. 단 하나도 지워지지 않았다. 단 한 순간도 편안히 그를 놓아주지 않았다.

"이 빌어먹을 육체가 바로 그 증거니까요."

그가 나른한 웃음을 흘리며 왼손으로 머리를 쓸어 넘겼다.

"빌어먹었다고 하기엔 너무 대단한 몸 아니신가?"

"어떤 기준에서는 그렇겠지요. 연구 가치가 대단한 몸이었을 테니까요."

'대단한'을 한 음절씩 끊어 말한 뒤 그가 창밖으로 고개를 돌렸다. 도시에서는 좀처럼 볼 수 없는 숲의 초록 물결이 바람의 손길을 따라 일렁이고 있었다. 인간의 지리멸렬한 삶 따위에 조금도 관심 없다는 듯 자연은 언제나처럼 고요한 침묵으로 생명을 키웠다. 하라는 문득 자신의 삶이 창밖에서 하늘거리는 들꽃 한 송이만큼의 가치도 없다고 생각했다. 인간을 제외한 자연의 모든 생명은 알고 있었다. 오직 자신들의 욕망만 앞세우면 결국 다 같이 파멸할 수밖에 없다는 사실을. 길가에 핀 들꽃 한 송이와 벌, 나비조차 깨달은 공생의 의미를 지독히도 아둔한 만물의 영장만 모르고 있었다. 그리고 그들 중에서도 가장 악랄한 인간과 가장 멍청한 인간이 서로를 마주하고 있다는 사실이 하라를 비참하게 만들었다.

"거주지가 이 건물 3층으로 되어 있네요. 저는 지금쯤 바다나 숲이 내려다보이는 전망 좋은 곳에 으리으리한 성이라도 지으셨을 줄 알았습니다."

처음 그녀의 소식을 들었을 때, 진솔이 사람을 착각했다고 생
각했다. 치료제 개발의 대가로 엄청난 부를 얻었을 테니까. 그런
데 그 흔한 의료봇도 없는 곳에서 박봉의 월급을 받으며 보건소
를 지킨다니 도저히 믿을 수가 없었다. 신분을 숨기고 싶었다면,
얼마든지 다른 방법도 있을 터였다. 달이나 하다못해 해외로 갈
수도 있었다. 그녀의 실력이라면 오라는 곳도, 부르는 제약 회사
도 넘쳐났을 텐데, 대체 왜 이런 촌구석에 이렇듯 말도 안 되는 모
습으로 있는 걸까?

원격 진료조차 힘든 곳입니다. 보건소가 그 마을의 유일한 의료
시설이라 해도 과언이 아닙니다. 소장이 없었다면 보건소는 이미 오
래전에 폐쇄되었을 겁니다.

더럽게 번 돈으로 호화로운 생활을 한다면, 그 잘난 실력으로
유명 의과 대학이나 기업의 연구원이 되었다면, 마음껏 비웃고
조롱해 줄 계획이었다. 그런데 도대체 왜? 생각할수록 하라는 배
속 어딘가가 단단히 뭉친 듯 불쾌한 감정을 떨쳐버릴 수 없었다.
"여기도 날씨 좋으면 멀리 있는 바다가 선명하게 보여. 숲은
늘 가까이 있고. 이 정도면 웬만한 성주보다 나은 삶 아닌가?"
하지만 그 의문은 오래가지 않았다. 그녀는 크게 달라지지 않
았고 놀랍도록 뻔뻔하며 치 떨리게 무덤덤한 모습은 여전했다.

그녀만의 잔인한 평온함을 조금도 잃지 않았다.

"흙탕물에 맑은 물 몇 방울 떨어뜨린다고 뭐 크게 달라지겠습니까."

이런 식의 위선으로 감추기엔, 그녀가 저지른 일은 너무 깊고 탁했다. 세상에는 지독히 오염되어 정화되지 않는, 결코 정화될 수 없는 곳도 있기 마련이니까.

그가 붕대 감긴 자신의 손을 살피며 무심한 표정으로 입을 열었다.

"후원인 노릇까지 하신다고요?"

"형제야. 서해 대지진 때 가족을 잃은 아이들이야."

그의 질문이 끝나기 무섭게 소장이 대답했다.

"가족을 잃은 아이들이라… 어떤 분과 잘 통하다 못해 성향까지 비슷하시네요. 후원이니 기부니 하면서 상대를 교묘하게 이용하려는 게 소름 끼치도록 닮았습니다."

그 다섯 아이도 그렇게 끌려왔겠지. 아니, 팔려 왔겠지. 자신들이 왜 그런 짓을 당해야 하는지 아무런 영문도 모른 채 힘없이 사라져 갔겠지. 그 생각만으로도 하라는 온몸의 피가 차갑게 굳는 기분이었다.

"아무리 감추려 노력해도 오물은 오물일 뿐이죠. 악취는 퍼지기 마련입니다."

하라의 말이 가벼운 농담이라는 듯 소장이 토라진 아이처럼 짐짓 서운한 표정을 감추지 않았다.

"이렇듯 건강한 모습으로 찾아와서 오물이니 악취니 하는 건 좀 우습지 않아? 남들에게는 역겹게 보이겠지만, 그래도 단 한 사람에게는 생명의 은인인데 말이야."

"당신이 오직 한 아이를 살리기 위해 다섯 아이의 목숨을 사신과 흥정하지 않았다면, 순순히 한 아이의 목숨을 내주었다면, 나는 진심으로 당신에게 고마워했을 겁니다."

아무렇지 않게 살아갈 수도, 쉽게 죽을 수도 없는 저주받은 목숨이었다. 소설 속 프랑켄슈타인이 만든 괴물보다 더 끔찍하고 쓸모없는 실패작이었다. 차라리 오래전에 사라졌다면, 짧지만 편안한 생이지 않았을까. 때론 누군가에게는 존재 자체가 형벌이 되는 경우가 있었다. 그리고 자신에게 그토록 끔찍한 판결을 멋대로 내린 건방진 재판장이 지금 하라의 눈앞에 있었다.

"살아났으니까 이런 말도 하는 거야. 살아 있으니까 분노하고 화낼 수 있는 거라고."

"그러니 생명의 은인에게 감사하며 살아라?"

그의 노골적인 조롱에 소장이 허탈한 웃음을 터트렸다.

"그러면 고맙겠지만, 이미 다 틀린 것 같군."

"그 아이는 어떻게 됐습니까?"

하라가 물었다. 그 즉시 소장의 얼굴에서 미소가 사라졌다.

"회장님이 말하지 않았나? 옥상에서 뛰어내렸다고. 내가 갔을 때 이미 호흡도 멈췄고 맥박도 잡히지 않았어. 화상 환자처럼 피부만 잔뜩 짓물러 있더라."

그녀가 말을 멈추고, 무언가를 읽어내려는 듯 하라의 두 눈을 가만히 응시했다.

"너를 만나고 온… 바로 다음 날 새벽이었지."

그 한마디가 단도가 되어 하라의 가슴에 깊이 박혔다. 꿀꺽 삼킨 마른침이 목울대를 울리며 넘어가고, 소장이 진료실 의자에 깊게 몸을 기대고는 적잖이 귀찮은 표정으로 짧은 한숨을 내쉬었다.

"그다음도 궁금하다면 말해줄게. 시체는 무연고자로 처리해서 바로 화장했어. 너도 알다시피 ESC는 고사하고 ID 넘버조차 없었잖아. 유령과도 같은 존재였지."

그녀가 다섯 개의 손가락을 오므렸다가 펼치며, "펑" 하고 터지는 듯한 소리를 내뱉었다.

"그냥 흔적 없이 한순간 먼지가 되어버렸어."

"당신도 그렇게 되기 싫으면 닥치는 게 좋을 거야."

금방에 끊어질 듯 팽팽해진 하라의 이성의 끈을 그녀는 더 세게 잡아당겼다. 굳이 진솔을 부를 필요도 없을 것이다. 저 가녀린 목 정도는 약간의 힘만으로도 얼마든지 부숴놓을 수 있을 테고, 영원히 침묵하도록 만들 수도 있었다.

소장이 재미있다는 듯 한쪽 눈썹을 추켜올렸다.

"그러려고 호위 무사까지 데리고 온 것 아니었나?"

그럴싸한 허세나 연극이 아니라는 것은 미동조차 없는 그녀의 눈을 보면 알 수 있었다. 상대는 죽음 따위 전혀 두려워하지 않았다. 강 회장과의 계약이 성립된 오래전부터 그녀는 이미 죽음을 각오했을 테니까.

"이렇듯 천한 목숨을 살려준 은인에게 그에 합당하고 융숭한 대접을 해드려야죠. 그게 예의 아니겠습니까."

비루한 목숨이나마 구걸하듯 살아가는 건 분명한 목적 때문이었다. 그것을 위해서는 눈앞의 상대도 반드시 살려둬야 했다. 누군가에게는 때론 죽음조차 과분한 선물이 될 테니까. 그가 자리에서 일어나 원목 데스크를 돌아와서는 느린 동작으로 소장의 책상 위에 걸터앉았다.

"나는 제법 파괴력 있는 폭탄을 준비하고 있어. 당신은 그 도화선이 되어야 해. 나를 위해서 말이야."

하라가 말을 멈추고는 아차 싶은 표정을 지었다.

"아니, 정확히는 내가 아니라 다섯 아이를 위해서지. 머지않은 미래에 당신이 저지른 짓을 법정에서 하나도 빠짐없이 자백하게 될 테니까."

'과연 그럴까?' 싶은 얼굴로 소장이 입가에 비웃음을 그렸다.

"그 폭탄에 다치는 건 내가 아닐 텐데? 할아버지 목에 칼이라도 겨누겠다는 거야?"

곧바로 핵심을 파고드는 걸 보니 역시 소장은 영리한 여자였다. 덕분에 너저분한 질문도, 쓸데없는 설명도 필요 없게 되었다. 하라가 "빙고"를 외치며 허공에 손가락을 튕겼다.

"맞아. 나는 그 칼을 찾으러 왔어."

"글쎄? 네 할아버지가 얌전히 목을 내주려나?"

지금 당장 할 수 있는 일은 없었다. 하지만 절대 오래가지 않을 것이다. 바로 그때를 위해 그는 강 회장의 충직한 강아지 노릇을 하는 중이니까.

"언젠가는⋯그럴 수밖에 없을 거야."

만면에 미소를 지닌 채 소장이 두 손바닥을 마주쳤다. 그 사이로 터져 나온 소리가 좁은 진료실을 울렸다.

"왕좌에 오르면 바로 숙청을 시작하시겠다. 적어도 그 전까지는 얌전히 살생부만 작성하고 있겠다는 뜻이군."

"더는 멍청한 열여덟이 아니니까."

그 잘난 감정만 앞세워 봤자 아무것도 해결할 수 없었다. 강 회장이 그토록 강조했던 사냥의 기술을 하라는 지금 충실히 이행 중이다. 먹잇감이 가까이 올 때까지, 숨소리조차 내지 말고 납작하게 몸을 낮춰야 했다. 섣불리 행동했다가는 너무 큰 대가를 치르게 될 테니까. 어리석은 실수는 일생에 단 한 번이면 충분했다.

"대신 교활한 스물하나가 되었네."

"당신이 만든 치료제 덕분이지. 내 혈관 곳곳에 그런 것들만 잔뜩 떠다니고 있거든."

그가 소장을 향해 비스듬히 상체를 기울였다. 겨울 공기처럼 싸늘한 소장의 시선이 그의 눈앞으로 가까이 다가왔다.

"도망갈 생각 마. 숨을 생각도 버려. 지구든 그 밖이든, 당신이 갈 곳은 단 한 군데도 없어. 어디를 가도 찾아낼 거고, 당신을 반드시 법정에 세울 거야. 그 고매한 입으로 모든 걸 자백하게 만들 테니까 단단히 준비하라고. 지옥에 떨어지면 오히려 찾기 쉽겠지. 나 역시 그곳에 지분이 상당하거든."

하라가 상체를 세우고는 다시금 책상을 돌아 나왔다.

"앞으로는 자주 보게 될 겁니다, 이반이 소장님. 필요한 거 있으면 뭐든지 말씀하세요. 원한다면 이 낡은 보건소 싹 뜯어고쳐 드릴 테니까. 의료봇과 어시드도 원하는 만큼 제공해 드리겠습니다. 내가 이 세상에서 가장 건강하기를 바라는 두 사람이 있거든요. 그 한 명이 회장님이고 나머지 한 명이 바로 당신입니다."

그가 빠르게 내뱉고는 소장을 향해 짓궂은 미소를 던졌다.

"내 건강을 위해서 제발 꺼져줄래?"

"그럼 오늘은 이만 꺼져드리죠. 또 뵙겠습니다."

정중히 인사한 뒤 하라가 뒤돌아섰다. 진료실을 나서기 무섭게 진솔이 가까이 다가오고, 보이지 않는 칼날이 또다시 그의 두 눈을 찔렀다.

"눈의 통증이 시작되셨습니까?"

"곧 끝날 거야. 조금만 더 참으면 돼."

언젠가는 이 모든 악몽이 끝날 것이다. 반드시 그래야 했고 꼭 그렇게 만들 것이다.

너를 만나고 온… 바로 다음 날 새벽이었지.

다만 그 언젠가를 기다리는 것이 하라는 점점 더 견디기 힘들었다.

"가자, 솔아."

그가 감았던 눈을 뜨고는 지친 발걸음을 내디뎠다. 등 뒤에 소리 없이 그림자가 따라붙었다.

◐

"온이 오빠다."

깡충거리며 달려오는 새별이의 모습에 온이 급하게 브레이크를 잡았다.

"위험해. 뛰지 말라니까. 너 오늘 진짜 날 잡았니? 어떻게 하지 말라는 짓만 골라 해?"

새별의 등 뒤에서 아주머니의 쌩한 잔소리가 터져 나왔다.

"어디 다녀오세요?"

온이 묻자 아주머니에게서 보건소라는 대답이 돌아왔다.

"왜 차 안 타고 오세요?"

"얼마나 멀다고. 안 그래도 소장님이 날씨도 싸늘한데 차 타고 가라고 하더라. 그런데 운동 겸 걸어오는 거야. 약보다는 운동이 중요하다잖아."

"오빠, 우리 파랑이 이제 건강해."

꼬마가 제 발밑에서 작게 짖는 강아지를 내려다보며 자랑스레 소리쳤다.

"그래, 새별이가 잘 돌봐준 덕분이야."

"보건소 가니?"

아주머니가 묻자 온이 '네'라고 대답했다.

"보건소에 낯선 사람들이 왔더라?"

"응, 맞아. 되게 멋있는 아저씨들이야. 막 스크린이 나오는 사람처럼 생겼어. 그런데 한 명은 좀 무서웠어. 웃지도 않고 의자에 앉지도 않아. 다른 아저씨는 되게 재미있어. 그 아저씨들, 차도 막 엄청 크다."

새별이 두 팔을 뻗어 허공에 큰 원을 그렸다. "무슨 소리예요?"라고 묻는 온을 향해 아주머니가 모호한 표정을 지었다.

"몰라, 젊은 남자들이 왔더라고. 요 녀석 말대로 두 사람 다 스크린에서 바로 튀어나온 것처럼 잘생기긴 했더라. 주차장 보니까 차도 어마어마하던데?"

아주머니의 시선이 자신의 왼쪽 허공을 더듬었다.

"한 명은 손에 붕대를 감고 있었는데 설마 치료받으려고 여기까지 오진 않았을 테고. 하긴 그런 사람들이 뭐가 아쉬워서 이런 촌구석 보건소를 찾아와. 혹시 소장님 아는 사람들인가?"

아주머니의 말이 끝나기 무섭게 온이 성급히 페달을 밟았다. 등 뒤에서 날아든 목소리가 새별의 것인지, 아주머니의 것인지는 알 수 없었다. 온이 안장에서 몸을 세워 자전거의 속력을 높였다.

제2장

하라가 몸을 돌려 키 작은 보건소 건물을 올려다보았다. 뒤늦게 찾아온 죄책감? 만약의 사태를 대비한 위장? 그 괴로움과 불안이 그녀를 안락한 삶도 버린 채 이렇듯 낙후된 곳에서 생활하게 했을까? 그러나 생각의 끝에는 여전히 물음표가 놓여 있었다. 다섯 번째 아이를 말하던 그녀의 목소리와 표정, 눈빛은 놀랍도록 평온했다. 일말의 죄의식은커녕 미세한 감정의 동요조차 보이지 않았다. 귀찮은 물건을 처리한 듯 소름 끼치도록 담담한 목소리로 아이의 마지막을 입에 올렸다. 그런 여자에게 대체 뭘 기대했을까? 그린 여자가 대체 이곳에서 뭘 하는 걸까? 물음표는 점점 더 몸피를 키워 그의 머릿속을 가득 채웠다.

순간 바닥을 긁는 뾰족한 마찰음이 부풀어 오른 그의 생각을 터트렸다. 하라가 고개를 돌린 곳엔 자전거에서 내리고 있는 한 젊은 남자가 있었다. 모자 아래 턱선이 부드러운 것으로 보아 비슷한 또래나 그 아래인 것 같았다. 남자가 서둘러 그와 진솔을 스쳐 지나가고 하라의 시선이 남자의 자전거에 닿았다. 운동을 위해 페달 자전거를 타는 사람들은 있지만 저렇듯 낡은 이동용 모델을 보는 것은 처음이었다. 그 순간 하나의 기억이 하라의 머리를 때렸다.

"저기요."

그의 부름에 남자의 재바른 걸음이 멈춰 섰다. 막상 말은 걸었지만 뭐라 이야기를 시작해야 할지 난감했다. 초면에 대뜸 '당신이 혹시 여섯 살 꼬마 아가씨의 마음을 훔친 옴므 파탈입니까?'라고는 물을 수 없잖은가.

"보건소 소장님을 잘 아십니까?"

남자가 캡을 깊게 눌러쓰고는 하라를 향해 살짝 몸을 틀었다.

"여기 사람들은 다 잘 알고 있습니다."

"네, 그렇겠군요."

남자가 몸을 돌려 황급히 건물 안으로 사라졌다. 큰 키에 단단해 보이는 몸, 캡 아래로 드러난 하관까지, 전체적으로 나쁘지 않은 외모였다. 여섯 살 꼬마의 마음을 충분히 훔칠 만한 제법 괜찮은 스타일이었다.

온이 오빠요. 소장님하고도 엄청 친해….

마을 사람 모두가 그녀와 가까울 테지. 하지만 그들이 아무리 친하다 해도, 모르는 게 하나 있었다. 이반이 소장, 아니 과거 이 선생이었던 그녀가 무슨 짓을 저질렀는지, 한 아이의 인생을 어떻게 파괴했고 그 끝을 얼마나 잔인하게 처리했는지, 저 멋진 자전거 소년은 절대 알지 못할 터였다.

"모르면 모르는 대로 놔두는 게 낫지 않을까?"

하라가 이렇게 말하고는 뒤돌아 차에 올랐다.

"솔아, 소장이 후원한다는 형제가 누구야?"

차창밖에 시선을 둔 채 그가 물었다.

"형제는 아닙니다. 한 명입니다."

"한 명? 누군데?"

"이름은 류온입니다. 나이는 열아홉. 서해 대지진 때 어머니를 잃었습니다. 아버지는 15년 전에 택배 드론 사고로 사망했습니다. 밑으로 네 살 터울의 남동생이 있는데 대지진 당시 행방불명되었다가 몇 달 전에 다시 만난 것으로 나와 있습니다."

그래서 형제라고 한 걸까. 이제는 어린 동생까지 돌봐준다는 뜻으로.

"서해 대지진 후 가족을 잃은 그를 소장이 후원하기 시작했습니다. 고등학교 졸업 시험을 높은 성적으로 통과했고 지금은 학교에 다니지 않습니다."

하라가 손으로 턱을 쓰다듬었다. 대지진 때 부모를 잃은 아이들은 많았다. 도움이 절실한 쪽은 오히려 보건소에서 만난 새별이처럼 어린 꼬마들이지 않았을까. 그런데 왜 하필 10대 후반의 소년을, 그것도 다섯 번째 아이와 비슷한 또래를 후원했을까.

"솔아, 그 꼬마 아가씨가 좋아한다는 온이 오빠 말이야. 진짜 완벽하지 않아? 이런 멋진 친구한테 나 곧 해줄 말이 있을 것 같은데, 미안해서 어쩌지?"

머지않아 그도 알게 될 것이다. 자신을 보살펴 준 이의 진짜 정체를. 그럼 또다시 충격을 받으려나? 오래전 다섯 번째 아이가 그랬듯이.

"나는 언제쯤 이 지긋지긋한 저주에서 풀려날까."

하라는 자신이 미다스 왕이 되어가는 기분이었다. 손만 대면 주위 사람들을 파멸시키는 이 끔찍한 저주에 갇혀버렸다. 지독한 꿈에서 깨어났다 안도한 순간, 또 다른 악몽이 그를 기다리고 있었다.

"많이 피곤해 보이십니다. 그만 쉬시는 게 좋겠습니다."

어두운 차창 너머로 그린돔들이 둥근 꽃처럼 하얗게 피어 있었다. 진솔이 버튼을 누르자 좌석 등받이가 움직이며 숙면 모드로 바뀌었다. 하라가 가만히 두 눈을 감았다.

"주무실 수 있도록 운행을 저속 모드로 바꾸겠습니다."

차의 속도는 줄어들었지만, 시간은 그리고 세월은 그 누구도 줄이지 못했다. 눈을 감아도 이 선생의 모습이 빛의 잔상처럼 아른거렸다.

우리 잘생긴 도련님 오늘 컨디션 어떠신가? 하라야, 지난번에 말한 초코바 어렵게 구했어. 딱 일곱 개 사 왔거든. 대신 하루에 하나씩만 먹는 거야? 진솔이 몰래 외투 안에 넣어 가.

그녀는 장난기 가득한 표정으로 한쪽 눈을 찡긋하며 둘만의 달콤한 비밀을 만들고는 했다. 바로 며칠 전에 본 얼굴이라 생각했는데 더는 마주할 수 없는 그리운 모습이었다. 시간은 빠르게 흘러 밤보다 검고, 얼음보다 차가운 진실을 그의 눈앞에 펼쳐놓았으니까. 붕대 감긴 손을 움켜쥐자 아물지 않은 손가락의 상처보다 더 깊은 곳이 아려 왔다.

◑

엘리베이터 문이 닫히기 무섭게 온이 허물어지듯 그 자리에 주저앉았다. 진솔이 틀림없었다. 무려 10년을 넘게 봐온 얼굴이었고, 늙을 수도 변할 수도 없는 그를 온은 잊을 수도, 지울 수도 없었다. 그럼 그 옆에 서 있던 남자는 분명….

"강하라."

안경을 벗은 모습이 낯설었다. 전체적으로 선이 굵어지며 어리숙한 소년의 티를 완전히 벗어버렸다. 진솔이 아니었다면 못 알아볼 정도로 하라는 변해 있었다.

그가 솟구치듯 일어나 보건소로 들어갔다. 진료실에서 들려

오는 기침 소리에 벌컥 문을 열자 파랗게 질린 얼굴로 숨이 넘어
갈 듯 기침하는 소장이 있었다.

"왜 이래요?"

"그냥 가…. 빨… 빨리…. 나는… 괜찮…."

그의 눈에 소장의 손등에 붙어 있는 의료 밴드가 들어왔다. 점
점 더 줄어드는 몸피에, 피곤함에 지친 얼굴, 한 달이 넘도록 이어
지는 기침과 좀처럼 낫지 않는 상처까지. 이곳에서 하라와 진솔
을 만난 것보다 더 큰 충격이 그의 머릿속을 울렸다.

온이 쓰러질 듯 비틀거리는 소장을 거칠게 안아 올렸다.

"버둥거리지 말아요. 그럼 곧바로 집어던질 거니까."

그녀를 침대에 내려놓은 후 그가 병실 공기 정화 시스템을 최
고 단계로 올려놓았다.

"아무 생각 하지 말고 호흡에 집중해요."

하라와 진솔을 만난 후에 기침이 폭발했다면 스트레스로 인
한 호흡기 이상 증상일 수도 있었다. 그 생각이 얼음 손이 되어 차
갑게 등허리를 훑어 내렸다. 하지만 온은 마음속으로 강하게 도
리질 쳤다. 아니, 아닐 것이다. 절대 그럴 리 없을 터다.

소장의 등허리를 쓸어내릴수록 온의 기억은 조금씩 과거를 되
짚어가기 시작했다.

천천히 호흡해. 흥분하지 말고. 괜찮아. 자, 천천히 숨을 내쉬어 봐.

그의 기억이 오래전 한날에 머물러 있는 사이, 힘겨운 기침 소리가 잦아들며 귓가에 소장의 길고 무거운 한숨이 들려왔다. 둥글게 몸을 말고 있던 그녀가 조심히 움직여 벽에 등을 기대앉고는 물끄러미 온을 바라보았다. 물어봐야 할 것들이 너무 많은데 무엇을 어디서부터 시작해야 할지. 한순간 그의 머릿속에서 일어난 해일이 모든 질문을 쓸어가 버렸다. 온이 겁에 질린 표정으로 붉게 충혈된 소장의 두 눈을 바라보았다.

"봤니?"

"뭐예요?"

두 사람이 동시에 입을 열었지만, 서로의 질문은 명확했다. 하라와 진솔을 봤느냐는 소장의 물음과 그녀의 정확한 상태를 원하는 온의 물음. 두 사람은 상대에게 각기 다른 물음표를 던졌고 그 뾰족한 갈고리 끝이 허공에 맞닿아 서로를 깊이 파고들었다.

"대답해요."

"뭐가? 보다시피야. 그냥⋯."

"30대 어쩌고 하면서 얼렁뚱땅 넘어갈 생각 말아요."

"좀 무리했어. 진료에, 세미나 준비에 요 몇 달 정신없이 지냈고, 날씨도 엉망이었잖아. 면역력이 약해진 것뿐이야."

"정말 그것뿐이에요?"

"이보세요. 의사는 납니다."

소장이 왼쪽 손등에 붙인 밴드를 오른손으로 가렸다. 그 대수롭지 않은 행동의 숨겨진 의도를 온은 놓치지 않았다. 그가 콧잔등에 안경을 밀어 올리며 생각을 정리했다.

"이제 네가 대답할 차례야."

"우릴 어떻게 찾은 거예요?"

소장의 질문을 온이 또 다른 질문으로 막아섰다.

"마음만 먹으면 화성에 간들 못 찾아낼까. 단지 그 마음이 잊히길 바랄 뿐이었지."

그녀가 푸념하듯 중얼거리고는 성급히 덧붙였다.

"신경 쓰지 마. 달라질 건 없으니까. 너는 그저 지금처럼 휘랑잘 지내기만 해."

강하라가 찾아왔다. 왜 찾아왔는지, 소장과 강하라 두 사람 사이에 무슨 얘기가 오갔는지 그로선 알 수 없었고, 소장이 그 속사정까지 세세히 말해줄 리도 없을 터였다. 다만, 한 가지는 분명했다. 강하라가 단순히 소장의 안부를 묻기 위해 이 먼 곳까지 직접 찾아오진 않았다는 것이다.

내가 할 수 있는 일이 없었어.

오래전 열여덟 소년은 온에게 이렇게 말했다. 성인이 된 지금은 뭔가 할 수 있게 되었다는 뜻일까? 이제 와서 대체 무엇을⋯.

소장을 바라보는 온의 두 눈이 불안하게 흔들렸다.

"별일 아니야. 우연히 알게 돼서 한번 찾아왔대."

"알았어요. 그럼 우선 쉬고 있어요. 뒷정리는 내가 할 테니까.

따뜻한 차 한잔할래요?"

그가 몸을 돌려 소장에게 등을 보인 채 말했다.

"아니야. 괜찮아."

"내가 마시고 싶어서 그래요. 소장님이나 나나 이래저래 머리 아프잖아요. 어떤 분이 페퍼민트 차가 두통에 좋다고 해서요. 그거 타 올게요."

병실 공기 정화 시스템을 한 번 더 확인하고는 온이 밖으로 나왔다. 대기실 한쪽에는 사람들이 자유롭게 이용할 수 있는 탕비실이 있었고 진료실 옆으로 '관계자 외 출입 금지'라고 쓴 약품 보관실이 있었다. 그가 병실을 곁눈질한 뒤 도어락의 비밀번호를 눌렀다.

"우연이 알게 돼서 찾아왔다고? 핑계도 좀 성의껏 대야지. 누굴 바보로 아나."

온이 안으로 들어서자 제일 먼저 보이는 건 가지런히 진열된 각종 병과 캡슐 상자였다. 그 약을 보관하는 투명한 선반에는 잠금장치가 설치되어 있었다. 그가 깊게 들이마신 숨을 천천히 내뱉은 후 문과 똑같은 비밀번호를 눌러보았다. 20221121. 마지막 숫자를 누르자 철컥 소리와 함께 잠금장치 해제 메시지가 떴다.

"일괄되게 성의 없는 건 좋네."

식탁에 빵이랑 비스킷 있는데 먹어도 돼?

휘에게서 날아온 메시지를 보며 온이 입술을 꽉 다문 채 이마를 매만졌다.

당연히 되지. 너 먹으라고 사 왔어. 집에 있는 음식 마음대로 먹어도 돼. 내 방에 있는 로봇들만 빼고는 집에 있는 건 다 네 것이나 마찬가지야.
알았어.

하지만 휘는 습관처럼 또 물을 것이다. 냉장고에 우유 마셔도 돼? 쿠키랑 과일 먹어도 돼? 자전거 한 번만 타봐도 돼? 새별이 아주머니가 망고 잼 가져왔는데 내가 먼저 맛봐도 돼? 끊임없이 반복적으로 물을 것이다.

안 물어보면 불안해서.

잔뜩 주눅 든 얼굴의 휘가 떠올라, 온은 왈칵 짜증이 치솟았다. 할 수 있다면 류온의 멱살이라도 사납게 잡아채고 싶었다.

얼마나 애를 괴롭혔으면 식탁 위 과자 하나 마음 편히 못 먹게 만들어. 얼마나 애를 때렸으면 허락 없이는 불안해서 물 한 잔도 못 마시게 해. 그러고도 네가 형이야? 휘는 네 친동생이잖아, 이 나쁜 개자식아.

시간이 생각보다 오래 걸릴 것 같았다. 휘의 기억 속에 또 다른 류온을 덧입히기까지 조심스레 다가가야 했다. 로봇이 아니기에, 모든 것을 한꺼번에 지운 후 새로운 기억을 다운로드 할 수 없는 인간이기에, 차분한 인내심으로 기다리고 또 기다려야 했다.

그 순간 부스럭 소리와 함께 소장이 눈을 떴다. 허공에 홀로그램을 지우고 그가 의자를 끌어와 침대 앞으로 바투 다가앉았다.

"뭐야? 나, 잔 거야? 조금 전까지 너랑 차 마셨는데?"

그녀가 등받이에 상체를 기대고는 몽롱한 눈빛으로 온을 보았다.

"너, 내 허브차에 뭐 넣은 거야?"

역시 의사는 속일 수 없었다. 비몽사몽인 와중에도 정확히 사태를 파악하고 있었다.

"그냥 배운 대로 했을 뿐이에요."

가볍게 던진 그의 대답에 소장이 놀란 표정으로 거칠게 머리를 쓸어 넘기며 잠을 몰아냈다.

"보건소 문도 닫았고 정신도 차리셨으니, 이제 슬슬 본격적으로 이야기해 보죠. 묻고 싶은 게 많지만 가장 중요한 것부터 질문하겠습니다."

"지금 뭐 하자는 거야?"

"내가 묻고 소장님이 대답하는 겁니다."

"까분다."

"RB예요?"

질문과 동시에 그녀의 입가에 머물던 미소가 사라졌다. 그러나 오래가지 않았다. 소장이 곧바로 너털웃음을 터트렸다.

"너야말로 꿈꿨니? 무슨 소리야. 그거 없앤지가 언젠데 무슨 말도 안 되는 얘기를 하고 있어. 네가 제일 잘 알잖아. 잠복기 길어봤자 100일이야. 나 컨디션 안 좋은 건 몇 달 전부터 업무가 많아져서 그런 거고. 기침하고 피곤하면 다 RB니?"

소장의 말은 정확했다. 진짜 RB라면, 이미 오래전에 증상이 나타났어야 했다. 지금 주변에 그 바이러스에 걸린 사람은 단 한 명도 없었다. 적어도 그가 알기로는 그랬다.

"그렇겠네요."

온이 심드렁히 대답하고는 주머니에서 커터 칼을 꺼냈다. 드르륵 소리를 내며 칼날이 튀어나오자 그가 곧바로 자신의 손등을 그었다. 찌릿한 통증과 함께 베인 상처에서 몽글몽글 피가 비어져 나왔다.

"무슨 짓이야?"

그가 대답 대신 옆에 세워둔 상자를 무릎 위에 올려놓았다. 딸깍 소리와 함께 상자가 열리고 안에는 붉은 혈액이 담긴 주사기가 들어 있었다. 사람의 피를 1년 동안 보관할 수 있는 의료용 특수 케이스였는데, 소장은 환자들의 혈액을 늘 이곳에 보관했다.

그가 혈액이 담긴 주사기를 꺼내 들었다.

"이거 소장님 핍니다."

그녀의 시선이 밴드가 붙어 있는 자신의 팔뚝에 닿았다.

"너… 너 완전히 미쳤구나? 의사도 아닌 게 어디서 감히 멋대로 채혈을 해?"

물론 그는 의사가 아니었다. 하지만 오랜 시간 시험체가 되어 이제껏 수십, 수백 번 채혈당했다. 덕분에 바늘이라면 웬만한 의사 못지않게 친숙했고 사람의 팔뚝에서 피를 뽑는 일쯤은 어깨너머 지식으로 얼마든지 따라 할 수 있었다.

"그럼 내 상처에 이 피 한 방울 넣는다고 해서 뭐 큰일이 일어나지 않겠죠. 어쨌든 소장님은 RB가 아니니까."

온이 이렇게 말하며 주삿바늘을 상처 위에 가져다 댔다.

"장난 그만해. 너 지금 완벽히 의료법 위반이야."

"과연 소장님이 의료법 위반을 운운할 자격이 있을까요?"

이 피스톨을 건드리면 바늘 끝에서 핏방울이 떨어질 테고, 그 피는 곧바로 벌어진 상처로 스며든다. 만약 소장의 말이 사실이라면 큰일은 벌어지지 않을 것이다. 고작해야 약품 보관실과 선반의 비밀번호 정도가 바뀌겠지.

"까불지 말고 그거 내려놔."

"소장님 눈엔 내가 지금 까부는 거로 보여요? 좋아요. 그럼, 말 나온 김에 더 까불어 보죠."

피스톨을 누르려는 찰나 그녀가 다급히 소리쳤다.

"그래, 맞아. RB 바이러스야."

그 한마디에 온의 심장이 거친 소리를 내며 추락했다. 공기 중에 끈적한 타르 덩어리가 떠다니는 기분이었다. 숨이 잘 쉬어지지

않았다. 그 바이러스에 감염되면 어떻게 되는지 그는 누구보다
잘 알고 있었다. 하지만 전적으로 소장의 말을 믿고 싶었다. 감염
경로가 없었다. 소장이 처음 증상을 보인 건 불과 몇 달 전이었다.

"그러니까 빨리 그거 내려놔. 제발."

언제 어디서든 감정을 드러내지 않는 소장이 떨리는 목소리로
말했다. 위급할수록 별일 아닌 듯 가볍게 넘기던 그녀가 겁에 질
린 어린아이처럼 불안해했다. 빌어먹을. 안 좋은 예감은 그의 삶
에서 절대 비껴가지 않았다.

온이 크게 호흡한 뒤 손에 쥔 주사기를 케이스에 넣었다. 딸깍
소리와 함께 자동으로 상자가 닫히고 그제야 소장이 무너지듯
등받이에 몸을 기댔다.

"어떻게 된 거예요? 다른 감염자가 있어요?"

온이 물었다. 그녀가 두 눈을 감은 채 고개를 내저었다.

"정확히 언제 어디서 어떻게 감염됐는지 몰라. 아마 치료제 개
발 중에 그렇게 됐을 거야. 내 주변에는 온통 너와 하라의 피, 그
리고 바이러스로 가득했으니까."

"말이 안 되잖아요. 그때가 언제였는데."

그로부터 무려 1,000일이 흘렀고 잠복기인 100일은 이미 지나
고도 남았다. 증상이 나타날 거라면, 오래전에 시작됐어야 했다.

소장이 감은 눈을 뜨고는 입가에 맥없는 미소를 그렸다.

"말했잖아. 이 바이러스는 몸속에 침투하는 즉시 변이를 일으
켜. 내 몸에 들어온 녀석은 끈기가 있었던 모양이야. 다른 사람들

몸에 들어온 녀석들과 달리 제법 오랫동안 가만히 때를 기다렸으니까."

새로운 바이러스 출현일까. 잠복기가 100일이 넘는 그놈은 그렇게 얌전히 새로운 숙주 안에서 기다린 후, 때가 되었다고 생각한 순간 조금씩 기지개를 켜고 활동을 시작한 걸까.

"그, 그럼 지금부터라도 다시 치료제를 만들면… 이미 방법은… 알고 있잖아요."

애써 침착하려 해도 온은 떨리는 목소리를 감출 수 없었다. 소장이 큭큭 소리 내어 웃고는 그를 향해 설레설레 고개를 내저었다. 그녀의 안색이 창백해질수록 눈 밑의 그늘은 점점 더 짙어졌다. 투명하면서도 검은 얼굴 위에 한 줄기 기이한 미소가 지나갔다.

"치료제 개발이 무슨 초코바 먹듯 간단한 줄 알아? 첫 번째, 초코바를 산다. 두 번째, 초코바 포장지를 벗긴다. 세 번째, 초코바를 먹는다. 뭐 이 정도 수준이라면 가능하겠지."

무언가를 생각하듯 잠시 침묵하던 그녀가 가볍게 어깨를 으쓱했다.

"모든 실험 노트가 저장된 데이터는 강 회장이 가져갔어. 그걸 손에 넣기란 불가능하고, 천운으로 다시 그 데이터를 찾는다고 해도 이런 곳에서는 아무 소용 없어."

전원이 꺼진 로봇이라도 된 듯 그의 머릿속이 칠흑처럼 까맣게 변해갔다.

"그럼 어떻게 되는 거예요?"

"당장은 기존의 항생제랑 몇몇 약으로 버티는 정도야. 뭐 그다음은…."

그녀가 말을 멈추고는 가볍게 어깨를 으쓱했다.

"지구상에서 RB가 영원히 소멸하겠지."

RB가 소멸하면, 마지막 숙주도 함께 사라질 것이다. 그 생각이 그의 심장을 아프게 움켜쥐었다. 하지만 이럴수록 정신을 차려야 했다. 그가 자리에서 일어나 혈액이 든 상자를 집어 들었다.

"엉뚱한 생각 하지 말아요. 내 눈에 안 보이는 즉시, 나는 또 까불 테니까."

마치 경고하듯 온이 그녀의 눈앞에서 상자를 흔들어 보였다.

"원한다면 얼마든지 사라져도 돼요. 그때는 치료제 개발을 위한 테스터가 생길 테니까. 뭐 그것도 나쁘지 않은 선택이겠네요. 나름 그쪽으로 경험 많은 전문가라서 믿을 만할 겁니다."

그의 빈정거림에 소장이 지친 표정으로 이마를 짚었다.

"대체 이게 무슨 복이야? 두 녀석 모두 어디 가지 말라고 붙잡고 매달리니. 진짜 이 치명적 매력은 감출 수가…."

"지금부터는 좀 드러내도 돼요"

"쓸데없는 소리 말고 제발 정신 차려."

소장의 뼈 있는 농담을 그가 모르지 않듯, 온의 너스레를 그녀도 정확히 감지했다. 어느덧 두 사람은 그런 사이가 되어버렸다. 단 몇 마디 대화와 짧은 눈빛만으로도 서로를 꿰뚫고 있었다. 잔인한 운명이, 말도 안 되는 지독한 악연이, 두 사람을 결국 이렇게 만들어 놓았다.

"휘는 빵이랑 비스킷으로 알아서 챙겨 먹을 거예요. 저녁은 양송이를 넣은 소고기 죽, 어때요? 맛은 모르겠지만 영양학적으로 아주 훌륭하고 소화도 잘될 테니까."

병실을 나서자 그의 눈앞이 하얗게 부서져 내렸다. 온이 쓰러지듯 벽에 기대서서는 망연히 허공을 바라보았다. 간신히 비탈길을 올라왔는데 눈앞에 더 높은 언덕이 기다리고 있었다. 가만히 있어도 숨이 턱 끝까지 차오르는 기분이었다.

"보보, 양송이 소고기 죽은 어떻게 끓여야 해?"

아무리 기다려도 익숙한 대답은 돌아오지 않았다. 철컥거리는 바퀴 소리도, 온 집을 쓸고 닦던 부지런한 움직임도 모두 사라져 버렸다. 그가 벽에 기댄 몸을 일으키고는 손에 들린 상자를 움켜잡았다. 그렇게라도 온은 있는 힘껏 무언가를 붙잡아야만 했다.

제3장

도시의 불빛이 하나의 거대한 꼬리가 되어 너울거렸다. 별보다 많은 드론이 밤하늘을 수놓는 동안, 차들이 비슷한 속도로 도로 위를 달렸다. 끝없이 치솟은 마천루는 구름이라도 뚫을 기세였고 탐욕이 가득한 도시는 인간이 신에게 도전하는 또 하나의 어리석은 바벨탑이 되었다.

"수상한 낌새는 없고?"

오색으로 빛나는 강물 위 다리를 보며 하라가 말했다. 멀리서 보면 영락없는 밤의 무지개였다. 그 빛들이 수면을 물들일 새도 없이, 치어 떼를 닮은 수상 택시들이 분주히 강 위를 갈랐다.

"약간의 변화는 있습니다."

강물에 머물던 그의 시선이 돌아섰다. 무슨 변화? 소리 없는 질문에 진솔이 대답했다.

"특별한 경우가 아닌 이상, 대면 진료를 안 하는 것 같습니다. 보건소 홈페이지도 바뀌었고, 원격 진료 방법도 자세히 나와 있습니다. 상부에 의료봇 지원을 거듭 요청하고 있습니다."

"뭘 준비를 하는 건가?"

"확신할 수는 없습니다만, 여러 정황으로 보아 당장 떠날 준비를 하는 것 같지는 않습니다. 비록 원격이라 해도 진료는 꾸준히 보고 있고, 전보다 횟수는 줄었지만 마을 사람과의 교류도 이어가고 있습니다. 소장이 후원한다는 소년이 매일 보건소를 찾고 있습니다."

"그걸 다른 말로 뒤통수칠 준비를 한다는 거야. 인간들만의 특기지."

그녀는 결코 몸을 숨기거나 신분을 위장하지 않았다. 그저 낙후된 곳으로 내려갔을 뿐이었다. 그곳에서 '이반이'라는 이름과 나이도 그대로 사용했다. 똑똑하고 영리한 사람이니 단순히 신분을 숨겨봤자 소용없다는 걸 잘 알고 있을 테지.

귀 뒤를 터치하는 진솔을 보며 하라가 씁쓸하게 웃었다. 통화 연결조차 ESC를 장착한 인간과 똑같이 행동하도록 프로그램되었다니, 그 사실이 새삼 신기하게 느껴졌다.

몇 번의 대답을 끝으로 진솔이 통화를 끝냈다. 이 시간에 온 연락이라면 단 한 곳뿐이었다. 아무것도 기대하지 않는 그의 심상한 눈빛이 차창 밖으로 되돌아갔다.

"오늘 만찬 후 회장님은 호텔에서 머무신다고 합니다."

예상대로 비서실의 연락이었다. 절대 사람을 믿지 않는 회장은, 다만 인간 위에 군림하기를 원했다. 지금 회장의 수행 비서는 휴머노이드 어시드가 아닌 같은 인간이었다.

"오늘은 좀 편안히 쉴 수 있겠군."

색을 보는 일이 생각처럼 좋지만은 않았다. 가끔은 버겁기까지 했다. 밤엔 더더욱 그랬다. 수백 개의 불빛으로 반짝이는 세상과 마주할 때면 어지럽고 피곤했다. 그가 등받이 깊숙이 몸을 묻으며 두 눈을 감았다.

자율주행차가 급정거를 한 것은 차가 막 집 앞 진입로에 들어선 순간이었다. 진솔이 재빨리 팔을 뻗어 하라를 보호했다. 갑자기 누군가 또는 무언가가 앞을 막아서지 않는 한, 자율주행차가 불시에 서는 일은 없었다.

"고양이라도 나온 거야?"

"아닙니다."

하라의 시선이 정면으로 향했다. 새하얀 불빛 앞에 얼비치는 형상은 분명 사람의 실루엣이었다. 늦은 시간에 누군가가 달려오는 차를 막아섰는데, 그 목적은 알 수 없었다.

"내리지 마세요."

차에서 내린 진솔이 불빛을 등진 채 실루엣에게 다가갔다. 메이드봇이나 어시드는 아니었다. 휴머노이드가 저렇듯 모자를 푹 눌러쓸 리 없을 테고 달려오는 차를 막아서지도 않을 테니까. 그 순간 또렷한 이미지 하나가 그의 머릿속에 스쳐 지나갔다. 헤드

라이트 불빛에 언뜻 스치는 날렵한 하관이 익숙했다. 하라가 문을 열고 차에서 내렸다.

"안에 들어가 계세요."

가까이 다가오는 하라를 진솔이 뒤돌아 막아섰다.

"어쩐지 내 손님 같아서."

그가 괜찮다는 듯 진솔의 어깨를 다독이고는 검은 캡을 향해 다가섰다. 그 옆으로 진솔이 바투 따라붙었다.

"이반이 소장님 아시죠?"

낮지만 힘 있는 목소리로 검은 캡이 물었다.

설마 싶었던 그의 추측이 정확히 들어맞는 순간이었다. 보건소 주차장에서 스치듯 만난 자전거 소년이자 이반이 소장이 몇 년 전부터 후원해 오고 있다는 열아홉 살 류온이었다. 깊게 눌러 쓴 캡 아래 눈빛은 보이지 않았지만 어쩐지 오늘은 그 두 눈을 볼 수 있을 것 같다는, 묘한 기대감이 들었다.

"솔아, 회장님은 오늘 호텔에서 머무신다고 했지?"

"네, 그렇습니다."

시선을 자전거 소년에게 고정한 채 진솔이 대답했다.

"그럼 우리도 나름 즐겨야지. 손님 오셨다. 안으로 잘 모셔라."

그가 툭 진솔의 어깨를 건드리고는 검은 캡을 지나쳐 안으로 들어갔다.

하라가 온더록스 잔에 위스키를 따랐다.

"열아홉 맞죠? 아직 술은 이른가?

그가 잔을 들어 보이자 온이 고개를 내저었다. 이런 쪽으로는 제법 익숙할 것 같았는데 그것도 괜한 편견인 모양이었다.

"그럼 뭐 다른 음료라도?"

"괜찮습니다."

온이 대답하며 문으로 고개를 돌렸다. 문밖에 있는 누군가가 신경 쓰이는 모양이었다.

"이상한… 사람 아닙니다. 거기 좀 앉아요."

하라가 소파에 앉으며 말하자, 그가 가리킨 자리를 바라보던 온이 다시 입을 열었다.

"저는 그냥 여기에 있겠습니다."

과연 소장이 그를 어떻게 설명했을까. 한때는 몸속에 엄청난 괴물을 지녔던, 어쩌면 지금도 남아 있을지 모를 심각한 바이러스 보균자라 했을까. 만약 그랬다면 누구라도 가까이 오고 싶지 않을 테지. 예전부터 지금까지 그의 주위의 인간들은 늘 그래왔고, 하라는 그런 반응에 늘 익숙했다.

"이반이 소장이 보냈나요?"

이건 정말이지 전혀 뜻밖의 상황이었다. 이 선생이 찾아올 거란 예상은 했지만 그녀가 후원하는 아이가 직접 나타나리라고는 생각지 못했다. 그래봤자 달라지는 건 아무것도 없을 테니까. 하지만 왜 엉뚱한 자전거 소년이 찾아왔을까? 생각할수록 단순한 궁금증을 넘어 은근한 짜증이 밀려들었다. 혹여 소년을 이용해 동정을 구하려? 아니, 이미 오래전에 죽음을 각오한 여자였고 이 선생에게선 결코 나올 수 없는 발상이었다. 하라가 의구심 가득한 표정으로 천천히 잔을 기울였다.

"이반이 소장님 때문에 온 건 맞습니다. 하지만 소장님이 보낸 건 아닙니다."

"소장이 보낸 건 아니지만 그 사람이 뭔가 얘기는 했겠군요."

혹여 또 모를 일이었다. 인간은 절대 그 속을 다 보여주지 않으니까. 죽음을 각오한 것과 진짜 죽음을 목전에 둔 건 전혀 다른 이야기일 테지. 이 선생의 개입이 아니라면 어떻게 자전거 소년이 정확히 집 앞에서 기다릴 수 있을까. 비록 그렇다 해도 순순히 그녀가 보냈다고는 말할 수 없겠지. 그 알량하고 역겨운 자존심 때문이라도 말이다.

"정확하게 말하면 내가 강하라 씨를 만나러 온 겁니다."

나를, 하고 묻는 표정으로 그가 술잔을 기울였다. 소장과 류온 사이에 어떤 이야기가 오갔는지는 알 수 없지만 일이 점점 재미있게 흘러가고 있었다.

"내가 강하라 씨에게 받을 빚이 있거든요."

그 한마디에 기울어지던 술잔이 허공에서 멈췄다. 아무래도 단순히 웃고 넘어갈 문제가 아닌 듯싶었다. 하라가 한입에 술을 털어 넣은 후 검은 캡을 노려보았다. 이제 슬슬 저 캡 속에 감춘 나머지 얼굴을 봐야 할 것 같았다. 그가 자리에서 일어나 술병들이 즐비한 바 테이블로 걸어갔다.

"글쎄요? 나는 그쪽을 좀 알고 있습니다. 이름은 류온, 나이는 열아홉. 어릴 적에 아버지가 사고로 돌아가셨죠. 서해 대지진 때 어머니마저 잃으셨고요. 그때 함께 실종된 동생을 얼마 전 다시 만났다고 들었습니다. 형과는 네 살 터울이고 이름은 류휘죠."

하라가 술병을 기울이자 쪼르륵 소리와 함께 글라스에 황금 빛 액체가 차올랐다.

"고등학교는 왜 그만두셨나요? 어쨌든, 서해 대지진 후 이반이 소장의 후원으로 졸업 시험을 패스했군요. 그것도 아주 자랑할 만한 높은 점수로요. 알고 있는지 모르겠지만, 이반이 소장도 고등학교 입학과 동시에 졸업 시험을 신청했고 최고 성적으로 통과했습니다. 바로 다음 해에 의대에 진학했고요. 그분이 천재라는 건 알고 있죠? 아주 여러모로 말입니다. 나는 그쪽에 대해 고작 이 정도밖에 알지 못합니다. 어떻게 알게 되었는지는 천사처럼 자애로우신 소장님에게 묻는 게 좋을 겁니다. 뭐, 이미 알고 있는지도 모르겠군요."

그가 뒤돌아 테이블에 기대섰다. 손에 들린 투명 글라스가 새하얀 조명을 튕겨 냈다.

"그런 그쪽은 나에 대해 뭘 알고 있을까요? 아! 물론 이반이 소장에게 들은 건 있겠죠. 그것 이외에 나와 그쪽 사이에 무슨 연관이 있는지 모르겠습니다. 더욱이 내가 류온 씨에게 무슨 빚이 있다는 거죠?"

뭉근하게 올라오는 것이 술기운인지 불쾌감인지 하라는 알 수 없었다. 류온의 이해 못 할 말들과 시건방진 태도가 다소 재미있기는 하나, 어쩐지 점점 더 선을 넘는 느낌이었다. 대체 소장이 무슨 소리를 지껄였기에 자신과는 전혀 관계없는 사람에게 저렇듯 당당히 빚을 운운할 수 있을까?

류온의 시선이 멀리 책상에 머물렀다.

"여전히 가지고 있네요."

그의 한마디에 하라의 시선도 책상으로 향했다. 그곳에 있는 건 몇 권의 종이책과 그리고….

"목각 인형을 좋아하시나 봐요."

저 생쥐 인형이 이곳에 있다는 사실은 아무도 알지 못했다. 회장조차 저 인형을 눈여겨보지 않았으니까. 단 한 번도 이곳에 와본 적 없는 이 선생은 절대 알 리 없을 것이다.

"나머지 네 마리는 그 집에 놓아두고 저 한 마리만 데려왔네요. 왜요? 유독 저 하얀 고깔 생쥐가 마음에 들었습니까? 좀 특별하게 보였나요?"

고작해야 위스키 한 모금이었다. 취하고 싶어도 취할 수 없는 양이었다. 그런데 머릿속이 뒤엉키며 그의 눈앞에 새하얀 환시가 아른거렸다.

"아니면 저 생쥐는 살릴 수 있을 거라, 그 감옥 같은 숲속 집에서 탈출시킬 수 있을 거라 믿었나요? 오직 강하라 씨의 힘으로?"

모든 단어와 음절 하나까지 둔탁하고 뾰족한 정이 되어 사정없이 그의 머리를 쪼갰다.

"너 뭐야? 대체 누구한테 무슨 소리를 들은 거야?"

하라는 자신이 류온의 전부를 꿰뚫고 있다고 믿었다. 그런데 정작 상대가 그의 모든 것들을 알고 있었다. 결코 알 수도, 알아서는 안 되는… 그의 심연 깊은 곳까지 훤히 들여다보고 있었다.

"마지막 다섯 번째 아이는 결국 그 지독한 바이러스를 몸속에 주입하고도 용케 살아남았죠. 덕분에 스스로 마법의 아이라고 생각하면서 컸습니다. 어쨌든 이름에 얽힌 두 가지 의미 모두 정답인 것 같군요. 왜냐하면…."

류온이 얼굴을 가린 검은 캡을 벗고는 진갈색 머리를 쓸어 넘겼다. 쓰고 있던 안경마저 벗자, 환한 조명 아래 그 선명한 두 눈이 드러났다. 지금껏 한 번도 잊은 적 없는, 결코 잊을 수 없는 눈빛이, 거짓말처럼 아니 마법처럼 하라의 두 눈 앞에 있었다.

"마지막 다섯 번째 아이는 이름처럼… 여전히 살아 있으니까요."

손에 쥔 글라스가 바닥에 떨어지고, 산산이 부서질 줄 알았던 유리잔은 그러나 아무런 손상 없이 멀쩡했다. 그사이 진솔이 강화 유리로 바꿔놓았을까? 바닥에 부딪혀도, 강한 충격에도 깨지지 않은 채 그 모양 그대로 남을 수 있도록?

"설마… 네가… 네가 진짜…."

"약속대로 눈 수술했네? 안경 정말 안 어울렸는데, 잘했어."

류온이 익숙한 눈빛으로 선하게 웃었다.

눈 수술해. 이제 가능하잖아. 안경 정말 안 어울려.

지난 3년간 지독한 환청이 되어 귓가를 맴돌던 바로 그 목소리였다. 왜 몰랐을까? 왜 눈치채지 못했을까? 하라가 비틀거리며 테이블 모서리를 움켜잡았다.

"진솔 아저씨도 여전하고. 하긴 여전할 수밖에 없겠지."

"하지만 어… 어떻게 그런 모습으로?"

완전히 넋이 빠진 그를 보며 온이 손에 쥔 안경을 썼다.

"3년은 생각보다 길죠. 누군가는 그사이 사라진 색을 보게 되었고, 또 다른 누군가는 잃어버린 색을 다시 찾았죠. 그 정도로 아주 긴 시간입니다. 안 그런가요? 강하라 씨?"

한 줌 먼지가 되었으리라 믿었던 다섯 번째 아이는 멀쩡히 살아 있었다. 눈앞의 이 낯선 모습의 소년은 마오… 진짜 마오였다. 하라의 귓가에 도시의 마천루들이 무너지는 굉음이 환청이 되어 들려왔다. 온 세상의 색들이 하나로 뒤엉켜 머릿속에서 빠르게 회전하기 시작했다.

◑

도시가 고요히 잠든 토요일 새벽, 차 한 대가 날듯이 도로를 질주했다. 차량이 지날 때마다 과속 카메라 불빛이 차례로 반짝였다.

목적지가 병원이 아닙니다. 의료 응급 상황을 해제하시고 감속 명령을 내려주세요.

차량 안전 시스템이 붉은 경고등을 울리며 몇 분째 똑같은 말을 반복했다.

"시끄러워. 내가 의사고 지금 대단히 응급 상황이니까 잔말 말고 목적지로 가기나 해."

이반이가 귀 뒤를 터치해 허공에 홀로그램을 띄웠다. 화면 속에는 익숙한 얼굴의 아이가 온몸이 화상 환자처럼 짓무른 채 죽은 듯 누워 있었다.

"너를 그렇게 만든 사람에게 연락해서 대체 뭘 어쩌라고."

이반이가 신경질적으로 허공을 휘저어 눈앞의 홀로그램을 지웠다.

"젠장, 나 아직 술도 덜 깼는데."

와인을 한 병 넘게 마신 탓에 소파에 쓰러져 그대로 잠이 들었다. 새벽부터 울리는 전화를 받았을 때는, 여전히 꿈속이라 생각했다.

"마오 님이 쓰러지셨습니다. 혼자 새벽에 옥상으로 올라가셨습니다. 햇빛에 피부가 전부 노출되었고 심장박동과 호흡도 불규칙합니다. 피부에 발진이 일어났으며 동공 반응이 약합니다. 방금 마오 님 사진을 전송해 드렸는데 보시면 좀 더 자세한 상태를 아실 겁니다."

전화를 받기 무섭게 귓속이 멍멍했다. 누군지 모를 다급한 목소리가 바늘이 되어 그녀의 머릿속을 찔러댔다. 끙 소리를 내자 입안에서 지독한 술 냄새가 풍겼다.

"잠깐만. 너 누구야?"

"마오 님의 메이드봇 보보입니다. 진솔 님의 연락처는 삭제되었습니다. 병원은 전화를 받지 않습니다. 그 밖에 제 메모리에 남은 번호가 없습니다. 언제 어떻게 지워졌는지 알 수 없습니다만 유일하게 이 선생님 연락처만이 남아 있습니다. 그래서 연락드립니다. 도와주세요. 마오 님이 위태롭습니다."

이반이가 튕기듯 침대에서 일어났다. 연거푸 욕설을 뱉으면서도 그녀는 서둘러 집 밖으로 뛰쳐나갔다. 모든 프로젝트가 끝났으니, 그 즉시 진솔과의 연락을 끊어 낸 모양이었다. 폐쇄된 병원 연구실과도 더는 연락이 닿지 않았겠지. 하지만 아직 회장이 화성에서 돌아오지 않았다. 혹여 그가 돌아오기 전에 모든 상황을 정리하려는 것일까?

"진짜 무서운 사람들이군. 내가 그런 말 할 자격은 없지만."

이반이가 차에 올라 보보가 보내준 주소로 목적지를 명령했다. 그러고는 곧바로 차량 의료 응급 상황 버튼을 눌렀다. 대략적인 위치만 짐작했을 뿐, 그 새하얀 아이가 사는 곳이 정확히 어디인지 알 수 없었다. 평생 알 수 없으리라 믿었는데, 빌어먹을 인생은 절대 생각처럼 흐르지 않았다. 거친 욕설을 내뱉으며 그녀가 차량 냉장고에서 물을 꺼내 마셨다. 만약 어제 술을 마시지 않았다면, 언제나처럼 밤에 ESC를 꺼놨을 테고 또 만약 그랬다면 이른 아침 보보의 연락을 받지 못했을 것이다.

"아! 진짜 언제나 술이 문제야."

그것이 흔히 말하는 '지독한 운명'이란 사실을 그녀는 애써 모른 척했다.

차에서 내리기 무섭게 이반이가 안으로 뛰어 들어갔다. 그 사이 마오를 방으로 옮긴 보보가 집 안의 공기 정화 시스템을 최고 단계로 올려놓고는 그녀를 기다리고 있었다.

"처음 뵙겠습니다. 보보라고 합니다. 영상으로는 몇 번 봤지만 직접 뵌 것은 오늘이 처음이네요."

깍듯한 보보의 인사에 이반이는 정중히 고개를 숙여야 하나 잠시 고민했다. 동시에 이런 말도 안 되는 상황이 현실일 리 없으며 모든 것이 꿈이라고 믿고 싶었다. 그러나 그 허황된 바람을 지워버리려는 듯 보보가 또렷한 발음과 목소리로 말했다. 그렇게 이 모든 상황이 피할 수 없는 현실임을 그녀에게 한 번 더 각인시켰다.

"마오 님은 위층에 계십니다. 다행히 호흡과 맥박이 정상으로 돌아오고 있습니다."

철커덕철커덕 소리를 내며 보보가 앞장섰고 그 뒤를 재바르게 이반이가 따랐다.

방은 화면으로 보던 모습 그대로였다. 침대에 시체처럼 누워 있는 아이는 온몸이 피부가 붉게 부풀어 있었고 입술은 파랗게 질려 있었다. 그녀가 고개 들어 바라본 천장에는 강 회장의 눈이 되어 아이를 관찰하던 감시 카메라가 사라지고 없었다.

보보의 말처럼 아이의 상태는 생각보다 심각했다. RB를 치료했다고는 하나, 평범한 사람들에 비하면 면역력이 확연히 약했다. 피부 괴사라도 시작되면 균이 전신으로 퍼질 것이고 자칫 목숨까지 위험해진다.

"마오를 내 차로 옮겨. 빨리."

그 즉시 보보가 조심히 아이를 안아 들고는 철커덕철커덕 바퀴를 굴리며 1층으로 내려갔다. 밖으로 나온 그녀의 재바른 걸음이 한 곳에 멈춰 섰고, 그녀가 고개를 든 곳엔 아름다운 초록 숲에 둘러싸여 있는 눈부시게 새하얀 건물이 있었다.

마오 님이 혼자 새벽에 옥상으로….

그 순간 하나의 생각이 벼락처럼 이반이의 머릿속을 관통했다.

"보보, 너 지금 정원 찍은 사진을 나한테 전송해."

"물론 제가 정원을 잘 관리했습니다. 매우 공을 들였거든요. 하지만 응급 상황에서 한가하게 사진을 찍는다는 건 썩 바람직하지 않은 태도라고…."

"빨리 찍어서 보내줘."

두 눈에 커다란 물음표를 깜빡이면서도 보보는 명령에 따라 그녀의 ESC로 정원 사진을 전송했다.

"보보, 너는 마오의 메이드봇이지?"

"그렇습니다."

"마오가 무사하길 바라지?"

"물론입니다."

그녀가 크게 심호흡하고는 단호한 목소리로 덧붙였다.

"그럼 지금 있었던 일은 모두 기록에서 삭제해. 그리고 이것만 남겨둬. 첫째, 마오는 혼자 새벽에 옥상에 올라갔다. 둘째, 너는 나를 불렀다. 셋째, 내가 마오를 데리고 갔다."

"이건 모두 사실입니다."

모든 것이 거짓 없는 사실이었다. 다만 그 사이 세세한 상황, 예를 들어 옥상에서 쓰러진 마오를 방으로 옮겼다거나, 호흡과 맥박이 정상으로 돌아왔거나 하는 쓸데없는 정보는 모든 기록에서 지워야 했다.

"그래, 이 세 가지 이외의 모든 것은 필요 없다는 뜻이야. 만약 진솔이 와서 물으면 뭐라 대답해야 하지?"

보보의 초록색 눈에 두 개의 느낌표가 떠올랐다.

"마오 님이 새벽에 혼자 옥상으로 올라갔습니다. 제가 이 선생님을 불렀습니다. 이 선생님이 마오 님을 데리고 갔습니다."

"잘했어, 보보. 그것만 말하면 돼."

"그럼 마오 님은 안전하게 돌아올 수 있습니까?"

반짝이는 두 개의 물음표가 이반이의 마음에 작은 파장을 일으켰다.

"마오는 안전할 거야."

"부탁드립니다."

그녀가 멍하니 서서 오래된 구형 메이드봇을 바라보았다. 어쩌면 이 아이를 지켜준 건, 자신이 만든 치료제가 아닌지도 몰랐다. 이 낡고 고리타분하며, 인간보다 훨씬 꼬장꼬장한, 바보처럼 착한 저 친구였는지도.

이반이가 차에 올라 목적지를 명령했다. 차가 미끄러지듯 출발하자 백미러 속 보보가 점점 더 작아지더니 이내 시야에서 완전히 사라져 버렸다. 그녀는 제일 먼저, 쓰러진 마오가 찍힌 사진 속 배경을 정원으로 바꾼 후 약간의 색을 입혀 머리에 붉은 피를 번지게 했다. 사진만 놓고 보자면 영락없는 투신이었다. 지금 회장의 목적지는 화성이고 우주에 있는 그에게 사진을 전송하면 압축되느라 화질이 떨어질 게 분명했다. 이반이는 바로 그 점을 노렸다. 그 흐릿함이 합성을 교묘히 가려줄 테니까.

"너는 오늘 아침 새벽에 옥상에서 떨어져 죽은 거야. 나는 그 사진을 네 메이드봇에게 직접 전송받은 거고."

그녀의 예상대로 회장은 마오의 죽음을 대수롭지 않게 받아들였다. 오히려 그쪽이 일을 진행하기엔 훨씬 더 수월하겠다며 안도의 한숨까지 내쉬었다.

"안 그래도 그 아이를 어떻게 해야 하나 고민했는데."

회장의 고민이 무엇인지 모르지 않았다. 자신의 손자인 하라가 테스터의 존재를 알게 된 이상 함부로 처리할 수 없겠지. 뭔가 그럴싸한 이유가 필요했는데, 때마침 알아서 사라져 주었다니. 회장에겐 이보다 더 좋은 소식도 없을 터였다.

"차라리 잘됐어. 하라 그 녀석도 이번 기회에 똑똑히 배우게 될 거야. 함부로 설치고 다녔다가는 어떤 대가를 치러야 하는지. 그놈이 그러더군. 더는 그 아이를 건드리지 말라고. 그 아이에게 무슨 일이 생기면 나를 영원히 저주하겠다지 뭐야. 괘씸한 녀석. 자기가 누구 때문에 살아났는데. 그렇게 약해빠진 놈인 줄 몰랐어. 진솔에게도 더는 그 고물 메이드봇을 조종하지 말라는 명령까지 해놓았더라고. 나중에 그 사실을 알게 되면 어떨까? 결국 그 아이를 죽인 게 자신이라고 생각하게 될 거야. 제 꾀에 제가 넘어가는 꼴이지."

아니, 회장은 모르고 있었다. 진짜 그 아이를 살린 건 바로 하라였다는 사실을. 애초에 그가 진솔과 보보와의 연락을 끊어놓지 않았다면, 쓰러진 마오는 제일 먼저 진솔에게 발견됐을 테고 아무도 그 후를 장담할 수 없었다. 하라가 재빨리 진솔과 보보의 연락을 차단한 것, 그녀가 만취가 되어 늦은 밤 ESC를 끄지 않았던 것. 이 두 개의 우연이 마오를 살린 것이다. 그 생각이 들자 그녀의 등허리에 한 줄기 시린 기운이 지나갔다. 삶과 죽음을 가르는 건 생각보다 작고 미묘한 차이였다.

"그럼 마지막까지 수고해 주게."

회장과의 통화를 끝낸 뒤 그녀가 무너지듯 차량 등받이에 몸을 묻었다. 온몸은 이미 땀으로 흠뻑 젖었고 전력 질주라도 한 듯 입에서 단내가 났다.

"네가 나만 보면 징징거렸지. 누구는 햇빛 알레르기를 고칠 수 없어서 외출도 못 한다고, 언제 흡혈귀에서 사람으로 만들어 줄 거냐며 얄밉게 따지고 들었잖아. 내가 네 푸념 들을 때마다 얼마나 자존심이 상한 줄 알아? 그래서 잠도 줄여가며 연구실에 반폐인처럼 살았어. 한 번쯤 네 백색증 치료를 해보고 싶긴 했지. 하지만 설마 이런 날이 진짜 오리라고는 생각지 못했거든."

마오의 알비노 증상은 유전적 질병이 아니었다. 치료제의 부작용 탓이었고 약물이 문제라면 치료제를 찾는 것 또한 의외로 간단했다. 다만 이 아이가 다시 색을 찾는 걸 회장이 원치 않았다. 한 아이는 반드시 치료해야 했지만, 또 다른 아이는 치료할 필요도, 저 혼자 회복되어서도 안 되었다.

하지만 이제 그 지긋지긋한 실험실에서 탈출했으니 오롯이 이 아이만을 위한 치료가 가능했다. 아직 모든 연구는 끝나지 않았고 어쩌면 치료의 진짜 시작은 지금부터인지도 몰랐다. 그 생각이 이상할 정도로 이반이의 가슴을 뛰게 했다. 그러나 아이의 피부는 엉망으로 짓물러 이미 피부 괴사가 시작되었다. 치료제를 쓴다 해도 손상된 피부를 재생시킬 수는 없었다. 초조하게 입술을 뜯던 이반이가 귀 뒤를 터치해 허공에 화면을 띄웠다. 한참을 목록만 바라보다, 결국 한 곳의 번호로 통화 버튼을 눌렀다.

"야! 이반이. 너 맞아? 살아 있었구나? 애들이 너 죽은 줄 알더라. 모든 연락도 끊고 잠적하더니 이게 대체 몇 년 만이야?"

"선배, 내가 좀 급한 일이 있는데 나 좀 도와줄 수 있어?"

"뭐야, 갑자기 연락해서. 인간 AI께서 남에게 도움도 요청할 줄 아냐?"

"선배 병원, 피부과 시술로 유명하잖아. 그 돼지 껍데기… 아니 스킨피기인지 뭔지 그거 말이야."

잠깐의 정적이 흐른 뒤 시끄러운 웃음소리가 차량을 뒤흔들었다.

"이거 꿈 아니지? 반이 네가 지금 우리 병원에서 피부과 시술을 받겠다고? 그래서 이 아침에 전화까지 한 거야? 어디를 원하는데? 얼굴? 목? 말만 해라. 우리 병원이 또 그쪽으론 아주 유명하지. 젊어지고 싶은 건 인간의 본능이잖아. 우리 천재께서 어디를 손보고 싶으신데?"

그녀의 시선이 죽은 듯 잠들어 있는 마오에게 닿았다.

"전신. 머리서부터 발끝까지 싹 다."

비밀은 절대 의리와 신의로 지켜지는 게 아니었다. 상대에게 충분한 대가를 주면 진실은 자연스레 봉인된다. 그녀는 마오를 병원 VIP실에 입원시켰고 자신의 친구를 제외한 어떤 의사의 접근도 금지했다. 치료가 끝난 뒤 의료봇의 데이터까지 모두 파기한다는 약속까지 이미 서류로 작성해 받아놓은 상태였다. 강 회장은 절대 상상하지 못할 터였다. 비밀 엄수의 대가로 자신이 그녀에게 건넨 거액의 돈이 또 다른 비밀을 위한 유용한 도구가 되리라고는….

가장 먼저 마오의 터지고 곪은 피부를 긁어 내고 온몸을 새로운 피부로 뒤덮었다. 그것만으로도 엄청난 고통이 따르는데, 독한 알레르기 약까지 함께 투여했다. 웬만한 성인들도 견디기 힘든 치료 과정이었다.

"야! 대체 쟤 누구야? ESC는커녕 ID 넘버도 없어. 몸은 또 왜 저래? 단순한 화상 환자가 아니잖아."

"나도 몰라."

"모른다니?"

"그러니 선배도 몰라야 해. 선배, 의사잖아. 아니면 내가 선배네 병원장한테 직접 연락할까?"

그 흔한 보험조차 없는 환자가 당당히 VIP실을 요구했고, 고가의 약과 치료를 아무 불만 없이 모두 수용했다. 현실에서 의료 윤리보다 중요한 건 입원 환자의 재력이었고, 그 힘은 수많은 병원 관계자의 궁금증과 호기심을 단번에 잠재우는 위력을 발휘했다. 이반이는 그깟 돈에 아무런 흥미가 없었다. 그보다 더 가치가 있는 건 이미 죽은 저 아이를 세상에서 완벽히 지우는 일이었다.

"그건 그렇고, 쟤 저러다 진짜 큰일 난다. 이 과정은 웬만한 성인도 못 견뎌."

"아니, 큰일 안 나. 쟤한테 이 정도는 장난에 불과해."

견뎌낼 것이다. 아니 이겨낼 것이다. 오래전 그날처럼 마지막까지 반드시 살아남을 것이다. 마법의 아이니까. 눈먼 사신은 이번에도 저 아이만 사뿐히 비껴갈 것이다.

총 세 차례에 걸쳐 전신 피부 이식이 진행되었고 그 사이사이 백색증과 햇빛 알레르기 치료가 병행되었다. 세 번의 쇼크와 두 번의 발작 그리고 한 번의 심정지가 왔다. 언제나처럼 위기와 위험과 고비가 차례로 아이를 지나갔지만, 사막에서도 꽃을 피우는 선인장처럼 아이는 끈질기게 생명을 이어갔다. 그렇게 반년의 시간이 흘렀다. 덥수룩한 머리와 부러질 듯 앙상한 팔다리, 퀭한 두 눈만 남아 있는 해골 같은 얼굴과 어눌한 말투까지. 아이는 한동안 자신이 누구인지 여기가 어디인지조차 인식하지 못했다. 그로부터 몇 주가 더 흐른 뒤에야 아이의 입에서 처음으로 또렷한 목소리가 흘러나왔다.

"나 인간 되고 싶다는 소원⋯ 결국 들어줬네요?"

햇살이 좋은 날이었다. 이반이가 아이를 휠체어에 태워 병원 산책길을 거닐었다. 그것이 그날 아이가 꺼낸 처음이자 마지막 말이었다. 이반이는 아무 대답도 하지 않았다. 그녀가 아이를 살린 건, 뒤늦은 죄책감이나 싸구려 부채 의식이 아니었다. 동정이나 애정은 더더욱 아니었다. 아이는 언제나처럼 살아남았고, 이반이는 언제나처럼 그 강한 생명력을 조금 더 지켜보고 싶었다. 그 어떤 악조건 속에서도 끝까지 자생하는 그 무서운 힘을 자신의 눈으로 한 번 더 확인하고 싶었다.

두 사람은 나른한 고양이들처럼 기분 좋은 해바라기를 하며 아주 오랫동안 말없이 햇살을 바라보았다.

아이의 회복력은 신비롭고 놀라웠다. 그 변화에 가장 놀란 사람은 바로 아이 자신이었다. 유령처럼 투명한 피부가 사라지고, 두피에서 짙은 갈색 머리카락이 자라기 시작했다. 코밑과 턱 주변도 거뭇하게 수염이 올라왔고 눈썹과 속눈썹마저 서서히 검게 변해갔다.

휠체어에서 일어나 병원 주변을 가볍게 산책하던 아이는 조금씩 뛰기 시작하더니 드디어 온 힘을 다해 질주했다.

"나 뛰는 거 봤어요? 심장이랑 근육이 다 터져버릴 것 같은데 기분이 너무 좋아요. 진짜 몰랐어요. 달리는 게 이런 느낌인지. 봐요. 나 피부 좀 탄 것 같죠? 여기 자세히 좀 봐봐요. 조금 탔다니까? 이 정도면 바닷가 해변에서 뛰어도 전혀 문제없겠어요."

벌겋게 달아오른 얼굴로 아이가 흥분해 소리쳤다. 가슴이 터지도록 마음껏 호흡하며 뜨거운 태양 아래 달릴 수 있는, 이 평범한 삶에 아이는 미친 사람처럼 환호하며 즐거워했다. 이반이는 그 삶을 조금 더 지켜주고 싶었다. 언제나처럼 이번에도 함께 미친 사람이 되려 했다. 그리고 한 달 뒤 서해 대지진이 일어났다.

"뭐예요, 이게?"

테이블에 놓인 서류를 보며 아이가 물었다.

"이름은 류온, 나이는 열일곱. 고등학교는 그만뒀어. 아버지는 어릴 적에 돌아가셨고, 엄마와 남동생과 같이 살아."

그런데요? 아이의 소리 없는 질문에 이반이가 주머니에서 작은 상자를 꺼냈다.

"얼마 전 서해 대지진이 일어나고 가족 모두가 실종됐어. 엄마의 시신은 찾았지만, 두 형제의 행방은 아직 몰라. 말이 좋아 실종이지, 바다에 휩쓸려 간 게 분명해. 죽은 거야."

그녀가 설명을 멈추고는 상자의 뚜껑을 열었다.

"지금 그쪽은 아비규환이야. 시스템이 완전하게 붕괴했어. 실종자 수색은커녕 정확한 사망자나 피해 규모도 몰라. 멀쩡히 살아 있는 사람을 사망자 명단에 넣고, 이미 죽은 사람을 생존자에 넣을 정도야."

"그래서요?"

여전히 멍한 표정으로 아이가 물었다. 이반이가 상자 속 물건을 꺼내자 테이블 위에 검은색 뿔테 안경과 사진 한 장이 놓였다.

"그 사진 속 아이가 류온이야."

한눈에 봐도 불만 가득한 얼굴이었다. 안경 너머 눈빛은 사나웠고 양 입꼬리 끝에는 또렷한 비웃음이 걸려 있었다. 인상만으로는 결코 가까이하고 싶지 않은 스타일이었다.

"이런 세상에나. 시스템이 또 오류를 일으켰네? 류온을 멋대로 실종자 명단에 넣어버렸잖아."

그녀가 가까이 다가와 아이의 얼굴에 검은 뿔테 안경을 씌우고는 만족스러운 표정으로 양 입술 끝을 올렸다.

"이렇게 멀쩡히 살아 있는데 말이야."

그 한마디에 얼음물이라도 뒤집어쓴 듯 안경 너머 아이의 얼굴이 순식간에 굳어갔다.

"야! 그렇게 어리바리한 표정 말고, 세상 온갖 불만이란 불만은 다 가진 표정을 지으라고. 그건 너도 충분히 할 수 있잖아? 너 바닷가 해변에서 뛰고 싶다며?"

이반이가 못마땅한 얼굴로 우렁우렁 소리쳤다. 아이의 귓가에 바위를 때리는 강한 파도 소리가 들려왔다.

제4장

    우당탕 소리와 함께 마오가 쓰러져 벽에 부딪혔다. 제법 강한 한 방이었는지 입안에 금세 비릿하고 찝찔한 맛이 느껴졌다. 그가 입술을 훔치자 손등에 피가 묻어 나왔다.

    "살아 있었어? 이렇듯 멀쩡한 모습으로 살아 있었냐고?"

    붉게 충혈된 두 눈으로 하라가 소리쳤다. 움켜쥔 주먹이, 아니 그의 온몸이 태풍 속 마른 가지처럼 떨렸다.

    "죽은 줄 알았어."

    여전히 믿을 수 없다는 듯 핏기가 사라진 얼굴로 하라가 고개를 내저었다.

    "나 때문에 죽었다고…, 아니… 내가 죽였다고 생각했어. 너무 서둘러서, 너무 멍청해서 내가 너를 그곳까지 끌고 갔다고 믿었어. 눈만 감으면 난간 위에 서 있는 네가 보였어. 그 환영에서 단

한 순간도 벗어난 적이 없었다고. 그런데 어떻게 이럴 수가 있어? 어떻게?"

정작 그 질문은 마오가 묻고 싶었다. 하라를 마주한 순간 느낄 수 있었다. 화려한 모습 이면에 감춰둔 텅 빈 허무를, 자신을 향한 삐뚤어진 조소와 분노로 가득 찬 눈빛을. 애써 외면하려 해도 또렷하게 느껴졌다. 하지만 어떻게 이럴 수 있느냐는 원망은, 그렇기에 오히려 마오의 몫이었다.

왜 이렇게 살아? 그냥 가진 거 편안히 누리면서 살면 되잖아. 다른 사람처럼 모른 척 잊고 살면 되잖아. 나 같은 거 하나 잘 못돼도 별일 아니구나, 대수롭지 않게 넘겼어야지. 그런 세계에서 태어났으면 제발 그 세계에 어울리는 삶을 살란 말이야.

금방이라도 터져 나올 것 같은 원망을 그는 온 힘을 다해 내리눌렀다. 찢어진 입술보다 더 큰 아픔이 가슴에 불길이 되어 번져가고, 뜨거운 화상을 입은 듯 심장이 쓰려 왔다. 그가 모든 족쇄에서 풀려 자유롭게 살아갈 동안, 하라는 점점 더 무겁고 큰 족쇄에 스스로를 옭아맸다. 그가 뛰고 웃고 사람들에 섞여 행복해할 동안, 하라는 마음속 철창 밖으로 조금도 빠져나오지 못했다.

내가 할 수 있는 일이 없었어.

자신을 바라보던, 그 절망 가득한 눈빛을 마오는 선명히 기억하고 있었다. 지난 3년간 그가 다른 사람으로 변해가는 사이, 그렇게 새로운 삶을 만끽할 동안, 하라는 조금도 변하지 않았다. 여전히 그 눈빛 그대로 세상을 그리고 자신을 싸늘히 바라보고 있었다.

그 생각이 예리한 칼날이 되어 가슴을 베어 냈다. 그럴수록 마오는 표정을 굳히며 냉정한 시선으로 하라와 마주했다. 그것이 자신을 위해, 아니 여전히 그 하얀 소년을 기억하고 있는 누군가를 위해 좋은 일이라 믿었다.

"위선 떨지 마. 그렇다고 그쪽이랑 내가 어떤 관계였는지 달라지는 건 없어. 화를 내고 원망할 사람은 그쪽이 아니라 나야."

마오가 고개를 돌려 넓은 방을 한 바퀴 둘러보았다. 와인 바가 생긴 것을 제외하고는 전과 비교해 크게 달라진 게 없었다. 통창 너머로 반짝이는 빛의 테라스와 탁 트인 검은 하늘이 보였다. 이 방 하나가 마을의 가장 큰 모듈러 주택보다 넓었다. 음성 시스템이 완벽하게 갖춰졌을 테고, 24시간 원할 때면 언제고 원격 진료를 볼 수도 있었다. 바깥 날씨에 상관없이 방은 가장 쾌적한 온도와 습도에 맞춰졌겠지. 공기는 늘 깨끗할 것이며 문밖에는 언제 어느 상황에도 관리자를 보호하고 안전하게 지키는 완벽한 휴머노이드가 대기 중일 것이다. 이곳이야말로 강하라가 살아가는 진짜 세상이었다.

"그런 감상적인 사고도, 다 여유가 있으니까 가능한 거야. 눈앞에서 가족이 떠내려가는 걸 보고도, 자식의 시체조차 찾지 못해도 아무 말 못 하는 사람들이 있어. 정부에서 선심 쓰듯 던져준 손바닥만 한 그린돔에서 납작 엎드려 조용히 농사만 짓는다고. 아무것도 모르는 사람들이 수군거리고 비난해도 어쩔 수 없이 모른 척해. 왜? 살아야 하니까. 나머지 가족의 생계가 걸린 문제니까. 그렇게 마음껏 슬퍼하고 화낼 수 있는 거, 그거야말로 아무나 할 수 없는 특권이란 사실을 명심해."

마오가 냉정한 목소리로 말할수록, 하라의 두 눈은 분노로 타올랐다.

"너… 어떻게?"

"내가 그쪽 못 때리는 게 아니야. 안 때리는 거지. 이 이상 제 감정에 취해서 자꾸 헛소리 지껄이면, 그땐 나도 참지 않아."

한때는 하라가 태산처럼 보인 적이 있었다. 자신과는 비교할 수 없을 정도로 강하고 영리해 보였다. 여유 있는 미소를 지을 때면 마냥 멋있게 느껴졌고 마치 어려운 상대와 마주한 듯 주눅마저 들었었다.

지나온 시간 동안 그가 변했듯 하라 역시 변해 있었다. 크고 단단해진 어깨와 선이 굵어진 외모는 그를 소년에서 남자로 만들어 주었고 냉소 섞인 미소와 싸늘한 눈빛은 보는 사람에게 기묘한 매력을 느끼게 했다. 하지만 마오의 눈에 비친 하라는 여전히 과거에 머물러 있었다. 유약하고 겁에 질린 소년에서 조금도 자라지 않았다. 이 곱상하고 섬약한 도련님을 대체 어찌해야 할까. 마오는 어쩐지 하라가 안쓰러운 마음마저 들었다.

"나는 그쪽과 한가하게 과거 얘기나 하자고 찾아온 게 아니야."

마오의 마지막 한마디에 하라가 느린 동작으로 머리를 쓸어 넘겼다. 엉망이 된 머릿속을 그렇게라도 정리하려는 듯 보였다.

"그래, 어떻게 그럴 수 있냐는 말은 의미 없겠지. 너야말로 나 같은 건 안중에도 없었을 테니까. 그런데 애써 위장한 신분까지 드러내며 찾아왔다? 아주 중요하고 다급한 일이라는 거잖아. 그 것도 하필 내가 꼭 필요한."

'아닌가?'라고 묻는 듯 그가 한쪽 입꼬리를 올렸다. 아니, 하라 는 절대 유약하지 않았다. 감정의 동요는 오래가지 않았으며 곧 바로 냉철하고 이성적인 모습을 되찾았다. 아닌 척하지만, 그 역 시 이 세계에 속한 사람이었다. 짧은 순간, 상황을 자신이 컨트롤 할 수 있는 쪽으로 뒤바꿔 놓았다. 어쩌면 본능인지도 몰랐다. 자 신의 몸속에 어떤 피가 흐르고 있는지, 정작 하라 본인만 모르고 있었다.

"이반이 소장 때문에 왔다고 했지? 대체 무슨 얘기를 어디까 지 듣고 온 거야? 우리 자애로우신 이 선생님이 너에게 뭘 털어놓 았는지 궁금하네."

이 질문 역시 마오의 몫이었다. 과연 하라가 왜 소장을 찾아왔 는지, 두 사람 사이에 어떤 말들이 오갔는지. 그러나 그가 아는 건 아무것도 없었다.

"너를 살려주었으니, 뭔가 대가를 요구하는…."

"소장님 RB에 감염됐어."

마오는 괜한 얘기를 늘어놓기 싫었다. 그럴 시간도 마음의 여유도 없으니까. 바이러스가 깨어나면, 인간의 시간 따위 전혀 무의미해진다. 그리고 그 사실을 하라도 절대 모르지 않을 것이다. RB라는 말이 나오자 마치 시간이 멈춘 듯 두 사람 사이에 숨 막히는 침묵만 흘렀다.

"지금 무슨 소리 하는 거야? RB를 없앤 건 바로 그 여자야."

하라의 성마른 목소리가 보이지 않는 침묵의 벽을 부쉈다. 그의 말은 틀리지 않았다. 하지만 RB는 생각보다 끈질겼고 마오는 그 사실을 최대한 짧고 간결하게 설명했다. 소장의 몸에서 변이를 일으킨 또 다른 바이러스의 탄생과 그 괴물이 제법 오랫동안 교묘하게 숨죽이고 있었다는 핵심도 빼놓지 않았다. 이야기를 듣는 내내 하라의 얼굴에 조금씩 핏기가 가셨다. RB는 두 사람 모두에게 공포이자 지옥이었다. 영원히 사라졌다 믿었는데, 녀석은 잠시 모습을 감췄을 뿐이었다. 지독한 생명력으로 또다시 세상에 나오려 꿈틀대고 있었다.

하라가 손으로 입을 가린 채 생각에 잠겼다. 공포에 질린 두 눈을 보면 알 수 있었다. 지금 그가 끔찍했던 과거를 되짚어가는 중이라는 걸.

"말도 안 돼. 어떻게 그럴 수가 있어."

"우리가 겪은 일은 말이 되고?"

하라는 여전히 믿을 수 없다는, 아니 절대 믿기 싫다는 표정으로 물었다.

"확실해?"

"그쪽의 말처럼 신분까지 드러내며 찾아왔어. 이 이상 뭐가 더
필요해?"

마오가 쏘듯이 내뱉고는 깊게 들이마신 숨을 천천히 내쉬었
다. 찾아온 목적을 말하기까지 계획했던 것보다 너무 긴 시간이
소요됐다.

"소장님의 실험 노트와 그것들을 기록한 데이터가 필요해. 연
구실을 폐쇄하면서 모든 자료는 할아버지…."

다 잊었다고, 충분히 잊을 수 있다고 마오는 생각했다. 그런데
어쩌자고 그 말이 튀어나왔을까? 힘없이 끊어진 것이 아니었다.
처음부터 연결조차 되지 않는 인연이었다.

"강 회장이 모두 가져갔어. 분명 어딘가에 보관해 두었을 거
야. 그걸 찾아내."

하라의 의문 가득한 시선이 마오의 두 눈 속을 파고들었다.

"내가?"

"사과할 기회를 달라고 했지. 지금이 그 기회야. 자료를 찾아
서 넘겨."

"대체 왜…."

"내 말 똑똑히 들어. 이건 부탁이 아니라 명령이야. 해줘야 하
는 게 아니야. 그쪽이 반드시 해야만 하는 일이라고."

"거부한다면?"

하라가 웃으며 두 손을 들어 보였다. 마오가 한 걸음 가까이 다가섰다.

"아마 다시 찾아오겠지."

"네가 다시 찾아와서 뭘 할 수…."

"아니, 내가 아닌 그 괴물이 다시 찾아오면, 분명 뭔가 할 수 있는 게 있을 거야."

단순한 협박이 아니었다. 소장이 잘못되는 날에는 누구든 그 대가를 치르게 될 것이다. 그땐 과연 누가 새 괴물의 테스터가 될지 두고 보면 알게 되겠지. 빙긋이 웃던 얼굴에서 미소를 지우며, 하라가 조롱 섞인 눈빛으로 입을 열었다.

"너야말로 정신 차려. 그 여자가 너를 구해줬다 착각하는 모양인데, 애초에 네 몸에 바이러스를 주입한 건 바로 그 여자야."

물론 마오도 모르지 않았다. 이반이 소장이 어떤 사람인지를, 자신의 몸에 무슨 짓을 저질렀는지를 이 세상에서 마오만큼 잘 알고 있는 사람은 없었다.

"그걸 잊을 만큼 바보는 아니야. 소장에게 그 짓을 명령한 사람이 누구였는지도 잘 알고."

"그럼 너 이외에는 살아남은 아이가 단 한 명도 없다는 것도 똑똑히 기억하고 있겠군."

하라의 시선이 멀리 목각 인형을 가리켰다. 하얀 고깔을 쓴 생쥐 한 마리. 나머지 네 마리는 모두 사라지고 없었다. 그 사실이 폭풍이 되어 마오의 머릿속을 헝클어뜨렸다.

"이번에도 어쩔 수 없었다, 그 말을 하고 싶은 거야?"

하라의 입가에 또렷한 비웃음이 지나갔다. 그가 무슨 생각을 하는지 마오는 모르지 않았다. 세상이 욕하는 건 상관없었다. 사람들의 손가락질도 참을 수 있었다. 소장이 죄 없는 아이를 희생시킨 건 부정할 수 없는 사실이니까. 온 우주가 자신을 혐오하고 경멸해도 괜찮았다. 모든 화살과 돌팔매질을 달게 맞을 수 있었다. 그러나 단 한 사람의 비난만큼은 절대 용납할 수 없었다. 그에겐 일말의 자격조차 없으니까.

"맞아. 이반이 소장이 죄 없는 아이들을 희생시켰어. 그중 마지막 다섯 번째 아이를 두 번이나 죽였고 동시에 두 번 모두 살려냈지."

"…."

"그러니 단죄를 해도 내가 하고, 저주를 퍼부어도 내가 해. 죽을 때까지 소장을 원망하고 미워하며 살 수 있는 건 이 세상에 오직 한 사람밖에 없으니까, 자격도 없는 그쪽이 건방지게 입 놀리지 말란 뜻이야."

꿈은 지금도 여전히 찾아와 그를 깊고 어두운 기억의 늪으로 침잠시켰다. 꿈에서 벗어나도 〈거룩한 밤〉을 부르던 맑은 합창 소리는 한동안 그를 떠나지 않았다. 어린 천사들의 목소리가 마오를 힘들게 했고 아프게 했으며 죄책감이라는 사슬이 되어 마음을 옭아매었다. 나머지 네 명에게는, 그 천사들에게는 어떤 벌과 저주도, 원망과 미움도 달게 받을 것이다. 그 일에 대해서 마오는 더는 얘기하고 싶지 않았다. 다른 사람도 아닌 하라 앞에서는 최대한 감정을 배제하려 했는데 말을 하면 할수록 가슴속에 회오리바람이 일어났다. 애써 가라앉힌 기억들이 부유하며 어지럽게 소용돌이치고 있었다.

"설마, 너 그 여자를⋯."

그럴 리 없다는 표정으로 하라가 더듬거렸다.

"일주일이야. 수단 방법 가리지 말고 자료 찾아서 넘겨."

더 이상의 설명은 필요 없었다. 괜한 감정을 내비치는 것도 여기까지였다. 마오가 귀 뒤를 터치해 허공에 홀로그램 화면을 띄웠다. '모두 보기' 버튼을 누르면 화면은 다른 이에게도 공유된다. 하라가 허공에 뜬 홀로그램으로 눈을 돌렸다.

"내 번호야. 이젠 서로 연락이 가능하겠지?"

이 한마디를 위해 너무 오랜 시간이 걸렸다. 죽을 고비를 넘겼고 신분을 감춘 채 하루하루 숨죽여 지내왔다. 그건 어쩌면 하라도 마찬가지가 아니었을까. 죄책감이란 늪에서 허우적거리며, 이 순간까지 서서히 가라앉고 있었을 테니까.

마오가 바닥에 떨어진 모자를 집어 들고는 캡을 깊게 눌러썼다. 그의 시선이 한 번 더 책상 위 목각 인형에 닿았다.

"몇 가지 부탁할 게 있어. 도착해서 메시지 보낼게."

돌아서는 마오를 향해 하라가 말했다.

"만약 내가 자료를 넘기면, 그건 소장을 위해서가 아니야. 물론, 마오 너를 위해서도 아니야. 나 역시 그 여자가 꼭 필요하기 때문이야."

하라가 소장을 찾아온 목적은 분명했다. 그러나 그 명확한 이유는 그녀를 살린 후 들어도 충분할 것이다.

"마오란 아이는 이미 3년 전에 죽었습니다. 옥상에서 투신했죠. 그 사실을 강하라 씨가 가장 잘 알고 있지 않나요?"

마오가 마지막 말을 남긴 후 뒤돌아 걸음을 옮겼다. 지잉 소리와 함께 문이 열리고 밖에 서 있던 익숙한 실루엣이 모습을 드러냈다. 오래전 그 모습 그대로, 변할 수도 바뀔 수도 없는 존재가 감정이 없는 눈빛으로 그를 바라보았다. 마오가 서둘러 지나가려는데 그가 걸음을 옮겨 앞을 막아섰다. 휴머노이드라고는 믿을 수 없을 정도로 정교하게 생긴 두 눈 속에는 생각과 영혼마저 들어 있는 듯했다. 어쩌면 정말 그런 것들이 담겨 있는지도 몰랐다. 영혼을 잃어버린 건 오히려 인간일 테니까.

"솔아, 그만둬."

하라가 밖으로 나오며 소리쳤다. 여전히 그를 막아선 채 진솔이 대답했다.

"안이 제법 시끄러웠습니다."

둘 사이에 무슨 문제라도 있었냐는 질문이었다. 혹여 하라에게 어떤 위협이라도 가했다면 자신의 선에서 조용히 처리하겠다는 의미이기도 했다. 진솔이 누구이며 이런 상황에서 그가 어떻게 대처할 건지 마오는 오랜 경험으로 알고 있었다.

"너무 늦었다. 손님 모셔다드려."

"아니요. 필요 없습니다. 약속이나 잘 지키세요. 강하라 씨."

마오가 진솔을 지나쳐 빠른 걸음으로 계단을 내려갔다. 목숨이 붙어 있는 한, 두 번 다시는 이곳에 오지 않으리라 믿었다. 죽기 전까지, 아니 죽은 후에도 저 둘은 만날 리 없으리라 확신했다. 그런데 태어날 때부터 꼬여버린 삶은 마치 가시넝쿨처럼 시간이 지날수록 점점 더 복잡하게 뒤엉키고 있었다. 그가 주춤 멈춰 서서 발밑을 내려다보았다. 계단에 깔린 카펫은 디자인과 무늬만 바뀌었을 뿐, 걸을 때마다 느껴지는 푹신한 감촉만은 오래전 그날과 조금도 다르지 않았다.

◐

하라는 처음 마오를 마주했던 오래전 그날을 떠올렸다. 너무 새하얗고 투명해 환영이라 믿어졌던 아이는 손끝만 건드려도 백사장 모래성처럼 힘없이 허물어질 것 같았다. 그 위태로운 모습에 가까이 다가서는 것조차 조심스러웠다. 커다란 두 눈은 불안함과 호기심으로 어지럽게 뒤섞여 있었고, 처음 보는 상대에 대한 두려움도 엿보였다. 또래보다 작고 마른 몸이었으며 머리부터 발끝까지, 속눈썹과 손등의 보송보송한 솜털까지 모든 것이 방금 내린 눈처럼 새하얗기만 했다. 눈의 여왕이 데리고 간 카이를 연상케 했다.

형제야. 서해 대지진 때 가족을 잃은 아이들이야.

이 선생이 유독 '형제'를 강조한 이유를 비로소 알 것 같았다.
잠깐이라도 눈속임이 필요했겠지. 눈의 여왕처럼 누군가 그를 훔
치듯 데려갔고, 그렇게 모든 것을 감쪽같이 바꿔놓았다.

깊게 눌러쓴 캡과 안경을 벗었을 때조차 그를 알아보지 못했
다. 어느덧 진솔과 마주할 정도로 키가 훌쩍 커버렸고 운동으로
다져진 몸은 탄탄했다. 고동색 머리카락은 숱이 많아 풍성했으
며 햇빛에 적당히 탄 피부는 건강해 보였다. 금방이라도 지워질
듯 흐릿했던 모습은 흔적 없이 사라지고, 강렬한 색의 유화처럼
선이 굵고 진해졌다. 바로 코앞에서 지나가도 절대 알아보지 못
했을 것이다. 하지만 그 눈빛만은 조금도 변하지 않았다. 그는 여
전히 주위의 모든 걸 호기심 가득한 시선으로 바라보며 그것들이
자신의 삶에 어떤 의미가 있는지 탐색하는 것 같았다. 하라는 문
득 궁금했다. 전보다 몇 배는 반짝이는 그 눈 속에 얼마나 다양한
세상을 담아냈을지.

그러나 자신을 바라보던 안타까움이 담긴 시선은 여전히 변
함없었다. 최대한 감정을 드러내지 않으려 안간힘을 쓰는 듯했으
나, 태생적으로 지닌 사람을 향한 애정 때문에 쉽사리 감정을 숨
길 수 없었을 것이다. 그의 입에서 아무렇지 않게 '할아버지'라는
말이 튀어나왔을 때 하라는 가슴이 뻥 뚫린 듯 공허함마저 느껴
졌다.

그토록 강한 생명력을 지녔음에도 그는 작고 좁은 화분 안에 갇혀 있었다. 뿌리 내리지 못하도록, 더는 자랄 수 없도록 햇볕도 물도 없는 곳에서 지독히도 오래 방치되었다. 그런데 누군가가 그 답답한 화분을 깨버린 후 그 여린 가지를 넓은 대지로 옮겨놓았다. 그 즉시 뿌리가 꿈틀거리더니 물을 찾아 땅속으로 깊게 뻗어나갔다. 가는 줄기가 굵어지며 사방으로 진초록의 잎들을 키워냈다. 그가 여름 숲처럼 푸른 존재였다는 사실을 하라는 오늘에서야 알게 되었다. 고작 3년이었다. 그 짧은 시간 동안 시들어 가던 화초는 마법처럼 굵은 기둥의 나무가 되었다. '마법의 아이'라는 이름에 가장 걸맞은 모습으로 성장해 가고 있었다.

"솔아, 너 오늘 나를 찾아온 사람이 누군지 알아?"

잠들지 않는 도시가 만들어 낸 빛의 강을 내려다보며 그가 물었다.

"보건소 앞에서 하라 님이 잠깐 불러세웠던 그 소년 아닙니까? 모자를 써서 100퍼센트 확신할 수 없지만 이반이 소장이 후원한다는 류온이라 생각됩니다. 그가 왜 이 시간에 여기까지 찾아왔는지 저로서는 알 수 없습니다."

하라가 창으로 가까이 다가가 싸늘한 유리 벽에 이마를 대었다. 만약 진솔의 기억 속에도 마오가 남아 있었다면, 과연 한 번에 알아볼 수 있었을까. 저장된 데이터와 완전히 달라진 모습으로 돌아온 그를 과연 쉽게 눈치챌 수 있었을까.

"너는 다 좋은데. 기억력이 좀 약해. 안 그래요, 진솔 아저씨?"

그가 물끄러미 밤의 세상을 내려다보며 말했다. 류온이 된 그 아이는 지금쯤 어디로 가고 있을까. 그는 목적지를 설정하면 알아서 도착하는 자율주행차가 없었다. 그저 자신의 두 다리와 팔로 방향을 잡을 수 있고, 원한다면 언제든지 새로운 길을 찾아갈 수 있는 자전거에 올라 느리고 힘들지만 오직 자신의 힘으로 삶을 개척해 나가고 있었다. 그래서 다행이고 그래서 고마웠다. 하라의 입가에 엷은 미소가 번졌다.

"기분이 좋아 보이십니다."

창밖을 보던 시선이 진솔에게로 돌아섰다.

"그래 보여?"

"웃는 모습 오랜만입니다."

"오랜만에 손님이 왔잖아."

3년 만에 다시 찾아온 손님이었다. 한 줌 먼지가 됐으리라 생각했는데 참새처럼 쫑알쫑알 잘도 떠들어 댔다. 그 건방진 모습이 괘씸해 자꾸만 헛웃음이 나왔고 명치 끝에 매달려 있던 추 하나가 사라져 가뿐해진 기분이었다. 그가 창가에서 벗어나 천천히 책상으로 다가갔다.

"그 손님 말이야. 안경 정말 안 어울리지 않냐? 내 참 누구보고 안 어울린대?"

하라의 입에서 짧은 투덜거림이 새어 나왔다.

"솔아. 집 앞이랑 현관 CCTV 지워라."

"이유를 물어봐도 되겠습니까?"

하라가 손끝으로 톡 생쥐 인형의 코를 건드렸다.

"그 손님은 있잖아, 자신도 모르게 카메라에 찍히는 걸 정말 싫어하거든."

"그뿐입니까?"

바보 같고 미련한 열여덟은 이미 지나갔다. 누군가의 말처럼 교활한 스물하나가 되었으니까. 만에 하나 회장이 낯선 이의 방문을 알게 된다면 자칫 시끄러워질 수도 있었다. 회장은 최상위 포식자기에 희미한 냄새만으로도 금세 사냥 본능이 깨어날 터다. 조금이라도 거추장스럽다 생각되면 이번에도 가차 없이 발톱을 휘두르겠지. 실수는 평생에 단 한 번이면 족했다.

"내 손님이야. 더 설명이 필요해?"

"네, 알겠습니다."

진솔이 대답하고는 서둘러 방을 나섰다.

"진솔 아저씨랑 나, 내일부터 좀 바빠질 것 같지?"

하라가 하얀 고깔모자를 쓴 목각 생쥐를 향해 중얼거렸다. 밤하늘을 수놓는 드론이 멀리 오색으로 반짝였다. 빛이 사라진 먼 고장의 숲은 어둠 속에서 편안히 잠들 것이다.

제5장

최신형의 의료봇과 고가의 약들이 보건소로 속속히 도착했
다. 대기실에 쌓인 상자들을 보며 소장은 좀처럼 입을 다물지 못
했다. 안 그래도 병색이 짙은 얼굴인데 그녀는 퀭한 두 눈으로 무
섭게 온을 노려보았다.

"대체 이것들이 다 뭐야?"

"위에서 보내줬나 봐요."

온이 소장의 눈을 피해 대수롭지 않다는 듯 심드렁히 말했지
만, 자꾸만 화끈거리는 얼굴은 어찌할 수가 없었다. 은근슬쩍 둘
러대는 건 역시 아무나 할 수 있는 게 아니었다.

"네가 생각한 위와 내가 알고 있는 위가 어째 다른 것 같다."

소장이 발끝으로 툭 가볍게 특수 케이스에 보관된 약을 건드
렸다.

"너, 이 약 하나에 얼마 하는지나 알아?"

정확한 금액은 알지 못했고 상세히 알고 싶지도 않았다. 다만 한 가지 분명한 것은 이 약들이 얼마나 고가이든 누군가에게는 크게 문제 될 게 없다는 사실이다.

모든 데이터는 넘겼지만 어떤 약을 썼는지 중요한 것들은 대략 기억날 것 아녜요?

기억나면 구할 수나 있고? 너 약이 얼마나 고가인지 모르지? 네가 예전에 쓰다고 툴툴거리면서 먹었던 그 약들이 실은 금덩어리보다 비싼 몸들이었다. 내 연봉으로도 못 사는 게 있다고.

알았으니까, 우선 생각나는 것만이라도 대충 보내줘요. 안 그러면 나 정말 심하게 까불어서 같이 앓아눕는 수가 있어요?

그렇게 류온이 반강제로 소장을 협박하여 받아낸 목록들이었다. 물론 모르지 않았다. 이런 약으로는 근본적인 치료가 불가능하단 사실을. 다만 놈을 조금 둔하게 만들 수는 있었다. 치료제가 개발되기까지 두 소년도 모두 이런 식으로 시간을 벌며 아슬아슬한 생명을 연장해 갔다.

"너 진짜 어디 갔다 온 거야? 동생 일로 센터에 가서 의논할 게 있다더니, 거기 다녀온 거 아니었어?"

의논할 일은 있었다. 다만 휘의 문제가 아니었고 목적지가 센터가 아닐 뿐이었다.

"의료봇, 여기 보건소 소속으로 등록할게요. 문서는 내가 작성할 테니까 마지막으로 사인만 하면 돼요. 약은 다 3층으로 옮길게요. 당분간 진료도 다른 일도 하지 마시고요."

황급히 돌아서는 그를 소장이 큰 걸음으로 막아섰다.

"너 대체 어디를, 아니 누구를 만나고 온 거야? 설마… 아니지?"

세상에 수많은 '설마'가 있고, 안 좋은 예감이 현실이 되는 경우가 많다. 흔히 말하는 촉이나 싸한 느낌은 위험에서 벗어나려는 인간의 생존 본능일 테니까. 그러나 소장의 촉을 강하게 건드리는 지금의 상황은 역설적으로 그녀를 살리는 유일한 길이 될 것이다. 그 역시 상상하지 못했다. 자신을 파괴했던 이반이라는 여자가 자신의 유일한 구원자가 되리라고는.

"소장님이랑 상관없어요. 내가 받을 게 있어서 간 거니까."

그 한마디에 퀭한 두 눈을 두 배로 키우며 소장이 소리쳤다.

"너 정말 하라를 찾아갔어? 거기가 어디라고. 설마 네가 누군지 다 털어놓은 건 아니지?"

곧바로 두 번째 '설마'가 등장했다. 앞으로 소장의 입에서 얼마나 많은 '설마'가 튀어나오든 그건 100퍼센트 현실이 될 확률이 높았다.

"잘못한 거 없잖아요. 못 밝힐 이유 없어요."

"진짜 미쳤니? 완전히 돌았어? 너는 이미 3년 전에 죽었어. 세상에 존재할 수도, 절대 존재해서도 안 되는…."

"지금부터 내가 하는 말 명심해요. 소장님이 꼭 알아야 할 두 가지만 얘기할 테니까."

그가 소장의 말을 베어 내며 허공에 두 개의 손가락을 들어 보였다.

"첫째. 미안하지만 앞으로 흥분할 일 많을 거예요. 그럴수록 냉정하고 차분해져야 해요. 둘째. 더는 착각하지도 말아요. 나 소장님이 마음대로 할 수 있는 테스터 아닙니다. 이제 내 모든 건 내가 스스로 결정할 거예요."

완전히 넋이 빠진 얼굴에서 '허!' 하는 탄식이 터져 나왔다.

"좋아. 알았어. 그런데 너 설마 회장까지 만난 건 아니지? 강회장이 아는 날에는 우리 모두 다 끝이야. 너 몰라? 그 사람이 RB보다 몇 배 더 교활하고 무서운 거."

물론 알고 있었다. 바이러스보다 무서운 존재가 다름 아닌 인간이란 사실을. 다만 세 번째 '설마'가 현실이 될지는 아직 장담할 수 없었다. 물 밑에서 숨죽여 있던 진실이 수면으로 떠올랐다. 아니, 스스로 헤엄쳐 물 밖을 벗어났다. 결과는 둘 중 하나였다. 뜨거운 태양 아래 말라 죽거나, 아니면 또 다른 모습으로 진화해 새롭게 살아가거나.

"강하라만 만났어요."

그가 할아버지에게 모든 진실을 말할지는, 오직 강하라만이 알 수 있겠지. 하지만 어쩐지 그럴 것 같지 않았다. 그 마음은 안도도, 믿음도 아닌 단순한 예감일 뿐이었다.

"그나마 완전 바보가 아니라서 다행이네."

소장이 전의를 상실한 군인처럼 어깨를 늘어뜨리며 바닥의 상자들을 굽어보았다.

"너 대체 하라 만나서 뭘 요구한 거야? 최신형 의료봇에, 고가의 약에 내 실험 노트가 담긴 데이터라도 넘기라 했어?"

온이 마음속으로 정답을 외쳤다.

"아무리 걔라도 그거 못 찾…."

소장이 말을 멈추고 마른기침을 토해 냈다.

"거봐요. 흥분하지 말라니까. 빨리 약 먹고 올라가서 쉬어요. 진료는 의료봇이 대신 할 테니까 걱정하지 말아요."

그녀가 천천히 호흡하며 밭은기침을 가라앉혔다.

"너만 얌전히 있으면 돼. 내 건강을 위한다면 괜한 문제 만들지 마."

'내가 소장님한테 가장 큰 문제였으면 좋겠네요.' 이 한마디는 결국 내뱉지 못했다. 괜스레 불안감만 가중될 테니까. 그가 한쪽 다리에 힘을 싣고는 삐딱하게 섰다.

"소장님, 자존심 안 상해요?"

'자존심?'이라고 되묻듯 소장이 두 눈을 동그랗게 떴다.

"다시 나타났잖아요. 건방지게 감히 치료제를 개발한 사람 몸에 RB가 침투했다고요."

온이 손가락을 세워 소장의 심장을 가리켰다. 천재들을 자극하는 건 생각보다 간단했다. 돈도 권력도 아닌, 그들의 지적 자존심을 아주 살짝만 건드리면 된다.

"우리 반격해야죠. 마음 단단히 먹어요. 제법 긴 싸움이 될 테니까."

"너는 그 싸움이 지겹지도 않아?"

"지겨우니까 빨리 끝내야죠."

별일 아닌 듯 가볍게 대답했지만 온은 바이러스가 두려웠다. 생각만으로 끔찍했고 온몸이 진저리 치도록 소름 끼쳤다. 하지만 그렇기에 최선을 다하고 싶었다. 그래야만 어떤 마지막이 와도 후회하지 않을 테니까.

소장이 팔짱을 낀 채 설레설레 고개를 내저었다.

"아무리 생각해도 이해할 수가 없어. 전생에 견우직녀였니? 로미오와 줄리엣의 환생이야? 너랑 하라가 어떻게 다시 만날 수가 있니? 정말 징글징글하다."

그 질긴 인연의 시작이 누구 때문에 비롯되었고 누구 탓에 이어졌는지, 소장은 정말 몰라서 하는 말일까.

"나도 바빠요. 할 거 많으니까. 어서 올라가요."

온이 가볍게 등을 떠밀자 잔뜩 구시렁거리면서도 소장은 얌전히 계단 위에 올라섰다. 그녀가 사라진 후 온이 귀 뒤를 터치해 허공에 화면을 띄웠다.

보내준 약과 의료봇은 잘 받았어. 한 가지 묻고 싶은 게 있는데, 혹시 보보는….

류온이 입력을 멈춘 채 물끄러미 화면을 바라보았다. 괜한 질문이었다. 하라가 알 리 없을뿐더러 묻는다고 원하는 답을 얻을 리도 만무했다. 그가 두 번째 메시지를 지우고는 곧바로 전송 버튼을 눌렀다.

◐

얼굴의 모든 근육이 마비될 것 같았다. 빌어먹을 넥타이도 죽을 맛이었다. 사람들, 사람들 그리고 지긋지긋한 사람들이 눈앞에서 어지럽게 빙글빙글 돌았다. 하라는 그들을 향해 웃고 미소지으며 '아! 그러시군요' 감탄하는 눈빛으로 연신 고개를 끄덕였다. 친절하지만 만만하게 보이지 않도록, 예의 바른 몸짓에 당당한 태도를 지켰다. 그렇게 하게끔, 태어날 때부터 이미 뇌 속에 프로그램되어 있으니까.

하라가 눈을 돌려 홀 중앙에 장식된 얼음 조각상을 바라보았다. 계수나무 아래 두 마리 토끼가 방아를 찧고 있었는데 이 파티의 주제인 달맞이를 형상화한 것 같았다.

달맞이 같은 소리 한다.

그가 금방이라도 튀어나올 한마디를 혀 밑에 구겨 넣었다. 말이 좋아 달맞이였지, 결국 달도 지구와 똑같이 처리하자는 의미였다. 쓸모 있는 광석들은 죄다 파내고 산을 깎아 건물을 세우고 강을 막아 도로를 넓히고 대규모 관광단지를 세워 돈벌이 수단으로 만들자는 것이었다. 그 의기투합을 위해 혈관에 쇳가루가 떠다니는 인간들이 설탕에 꼬이는 개미 떼처럼 모여들기 시작했다. 혹시나 달빛 같은 금가루라도 받을 수 있을까 해서, 모두 혈안이 된 채 서로에게 마음에도 없는 따분한 대화만 주고받았다. 그들은 이미 오래전에 계수나무를 베어버렸고 방아를 찧던 토끼를 멸종시켰다.

"아이고, 회장님. 오랜만에 뵙겠습니다. 바쁘신 분이 손수 이런 곳까지 찾아주셨네요. 정말 감사합니다."

"박 의원님도 건강하시죠?"

빌어먹을. 진득한 욕설을 삼키며 그가 회장 옆에서 조용히 미소 지었다.

"잘 오셨습니다. 우리 강 회장님 같은 분이 계셔야, 좁은 땅덩어리에서 벗어나서 달과 화성처럼 더 넓은 곳으로 도약할 수 있는 것 아닙니까. 이번 달 관광지 개발도 잘되실 겁니다."

"안 그래도 그것 때문에 당분간은 좀 분주해질 것 같습니다. 우리 박 의원님도 내년부터 아주 바빠지실 것 같아서요. 이렇게 미리미리 인사드리러 왔습니다."

"그러게 말입니다. 시간이 참 빠르네요. 내년에는 더욱 바쁘게 뛰어야겠죠. 그래야 또 나랏일도 열심히 할 수 있고 우리 강 회장님처럼 더 넓은 곳으로 도약하시려는 분들 마음껏 뻗어 나가실

수 있게 최대한 도와드릴 수도 있고요. 안 그렇습니까?"

"박 의원님 아니면 누가 나랏일을 하겠습니까. 너무 염려 마세요."

"아이고, 과찬이십니다. 겸허히 국민의 선택을 기다려야죠. 가만, 그나저나 이 잘생긴 친구는⋯."

제발 그냥 꺼지세요. 간절한 바람은 이번에도 여지없이 무너져 버렸다. 하라가 박 의원을 향해 깍듯이 고개를 숙였다.

"제 손주 녀석입니다. 좀 컸다고 제가 가는 곳을 곧잘 따라다닙니다."

"아! 그 손주분이시군요. 저도 소문은 들었습니다. 그런데 세상에, 이리 훤칠하고 멋진 친구였는지 몰랐습니다. 그럼 저 뒤에 서 있는 친구는⋯."

박 의원의 시선이 뒤에 서 있는 진솔에게 닿았다. 어쩐지 예감이 좋지 않다는 생각에 하라의 입가에서 미소가 사라졌다.

"별건 아니고 손주 녀석을 위해 주문한 어시드입니다."

회장의 말이 끝나기 무섭게 박 의원의 두 눈이 커졌다.

"안 그래도 VIP용 특별 어시드가 제작된다는 소문은 들었습니다만, 이렇게 정교하게 생산되는지 몰랐습니다. 말하지 않으면 전혀 모르겠네요. 저런 건 가격도 제법 나가죠?"

제작, 생산, 가격이란 말이 바늘처럼 그의 귀를 따갑게 파고들었다. 하라가 꽉 어금니를 깨물었다.

"뭐, 여러모로 유용하죠. 괜한 소리 떠벌리지 않고, 무엇보다 아주 조용해서 좋습니다."

무슨 의미인지 잘 알겠다는 듯 박 의원이 크게 고개를 주억거렸다.

"소문만 들었지 저렇듯 정교한 제품은 처음 봤습니다. 실제로 보니 정말 대단하네요. 한 대 들여놓으면 제법 쓸 만하겠습니다. 가까이 가서 자세히 구경 좀 해봐도 괜찮겠죠?"

성큼 걸음을 떼는 박 의원을 하라가 재빨리 막아섰다. 동시에 강 회장이 미간이 일그러뜨리며 굵은 눈썹을 꿈틀거렸다.

"외람되지만 제게 먼저 시간을 내주시겠습니까? 지난달에 의원님이 출간하신 저서를 읽었습니다. 특히 저희 같은 젊은 세대들이 꼭 새겨들어야 할 내용이 많아서 개인적으로 의원님을 꼭한번 뵙고 싶었습니다. 그런데 이렇게 만나 뵙게 되어 정말 큰 영광입니다."

그가 박 의원을 향해 다시금 깊게 고개를 숙였다.

"정말 소문대로 영특하고 대단한 젊은이입니다. 회장님이 꼭꼭 숨겨두실 만했네요. 그래, 내 책을 읽었다고요? 참 이런 청년들을 보면 그저 든든합니다. 영특한 친구들은 미래를 위해 늘 올바르고 현명한 선택을 하거든요. 우리 장래가 매우 밝습니다."

껄껄 소리 내어 웃는 박 의원을 향해 하라가 애써 부끄러운 미소를 지었다. 뜨거운 조명 아래 투명한 계수나무와 달 토끼들이 서서히 녹아내리고 있었다. 할 수만 있다면 그도 이 자리에서 저렇듯 녹아 없어지길 바랐다. 아주 간절히….

비상구 문을 열고 나오면서 하라가 거칠게 넥타이를 풀어 헤쳤다.

"잘하셨습니다."

등 뒤에서 들려오는 진솔의 목소리에 그가 몸을 돌려세웠다.

"뭘?"

"주먹보다는 세련되고 우아한 방법이었지 않습니까."

"보는 사람은 그렇겠지. 내가 왜 이런 자리에서는 음식을 못 먹는 줄 알아? 안 그래도 역겨운데 조금만 잘못하면 다 넘어올 판이라서 그래."

진솔의 입가에 설핏 미소가 지나갔다.

"언제 박 의원의 책을 읽으셨습니까?"

"미쳤어? 그런 쓰레기 책을 왜 읽어. 안 봐도 빤해. 책에 반은 자기 자랑, 나머지 반은 같잖은 설교야. 그 쓰레기를 왜 썼겠어. 내년에 있을 선거를 위해서잖아. 물론 나는 아주 올바른 선택을 할 거야. 쓰레기의 주인이 내 선택을 좋아할지는 의문이지만."

진솔이 잠시 허공에 시선을 둔 채 두 눈을 반짝였다. 분명 박 의원이 쓴 HB^Hologram Book를 찾아 빠르게 요약하는 중일 터다. 진솔이 시선을 거두고는 하라를 향해 어깨를 으쓱해 보였다.

"출처를 밝히지 않은 인용문이 열여덟 곳. 기존 책들에서 단어 하나만 바꿔놓은 문장은 총 서른두 곳입니다."

"놀랍지도 않아."

"간단한 프로그램으로 모두 확인할 수 있었을 텐데요."

"모르는 게 아니야. 모른 척할 뿐이지. 그래도 된다고 생각하는 한심한 족속들이니까."

그가 지친 얼굴로 머리를 쓸어 넘겼다. 지금이라도 집에 돌아가고 싶지만 조금 더 참아야 했다. 오늘 강 회장을 따라온 목적은 분명하니까.

"그거 줘."

하라가 짜증 가득한 얼굴로 손을 내밀자 진솔이 안주머니에서 작은 상자를 꺼냈다.

"복사된 즉시 1시간 안에 착용을 중지하셔야 합니다. 암시장에서도 어렵게 구한 것입니다. 안전성이 전혀 보장된 제품이 아닙니다."

"알았어."

낚아채려는 하라보다 빨리 진솔이 상자를 움켜쥐었다.

"명심하세요. 1시간입니다. 그 이상 경과하면 자동으로….”

"네, 잘 알겠습니다. 그러니 어서 주시죠. 진솔 아저씨?"

진솔이 천천히 주먹을 풀자 그가 손바닥 위에 상자를 빠르게 낚아챘다.

"됐어. 어쨌든 아직 끝나려면 멀었으니까, 먼저 돌아가."

"제가 모셔야 합니다. 특히 오늘은."

"안 들려? 먼저 돌아가라고 했잖아."

얼굴 근육이 마비될 정도로 웃는 것도, 마음에도 없는 찬사를 건네고 따분한 설교를 듣는 일도 견딜 만했다. 진솔을 궁금해하는 사람들에게 오랜 친구라 대답하자 그 즉시 사방에서 날아든 비웃음도 전혀 신경 쓰이지 않았다. 그러나 진솔을 대놓고 물건 취급하는 건 참을 수 없었다. 생각할수록 속에서 쓴 물이 올라왔다.

저런 건 얼마나 해요?

AS는 되겠죠?

정말 사람이네. 나는 좀 무섭다. 은근 기분 나빠.

어머 피부 좀 봐. 혈관까지 보여. 진짜 잘 만들었다. 이건 어디 제품이에요?

고상한 척, 품위 있는 척 행동해도 그들의 입에서 나오는 건 쓰레기와 오물뿐이었다. 과한 특권 의식에 젖어 가장 기본적인 예의조차 모르는 미개한 종족에 불과했다.

하라가 진솔의 두 팔을 붙잡고는 힘없이 고개를 떨궜다. 그냥 이 모든 상황이 싫었다. 화가 치솟고 짜증이 났다. 가장 견디기 힘든 건, 이런 곳에 진솔을 데려온 자신이었다. 그는 여전히 스스로가 답답하고 무능하게 느껴졌다.

"솔아, 부탁이야. 제발 그냥 가."

"제가 여기 있는 것이 하라 님을 불편하게 합니까?"

절대 그런 의미가 아니었다. 그런데 어떻게 설명해야 할지 난감하기만 했다. 인간의 마음이란 그런 것이었다. 쓸데없이 복잡하고 제 감정임에도 때론 선명하게 보이지 않았다.

그가 지친 표정으로 도리질 쳤다.

"그냥 내가 힘들어서 그래."

진솔은 아무 대답 없이 침묵했다. 혹여 불편함과 힘듦의 차이를 분석하고 있을까. 그 결과가 무엇인지, 두 감정의 차이를 진솔이 어떻게 받아들일지 하라는 알 수 없었다.

"그럼 먼저 돌아가겠습니다. 필요하시면 연락하세요. 바로 모시러 오겠습니다."

진솔이 몸을 돌려세우고는 철문을 향해 걸어갔다. 문이 열리기 직전, 검은 그림자가 다시 돌아서 말했다.

"제 의도는 아니었지만, 저 때문에 하라 님이 힘드셨다면 사과드립니다. 죄송합니다."

그 말을 끝으로 진솔이 비상구를 빠져나갔다. 하라가 힘없이 차가운 벽에 기대섰다.

"그건 네가 할 말이 아니야. 들어야 할 말이지."

하라는 문득 보건소 대기실에 앉아 로봇 강아지를 쓰다듬던 꼬마가 생각났다.

이 파랑이도 살아나게 해주고 아플 때도 다 치료해 줘요.

그 살뜰한 마음을 떠올리자 절로 입가에 미소가 번졌다.

"말은 그렇게 하는 거야. 제발 여섯 살 현인에게 배워라, 이 머저리들아."

그가 벽에서 몸을 일으키고는 손에 쥔 상자를 열었다. 그 안에는 콘택트렌즈가 있었는데 한 쌍이 아닌 오직 한 개뿐이었다. 하라가 오른쪽 눈에 렌즈를 착용했다. 시간이 지날수록 음식과 술, 음악 그리고 여흥에 취한 사람들이 한 덩어리가 되어 왁자지껄한 소란을 일으켰다. 그가 손에 쥔 넥타이를 매고 비상구를 빠져나왔다.

"많이 취하셨습니다."

하라가 비틀거리는 회장을 부축하며 말했다.

"기분이 좋아서 그랬다. 이런 자리라면 진저리 치는 녀석이 웬일로 자진해서 따라오겠다고 하고, 사람들 비위도 제법 잘 맞추고. 오늘 너 아주 마음에 들었어."

회장이 너털웃음을 터트리며 그의 어깨를 다독였다.

"그럼 피는 못 속이지. 자고로 호랑이 새끼가 고양이는 될 수 없는 법이다."

연체동물처럼 흐느적거리는 회장을 부축하는데 멀리 서 있던 비서가 한걸음에 다가왔다. 하라가 손을 들어 그를 저지했다.

"오늘 회장님은 내가 모십니다."

"과음하셨습니다. 아무래도 제가 모시는…."

"두 번 말하게 하지 말아요."

하라의 차가운 시선이 푸른색 넥타이를 노려보았다. 푸른색 바탕에 검은색 체크무늬가 선명했고 드레스 셔츠는 흰색이 아닌

상앗빛이 감돌았다. 답답한 규율에 자신을 억지로 구겨 넣으면서도, 어떻게든 개성과 취향을 나타내고 싶은 본능을 가진 존재. 그것이 바로 인간이었다.

"그래. 밤이 길다. 오늘은 우리 손자놈이랑 늦도록 회포나 풀어야겠다."

그만 가보라는 회장의 손짓에 상대도 그제야 한 걸음 뒤로 물러섰다. 하라의 어깨가 무거운 건 만취해 균형 감각을 잃은 회장 때문만은 아니었다. 하라가 비틀거리는 회장을 부축해 긴 복도를 걸어갔다. 바위처럼 크고 단단한 감정이 그의 가슴을 짓누르는 밤이었다.

두 사람이 도착한 곳은 근처 호텔 로열 스위트룸이었다.

"왜 집으로 안 가고? 하긴 내일부터 여기저기 호텔을 전전해야 하는데 하루 일찍 시작해도 상관없겠지."

회장은 달 관광지 개발 준비를 위해 전 세계 유명 테마파크를 돌아볼 예정이다. 당장 내일 오후 비행기에 오를 계획이라, 하라에겐 시간적 여유가 없었다.

"회장님. 눈 아래 뭐가 묻었습니다. 저 좀 보세요."

불콰하게 취기가 오른 회장의 진갈색 눈이 물끄러미 그를 바라보았다.

"오늘따라 네가 웬일이냐. 이렇게 나를 다 챙기고. 이제야 철이 좀 들었나 보구나. 이 은혜도 모르는 고약한 놈아. 내가 너 하나 살리려고 무슨 짓까지 했는데, 이런 나를 너는 늘⋯."

취기를 이기지 못한 회장이 침대에 쓰러져 잠이 들었다. 그 순간 하라의 오른쪽 눈앞에 반짝 빛이 번졌다. 제대로 복사가 된 모양이었다.

"할아버지 죄송해요. 하지만 그런 은혜는 절대 베풀지 말았어야 했어요."

강 회장의 말은 틀리지 않았다. 당신의 손자는 호랑이가 맞았다. 다만 그 송곳니가 세상이 아닌 자신의 목덜미를 물게 될 줄은 그는 결코 상상하지 못할 것이다.

하라가 귀 뒤를 터치해 ESC를 열었다. 보안 시스템이 철저하게 작동 중이기에 집 안은 위험했다. 작업에 착수하기에는 호텔이 몇 배 더 안전했다.

그가 회사 서버에 접속해 들어가자 예상대로 최고 보안 문서에는 생체 인식 암호가 접근을 막았다. 하라가 술 취해 잠든 강 회장의 손을 이용해 지문을 인식시켰다. 다음은 홍채였는데 그가 착용한 특수 렌즈에는 이미 회장의 홍채가 복사되었다. 특수 렌즈는 사람의 홍채를 복사한 후, 시간이 지나면 자동 폭파한다. 진솔이 몇 번이고 위험을 경고한 이유가 바로 이 때문이었다. 결국 1시간 안에 기밀문서의 모든 보안을 뚫어야 했다.

"젠장. 어디에 있는 거야."

회장의 ESC를 시작해 회사 기밀문서, 그 밖에 접속할 수 있는 모든 곳은 다 들어갔고, 뚫을 수 있는 모든 서버를 다 파고들었다. 하지만 그 어디에도 RB에 관한 정보는 없었다. 실험 노트와 데이터는커녕 언젠가 서재에서 보았던, 테스터의 성장 과정과 약물 반응에 대한 기본적인 정보조차 찾을 수 없었다.

"그럴 리가 없어. 어딘가에 있을 거야."

하라가 또다시 서버에 접속해 들어갔지만 별다른 성과는 없었다. 귓가에 째깍거리는 초침 소리가 환청이 되어 들려오고 모래를 삼킨 듯 입안이 퍼석하게 말라갔다. 얼마나 시간이 지났을까? 오른쪽 눈에서 붉은빛이 반짝거리며 곧 렌즈가 폭발한다는 경고를 보냈다. 카운트다운이 시작되고 2초를 남겨둔 채 그가 렌즈를 빼 바닥에 던졌다. 화르륵 소리와 함께 불길에 휩싸이는 렌즈를 보며 하라가 이마에 맺힌 땀을 닦아 냈다. 회장은 아직 잠에서 깨어나지 않았다. 그가 떨리는 손으로 허공에 뜬 모든 홀로그램 화면을 지웠다.

◐

며칠 사이 소장의 상태가 눈에 띄게 안 좋아졌다. 그나마 다행인 건 최신형 의료봇이 24시간 환자 곁을 지키고 있다는 사실이었다.

40도 가까이 오르내리는 고열에 시달리면서 소장은 먹은 것을 모두 게워 냈다. 약한 바람에도 흔적 없이 사라져 버릴 듯 그녀의 온몸은 앙상하게 말라갔다.

"RB 바이러스 증상을 내 몸으로 정확히 경험하고 있어. 이렇게 면역력을 파괴하는구나."

열에 들뜬 모습으로 소장이 중얼거렸다.

"이런 걸 네가 견뎠다는 거지? 정말 지독한 꼬마였네."

"맞아요. 어린 나도 견뎠어요. 그러니 소장님도 견뎌야 해요. 조금만 기다려요. 곧 좋은 소식 있을 테니까."

바싹 마른 그녀의 입술 끝에 희미한 웃음이 머물렀다. 아무것도 기대하지 않는 미소가, 편안해 보이기까지 한 표정이 자꾸만 온을 긴장시켰다. 약속한 일주일이 지났지만, 하라에게선 치료제에 관한 그 어떤 소식도 전해 듣지 못했다.

너만 다급한 거 아니야. 나도 할 수 있는 모든 짓을 하고 있어. 뒤질 수 있는 곳은 전부 다 뒤지고 있다고. 어쩌면 연구실을 폐쇄할 때 자료를 함께 없앴는지도 몰라. 이 이상 함부로 들쑤시고 다녔다가는 더 큰 문제가 일어나. 그땐 소장은 물론이고 너까지 끝이야. 어떻게든 해볼 테니까 보채지 말고 기다려.

분명 거짓은 아닐 것이다. 다른 누구도 아닌 강하라가 찾지 못했다면, 이미 모든 자료가 폐기되었는지도 몰랐다. 그러면 소장은 결국… 여기까지 생각한 온이 불길함을 털어 내려 도리질 쳤다. 아니, 절대 그럴 리 없을 것이다. 강 회장에겐 분명 자료가 있을 테고, 하라는 반드시 그것을 찾아낼 테니까.

그가 잠든 소장을 뒤로한 채 보건소를 빠져나왔다. 위급한 상황이 생기면 의료봇이 연락할 테지만 지금으로서는 그가 소장을 위해 할 수 있는 일은 없었다. 각종 해열제와 항생제, 그 밖에 정작 온은 알 수 없는 약들이 소장의 혈관을 타고 들어가는 것을 지켜보는 게 전부였다.

늦은 밤, 온이 자전거에서 내려 집 안으로 들어갔다. 거실에 올라서는데 딸깍 소리와 함께 방문이 열리며 휘가 모습을 드러냈다. 며칠 사이 키가 더 커진 것도, 앙상했던 몸에 살이 좀 붙은 것도 같았다. 처음보다는 휘가 편안해 보여 다행이라 여기면서도 온은 혹여 그것조차 휘의 연기가 아닐까 하는 걱정이 앞섰다.

"너 뭐 좀 먹었어? 아, 맞다. 집에 먹을 거 다 떨어졌지?"

온이 급하게 냉장고를 열어보고는 미안한 표정을 감추지 못했다. 새벽같이 보건소로 출근해 밤늦게 돌아오는 날들이 이어지고 있었다. 그동안 집안일에 도통 신경 쓰지 못했고 휘에게는 고작해야 메시지를 보내는 게 전부였다.

"소장님 아파서 정신없는 거 아는데."

"미안해. 내일은 꼭 장 봐 올게. 혹시 필요한 거 있으면…."

"잘 좀 먹고 다녀. 같이 병나면 안 되잖아."

휘가 무심한 얼굴로 한마디 내뱉고는 그를 지나쳐 주방으로 갔다.

"지금까지 보건소에 있느라 저녁도 못 먹었지? 거기 앉아."

그제야 온의 눈에도 말끔하게 정돈된 집안이 조금씩 보이기 시작했다. 깨끗하게 청소한 거실과 건조대에 반듯이 널어놓은 빨래, 선반 위의 가지런한 그릇들이 하나둘 눈에 들어왔다.

"학교 끝나고 집에 오는 길에 도시락 샀어. 다른 건 새별이 아주머니가 주셨고."

휘가 이렇게 말하며 식탁 위에 도시락과 몇 가지 음식들을 내려놓았다. 더는 아프거나 힘들지 않도록 휘를 지켜주고 싶었는데 정작 보살핌을 받는 쪽은 엉뚱하게도 온이 되어버렸다. 늦은 저녁 불 켜진 집에 들어오는 순간이, 누군가 자신을 기다린다는 사실이 나쁘지 않았다. 작은 식탁에서 이렇듯 녀석과 마주 앉아 있는 시간이 그는 점점 더 익숙해졌다.

"나는 그 도시락 괜찮더라. 우리 반 애들이 추천해 줬어."

"응, 맛있어. 안 그래도 배고팠는데 고마워."

사실 그는 지금까지 배가 고픈지 잠이 오는지도 몰랐다. 그런데 따뜻한 음식을 보니 갑자기 식욕이 돌았다. 온이 정신없이 밥을 먹기 시작했다.

"소장님 병간호 때문에 작업 못 하는 거야?"

휘의 갑작스러운 질문에 밥을 먹던 온이 고개를 들었다.

"아니면 혹시, 나 때문인가 해서."

"뭐가?"

온이 입안에 밥을 삼키며 되물었다.

"요즘은 로봇 안 가지고 오잖아. 괜히 나 때문에 집에서는 수리를 안 하나 싶어서."

휘가 흘낏 그의 눈치를 살피며 머뭇머뭇 말을 이었다.

"혹시 나 신경 써서 일부러 로봇 안 가져오는 거면 그럴 필요 없다고. 나는 정말 로봇 괜찮으니까. 뭐, 그때는 진짜 사람인 줄 알고 놀랐던 거지. 일반 가정용 메이드봇은 그렇게 사람이랑 똑같지 않잖아. 그러니까 전처럼 수리하고 싶은 로봇 있으면 편히 가져와. 다만 사람이랑 똑같이 생긴 휴머노이드는 방문에 경고 문구 하나 정도는 붙여주고. 어쨌든 형이 좋아하는 일이잖아."

마지막 한마디에 가슴에서 덜컹 소리가 들려왔다. 온이 손에 쥔 젓가락을 내려놓고 가만히 휘를 바라보았다.

"왜? 내가 뭐 잘못 말했어?"

얼굴까지 붉히며 당황하는 휘를 보자, 온은 입가에 기분 좋은 미소가 그려졌다.

"처음 들어봤어."

"뭐… 뭐를?"

"너한테 형이라는 말."

그 말 한마디에 안 그래도 부엉이를 빼닮은 동그란 눈이 더욱 커졌다. 휘가 벌떡 일어나, "먹은 거 그… 그냥 내버려둬. 내가 치울 테니까." 소리치고는 도망치듯 제 방으로 들어가 버렸다. 형이라는 말에 당황한 건 오히려 휘인 듯싶었다. 그래서 온은 더욱 반가웠다. 계획하지 않고 준비하지 않은 채, 자신도 모르게 자연스레 나온 형이란 말이 마냥 고마웠다. 애써 그런 척 연기하지 않아서 기뻤다. 휘에게 진짜 형이 될 수 있다면 그에게도 진짜 가족이 생겼다는 의미니까.

"알았어. 만약에 또 사람이랑 똑같은 휴머노이드 가져오면 꼭 방에 경고 문구 붙일게."

그가 큰 소리로 말하고는 물컵을 집어 들었다.

"그런데 앞으로는 절대 쉽게 볼 수 없는⋯."

순간 하나의 생각이 빠르게 그의 머릿속을 관통했다. 물컵을 손에 쥔 채 멍하니 허공을 바라보던 그가 솟구치듯 일어나 방으로 들어갔다. 식탁이 거칠게 흔들리자 컵이 쓰러지며 안에 담긴 물이 왈칵 흘러나왔다. 시간은 어느덧 11시를 향해 가지만, 온은 누군가 잠들기엔 아직 이를 것이라 생각했다.

제6장

　지나가는 사람마다 길가에 주차된 차를 흘낏거렸다. 마을에서는 쉽게 볼 수 없는 최고급 세단이 온의 집 앞을 가로막고 있었다. 사람들은 최고급 세단보다, 어린 형제만 사는 집에 낯선 방문객이 왔다는 사실에 더 신경을 쓰는 듯 보였다.

　신기해하기는 하라도 마찬가지였다. 정부에서 제공한 모듈러 주택은 오래전 마오가 살던 숲속 집과 비교해 터무니없이 작았다. 그의 서재보다 좁고 장난감 주택보다 기능이 없을뿐더러 기본적인 냉난방조차 취약해 보였다. 하지만 류온이 된 마오에게는 세상 그 어떤 곳보다 안락하고 따뜻하며 또 자유로운 공간일 터였다.

　"같이 사는…."

　"그 녀석은 학교 갔어."

그렇구나, 하는 얼굴로 하라가 한 번 더 집을 둘러보았다.

"너무 좁지 않아? 음성 인식도 안 되고 단열이나 냉방도 썩 좋아 보이지 않는데?"

"단열, 냉방, 방음도 잘 안돼. 그래도 괜찮아. 두 형제가 살기 딱 좋거든."

온은 아닌 척하며 '형제'라는 말에 힘을 주는 스스로가 어쩐지 유치하게 느껴졌다.

"여긴 진짜 내 집이니까."

하지만 거짓이나 괜한 허세는 아니었다. 온은 태어나 처음으로 자신의 진짜 공간을 갖게 되었다. 영원히 함께하고 싶은 가족이 생겼고 정겨운 이웃도 만났다. 숲속 집과는 비교할 수 없이 낙후된 시설이지만, 그곳과는 비교할 수 없이 자유롭고 행복한 세상이었다.

"저 방은 동생이 써. 나는 작업실 겸 이 방을 쓰는데…."

온이 말끝을 흐리며 흘낏 진솔의 눈치를 살폈다.

"저는 여기서 기다리겠습니다."

뒤편에 서 있던 진솔이 말하자 하라가 고개를 끄덕이며 뒤돌아섰다. 껑충한 두 남자가 들어서니 안 그래도 작은 방이 더더욱 비좁게 느껴졌다.

"그래, 숨넘어가게 나를 부른 이유가 뭐야?"

하라가 두 팔을 뒤로 뻗어 책상을 움켜잡고는 그 끝에 기대서며 말했다. 온이 선뜻 대답하지 못한 채 애꿎은 입술 끝만 잘근거렸다. 막상 하라가 눈앞에 있으니 무엇을 어떻게 말해야 할지 난감하기만 했다.

"미안하지만, 학교는 네 동생만 가는 곳이 아니야. 머저리들이 다니는 곳이긴 해도, 어쨌든 나도 오늘 수업이 있어. 어느 분의 레이더망에서 자주 벗어나면 생각보다 골치 아픈 일이 생기거든."

바닥을 내려다보던 온이 굳은 표정으로 고개를 들었다. 어차피 한 번은 테스트해 봐야 했고 그 과정에서 쓸데없는 머뭇거림은 오히려 시간 낭비에 불과했다. 무엇보다 소장의 상태가 점점 더 나빠지고 있었다.

"치료제 자료, 어디 있는지 알 것 같아."

그의 한마디에 하라가 어이없는 표정으로 코웃음 쳤다.

"너 내가 그 자료 찾으려고 무슨 짓까지 했는지 알기나 해? 안 그래도 시원치 않은 이 눈 한쪽을 걸었어."

손가락으로 제 눈을 가리키던 하라가 힘없이 고개를 내저으며 말했다.

"회장님이 아니면 절대 손댈 수 없는 곳까지 전부 뒤져봤지만 없었어. 전에 봤던 네 자료까지 모두 사라졌어. 없애버린 게 분명해. 혹시 나중에라도 문제가 될지도 모르니까."

"아직 한 군데 남아 있어."

온의 시선이 천천히 문으로 돌아섰다. 혹여 또 모를 일이었다. 저 문 너머 누군가에게 그 자료가 숨어 있을지도. 하라의 눈빛도 온을 쫓아 문으로 향했다.

"혹시 진솔을 얘기하는 거야?"

마오가 주억거리자 또 한 번의 허탈한 웃음이 좁은 방을 울렸고 하라가 한숨과 함께 입을 열었다.

"솔은, 너는 물론이고 소장조차 못 알아봐. 그때의 모든 기억을 삭제당했어."

"하지만…."

"네가 무슨 생각하는지 알겠는데, 솔은 아니야. 내가 성인이 되자마자 모든 권한을 넘겨받았거든. 이제 솔은 내 명령 이외에 그 누구의 말도 듣지 않아. 내가 유일한 관리자고 그건 회장님도 어쩔 수 없어."

물론 그럴 것이다. 그가 여전히 강 회장의 명령을 받는다면, 하라는 절대 진솔을 앞세워 소장을 찾아오지 않았을 테니까.

"나도 이전에 혹시나 해서 브레인칩을 뒤져봤어. 맨 처음 세팅된 나에 대한 기본적인 정보 이외에 남은 게 하나도 없어. 솔은 절대 아니야."

마오가 생각한 것을 관리자인 하라가 생각 못 했을 리 없었다. 그는 제일 먼저 진솔의 브레인칩을 열어봤을 테고 그가 과거 누구를 보살폈으며 이 선생이었던 소장과 어떤 관계였는지 모두 다 확인했을 터였다. 이 모든 사건의 중심에는 진솔이 있지만, 지금 진솔의 모든 걸 알며 유일하게 그에게 명령을 내릴 수 있는 하라조차 모르는 것이 하나 있었다.

"그건 브레인칩에 한정해서지."

시선을 발끝에 고정한 채 온이 말했다.

"무슨 소리야?"

"하트칩이 있다면 얘기는 달라져."

책상에 비스듬히 기대섰던 하라가 느린 동작으로 몸을 세우고는 미간에 선명한 주름을 만들었다.

"하트칩이라니."

강 회장이 그 엄청난 성과를 절대 삭제할 리 없었다. 어딘가에 반드시 보관해 두었고 만약 그렇다면 이제 남은 장소는 오직 한 곳뿐이었다.

강 회장은 누구보다 RB 바이러스를 잘 알고 있었다. 동시에 이 괴물이 언제든 다시 깨어날 수 있으리라는 두려움도 지녔을 거다. 그런 그가 비밀리에 개발한 치료제 자료를 없앴을 리 만무했다. 과거 이반이 소장 곁에서 그녀의 명령에 따라 테스터의 모든 자료를 관리한 존재는 다름 아닌 진솔이었다. 하라는 강 회장이 모든 기록을 삭제했다고 믿지만, 회장은 어쩌면 진솔의 기존 기록을 조금 더 깊은 곳으로 옮겨놓았는지도 몰랐다. 그리고 그곳은 과거 테스터의 존재에 가장 큰 충격을 받았던 손자 강하라가 절대 접근할 수 없는 곳이기도 했다.

"진솔 아저씨를 검사하게 해줘."

테스터의 존재를 알기 훨씬 이전부터 하라는 진솔과 인연을 맺어왔다. 그것이 무엇을 의미하는지 온도 모르지 않았다. 하라의 시선을 피해 그가 다시금 고개를 숙였다. 진솔의 몸에 하트칩이 있기를 바라는지, 없기를 희망하는지 그 진심은 온 스스로도 알 수 없었다.

온이 명령한 목적지로 자율주행차가 도착하자, 차창 밖을 보던 하라의 두 눈이 당혹감으로 커졌다.

"솔아, 너는 절대 내리지 마."

밖으로 나오기 무섭게 하라가 온을 향해 쏘아붙였다.

"너 지금 미쳤어? 여기가 어디라고 솔을 데려와."

비록 인간과 똑같은 모습이라 해도 진솔은 휴머노이드였다. 그가 오기엔 로봇들의 무덤인 정크랜드는 썩 유쾌하지 않을 장소였다. 그 순간 지잉 소리와 함께 차 문이 열리더니 안에서 껑충한 몸이 내렸다. 그 앞을 하라가 서둘러 막아섰다.

"내 말 못 들었어? 내리지 말라고 했잖아."

"여긴 하라 님이 계시기에 절대 안전한 곳이 아닙니다."

"아니야. 나는 괜찮아. 그러니까…."

"이 행동은 내리지 말라면 더 내리려 하는 어떤 분에게 배웠습니다."

"솔이, 너."

하라를 바라보는 진솔의 입가에 흐린 미소가 번졌다.

"이곳이 어디인지 저도 알고 있습니다. 인간과 마찬가지입니다. 저와 같은 존재도 우리의 마지막은 과연 어디인지 궁금합니다. 오래전에 한 번 찾아본 적이 있습니다."

진솔의 시선이 부서지고 망가진 로봇들의 무덤으로 향했다.

"홀로그램으로만 봤습니다. 이렇듯 진짜 오게 될 줄은 몰랐습니다."

"솔아, 가자."

성큼 걸음을 옮기려는 하라의 팔을 그가 가볍게 움켜잡았다.

"존재하는 모든 것은 결국 끝을 맞이합니다. 그것은 절대 나쁘거나 무서운 것이 아닙니다. 아주 자연스러운 일이죠."

진솔과 마주하는 하라의 눈이 불안하게 흔들렸다. 겁에 질린 듯 두려워하는 그의 모습이 온의 가슴에 커다란 파문을 일으켰다. 진솔이 하라에게 어떤 의미인지 온은 알고 있다고 믿었다. 그런데 아니었다. 그가 하라의 마음 깊은 곳까지는 닿는 건 영원히 불가능할 테니까.

"저는 괜찮습니다. 하라 님도 괜찮으셨으면 좋겠습니다."

그 순간 멀리서 쿵쿵 둔탁한 소음을 울리며 거대한 몸집의 헤라가 걸어왔다. 그 곁으로 언제나처럼 큰 보폭으로 다가오는 J 사장이 있었다.

"누군가 했네. 온이냐?"

J 사장의 경계 가득한 눈빛이 진솔과 하라를 빠르게 훑어 내렸다. 고급 세단에서 내린, 스크린에서 방금 튀어나온 것 같은 인물들에게 사장은 노골적인 적의를 드러냈다. 분명 피라미드 최상부에 올라선 존재들일 테고, 이곳에 그린돔 몇 개만 던져주고 나 몰라라 하는 족속들과 별반 다르지 않을 거라고 생각하겠지.

"안녕하세요. 사장님?"

온이 꾸뻑 고개를 숙이고는 헤라를 향해 손을 들어 보였다.

"안녕, 미의 여신."

'미의 여신이라고?' 하라와 진솔이 되묻는 표정으로 서로를 바라보았다.

낯선 이방인들을 사무실에 남겨놓고 J 사장이 밖으로 나왔다. 몇 번이나 안을 곁눈질하던 그가 긴장한 얼굴로 온에게 물었다.

"지난번에 새별이가 놀러 와서는 엄청 멋있는 사람들 봤다고 하더라. 배우 같은 사람들이 되게 좋은 차를 타고 왔다고 하던데. 혹시 새별이가 보건소에서 본 그 사람들이냐?"

'아마도요'라고 말하듯 온이 얼굴 가득 멋쩍은 미소를 그렸다.

"저런 사람이 설마 보건소에 치료받으러 오진 않았을 테고. 소장님이랑 너와 아는 사이야?"

"조금요."

온의 대답에 침묵하던 J 사장이 혀끝으로 마른 입술을 축였다.

"온아. 여기 있는 사람들 모두 기구한 사연 하나씩은 가지고 있다. 아마 너랑 소장님도 그럴 거야. 자세히 묻지는 않을게. 하지만 만약 도움이 필요하면 그땐 언제든지 얘기해라. 큰 힘은 못 돼도 잘 들어줄 수는 있다."

한때는 세상으로부터 완벽하게 버림받았다고 생각했다. 온은 자신이 정확히 언제 어디서 태어났는지, 진짜 생일이 며칠인지조차 알지 못했다. 믿었던 모든 이에게 배신을 당했고, 존재 자체가 부정되는 삶을 살아왔다. 더는 남은 것도, 기대할 희망도, 살아갈 이유마저 잃어버렸었다고 믿었다. 그런데 고작 3년 만에 모든 절망이 새롭게 뒤바뀌었다. 원한다면 어디든 갈 수 있었고, 소중한 가족이 생겼으며, 언제라도 함께 고민을 나눌 고마운 이웃들이 있었다. 벼랑 끝이라 믿었던 그곳에서 조금씩 앞으로 나아갈 수 있는 길을 찾게 되었다. 그것이야말로 진짜 기적이자 삶이 주는 가장 소중하고 값진 선물이라고 생각했다.

온이 안경을 밀어 올리고는 사장을 향해 싱긋이 웃었다.

"정말 별일 아녜요. 그냥 헤라한테 스캔 한 번 부탁하러 온 거예요."

한 번 더 사무실을 흘낏거리던 J 사장이 온을 보며 은밀히 덧붙였다.

"저 모델처럼 키 큰 친구가 휴머노이드라는 거지? 인사할 때 목울대도 움직이더라. 손등의 파란 혈관 불뚝하는 것도 봤어. 그런데 사람이 아니라고? 그럼 그 옆에 곱상하게 생긴 네 또래 청년도 휴머노이드냐?"

"아녜요. 그쪽은 진짜 사람이에요."

"아니, 둘 다 전혀 구별이 안 되는데 한 명은 사람이고 한 명은 휴머노이드야?"

'뭐… 네… 그렇죠?' 하는 표정으로 온이 뒷머리를 긁적였다.

"인간의 모습과 70퍼센트 이상은 닮으면 안 되고, CCTV에 찍

혔을 때 로봇인지 정확히 분간할 수 있어야 하는데, 그런 법도 다 우리 같은 평범한 사람들에게만 해당하나 보다. 대체 높으신 양반들은 자신들을 위해 뭘 어디까지 만드는 거냐?"

인간과 똑같은 휴머노이드는 시작에 불과할지도 몰랐다. 그들이 자신만의 세상에 어떤 왕국을 지으려 하는지, 아마 같은 인간들도 전혀 모를 테니까.

"아무튼 손님들 너무 오래 기다리게 해선 안 되지. 헤라 불러오마."

J 사장이 뒤돌아 마당으로 걸음을 옮겼다. 이제 곧 헤라가 도착해 진솔의 몸을 스캔할 것이다. 그 후에는 알 수 있을까? 그 안에 무엇이 들어 있는지를…. 온이 땀으로 흥건하게 젖은 손바닥을 바지에 문질러 닦았다. 멀리서 철컥철컥 헤라의 발소리가 들려왔다.

◑

집으로 오는 내내 하라는 단 한마디도 하지 않았다. 마치 소리를 잃어버린 사람처럼 깊은 침묵 속으로 가라앉았다. 반짝이는 도시, 화려한 빛의 터널을 지나오면서도 그의 시선은 어딘가 모를 다른 세상을 바라보고 있었다.

집은 언제나처럼 텅 비어 있었다. 회장은 지금쯤 유럽의 각국을 돌아보고 있을 것이다. 그에게 아무도 없는 고요한 집은 해가

뜨는 아침만큼이나 익숙한 풍경이었다.

그래도 괜찮아. 두 형제가 살기 딱 좋거든.

너무 좁고 작고 불편한 곳인데, 알 수 없는 온기가 느껴졌다. 빈 도시락 용기와 아무렇게나 벗어놓은 땀에 젖은 옷들, 낡고 오래된 가구와 음성 인식조차 되지 않는 방과 거실까지. 그러나 정작 그곳에 사는 온은 편안하고 행복해 보였다. 거친 흙에 뿌리를 내렸고 홍수와 가뭄을 차례로 겪었지만, 결국 그의 삶의 터전은 숲이었다. 작은 온실이 아니었다.

오늘따라 주위의 모든 곳이 너무 크고 넓게만 느껴졌다. 집이 아닌 우주 한복판에 홀로 떨어진 기분이었다. 가슴이 아리도록 텅 빈 마음을, 그러나 하라는 나눌 곳이 없었다.

"피곤하다. 올라가서 쉴게."

그가 진솔을 외면한 채 2층으로 올라섰다. 방문을 열기 무섭게 통창 너머엔 빛의 강이 펼쳐져 있었다. 가장 쾌적한 온도에 맞춰졌음에도 이상하리만큼 한기가 느껴졌다. 그가 한참을 어둠이 내려앉은 방에 홀로 서 있었다. 불을 켜도 이 암흑이 영원히 사라질 것 같지 않았다. 색색의 빛들이 아프게 그의 두 눈을 찔렀다.

"말이 되는 소리를 해."

하라가 어둠을 노려보며 중얼거렸다. 화가 나 참을 수가 없는데 정확히 누구에게, 아니 무엇에게 화가 치솟는지 알 수 없었다.

헛소리를 지껄이는 건방진 그 녀석인지, 엉뚱한 것을 진솔에게 심어놓은 회장인지, 아니면 초조하고 불안해하는 자신인지 도무지 알 수 없었다.

찾았어. 하트칩. 진솔 아저씨 몸에 그게 장착되어 있어.

미친 소리였고 전혀 말이 되지 않았다. 관리자도 모르는 것이, 아니 진솔 스스로도 모르는 또 다른 칩이 몸 안 어딘가에 있을 리 만무했다.

모르는 게 당연해. 처음부터 단 한 사람만을 위해 제작되었으니까.

그 한 사람이 바로 회장이란 뜻이었다. 그리고 그 하트칩 속에 마오가 찾는, 바로 그 치료제의 모든 자료가 들어 있을 가능성이 농후했다.

"말 그대로 가능성이 있다는 것뿐이야. 절대 100퍼센트가 아니잖아, 그런데 어떻게⋯."

만약 100퍼센트라고 해도, 진솔에게 절대 그런 짓을 할 수 없었다. 이미 다 끝난 얘기였고, 두 번 다시는 듣지도 입에 올리지도 않을 터였다. 그런데도 왜 이렇게 가슴이 뛰고 불안한지 알 수 없었다. 그가 떨리는 손을 감추려 주먹을 움켜쥐었다.

"잠시 들어가도 되겠습니까?"

문밖에서 진솔의 목소리가 들려왔다.

"아니. 나중에 얘기해. 오늘은 피곤하니까."

그 순간 문이 열리며 껑충한 그림자가 안으로 들어섰다. 하라가 몸을 돌려 원망 가득한 눈빛으로 진솔을 보았다.

"왜 자꾸 멋대로야. 내가 내일 얘기하자고 했잖아?"

"피곤하다고 말씀하셨지만, 정작 잠은 못 이루실 것 같아서요. 오늘 하라 님의 숙면을 방해할 일들이 예측했던 것보다 많이 일어나지 않았습니까?"

창으로 들어오는 불빛들이 진솔의 실루엣에 내려앉았다. 밤이 깊어져 가는데 이상하게 정신은 점점 더 또렷했다. 그 선명함이 하라를 긴장시켰다.

"제 안에 있는 것이, 혹여 하라 님을 잠 못 드시게 할까 걱정입니다."

"네 관리자는 나야. 내가 모르는 게 네 안에 있을 리 없어. 모두 다 헛소리야."

진솔이 한 발 가까이 다가오자 바닥을 울리는 구두 소리가 유독 크게 들려왔다.

"단순히 헛소리라 치부할 수만은 없을 것 같습니다."

"네가 뭘 알아?"

하라의 지친 목소리에 진솔이 두 손을 들어 보였다.

"그 집은 작고 좁은 데다 방음까지 전혀 되지 않습니다."

두 사람의 대화를 진솔도 전부 알고 있다는 뜻이었다. 그의 말은 틀리지 않았다. 단순히 헛소리라 치부하기엔 모든 정황이 너무나도 명확했다. 그래서 불안하고 초조하며 오늘은 결국 불면의 밤을 보낼 수밖에 없을 것이다. 하라가 두 손으로 얼굴을 쓸어내렸다. 그렇게라도 터져 나오려는 한숨을 감춰야 했다.

하트칩을 제거하는 즉시 브레인칩의 정보가 지워지고 모든 기능이 마비된다고? 일시에 전원이라도 차단된다는 거야?

그것보다 더해. 몸 안의 폭탄을 터트리는 거니까.

헛소리하지 마. 나도 모르는 또 다른 메인 칩이 진솔의 몸에 있을리 없어.

있어. 확실해.

있어도 안 돼. 아니, 그 속에 치료제의 모든 정보가 들어 있어도 절대 안 돼.

하지만….

닥치고 내 말 잘 들어. 너에게 소장이 어떤 존재인지 모르겠지만, 나에게 진솔은 그 이상이야. 단순한 어시드가 아니라고. 내 친구고 가족이고 전부야. 평생을 진솔과 함께 보냈고, 앞으로도 그럴 거야. 한 번만 더 헛소리하면 그땐 아무리 너라도 가만두지 않아.

빛이 스며든 창가에서 환영처럼 진솔이 빙긋이 웃고 있었다.

"그렇게 말씀해 주셔서 감사했습니다."

"이상한 소리 하려거든 빨리 나가."

괜스레 머쓱한 기분이 들어 하라가 불퉁거렸다.

"저 역시 하라 님이 전부입니다."

그럴 수밖에 없을 것이다. 오직 한 사람의 관리자를 위해 탄생한 존재이고 그렇게 프로그램되었으니까. 하지만 진솔이 말한 '전부'라는 한마디는 어쩐지 다른 느낌이었다. 영혼이 들어 있는 듯 빛나는 눈처럼 그의 가슴에도 무언가가 살아 숨 쉬고 있었다.

"이번에는 후회 안 할 자신 있으십니까?"

"뭐?"

"제 안에 있는 것을 꺼내 보지 않은 일. 그 어떤 후회도 미련도 없겠습니까?"

후회할 일도, 미련도 없을 거라고 한 치의 망설임 없이 말해야 했다. 진솔에게 강한 확신과 믿음을 심어주어야 했다. 진솔의 유일한 관리자로서 반드시 그래야만 했다. 그런데 하라는 이상하게 목소리가 나오지 않았다. 지금껏 그를 불안하게 만든 건, 하트칩의 존재가 아니었다. 이 문제 앞에서 아무 결정도 내리지 못하는 멍청하고 나약한 자신이었다.

"없어. 그러니까···."

"거짓말입니다."

"아니야."

"저를 못 보고 계십니다."

도저히 진솔을 볼 자신이 없었다. 그의 눈을 보면 이 혼란스러운 감정을 들킬 것만 같았다. 그림자는 하라가 생각한 것보다 훨씬 더 그를 속속들이 잘 알고 있었다.

"제 안에 있는 그것을 꺼내 보시는 게 좋을 듯싶습니다."

"미쳤어? 그게 무슨 뜻인지나 알고 하는 소리야?"

절대 모르지 않을 것이다. 문밖에서 이미 모든 대화를 들었을 테니까. 자신의 몸에 있는 그 칩을 건드렸을 때 어떤 일이 벌어질지 진솔도 알고 있었다. 그럼에도 그것을 꺼내라 했다. 그 안에 무엇이 있는지 직접 확인해 보라 했다. 그래야 후회하지 않는다고, 그래야 미련이 남지 않는다고, 휴머노이드인 그가 인간에게 소리 없이 말했다. 모든 걸 알고 있는 진솔이 그를 향해 천천히 고개를 끄덕였다.

"그 칩을 꺼낸다 해도, 그 안에 찾는 게 없을 수도 있어."

"세상의 모든 선택이 그렇습니다. 100퍼센트란 없죠."

"무모한 짓이야."

"꼭 그렇지만도 않을 겁니다. 어쨌든 시도해 본 것 자체만으로 미련과 후회는 남지 않을 테니까요. 그것으로도 충분하지 않습니까?"

진솔이 그에게로 한 걸음 가까이 다가왔다. 하라는 물러서고 싶었다. 이 모든 복잡한 선택에서, 갈등과 혼란 속에서 도망치고 싶었다.

"그 얘기를 오늘 들었어. 나에게도 생각할 시간을…."

하라가 말을 멈추고 짧은 숨을 들이마셨다. 아니, 제멋대로 호흡이 멈춰버렸다. 결국 그는 스스로조차 외면하려던 진심과 이렇게 마주하고 말았다.

"일주일 후면 생각이 정리되실 겁니까? 한 달 뒤, 1년 뒤면 다 잊으실 겁니까?"

진솔이 아니라는 듯 한 번 더 도리질 쳤다.

"시간이 지날수록 고민만 깊어져 갈 것입니다."

한순간 그를 둘러싼 사위가 짙은 고요 속에 파묻혔다. 사막 한가운데를 오려다가 이곳에 붙인 것 같았다. 몸속의 수분마저 모두 증발하는 기분이었다. 주먹만 한 돌멩이가 날아와 폐에 정통으로 박히는 듯했다. 하라는 여전히 숨이 잘 쉬어지지 않았다.

"너는… 뭐가 그렇게 다 쉬워?"

막혔던 숨을 토해 내듯 그가 힘겹게 중얼거렸다. 진솔의 시선이 반짝이는 밤의 세상으로 돌아섰다.

"여러 가지 경우를 떠올려 봤습니다. 제가 하라 님 곁에 계속해서 남는 것과 제 안의 그 칩을 꺼내는 일. 어느 쪽이 하라 님을 위해 더 나은 선택인지 많은 것들을 생각해 봤습니다. 제게도 절대 쉽지 않은 결정이었습니다."

여전히 빛의 강을 바라보며 진솔이 조용히 말을 이었다.

"그러다 문득, 류온이라는 소년이 찾아왔던 밤이 떠올랐습니다. 그날 하라 님은 정말 오랜만에 웃으셨습니다."

"솔아, 그건….

"정말 오랜만에 숙면하셨습니다."

밤하늘을 닮은 까만 두 눈이 하라에게로 돌아왔다.

"그 소년을 도와주고 싶으시죠? 제가 알고 있는 것보다 깊은 무언가가 하라 님과 그 소년 사이에 숨겨져 있는 것 같습니다. 그리고 무엇보다 그 소년이 직접 회장님을 찾아가게 만들 수는 없잖습니까."

하라는 어둠을 밝히는 빛보다 강한 분노를 마오의 눈빛에서 읽었다.

좋아, 서로에게 가장 소중한 건 절대 건드리면 안 되겠지. 그럼 각자의 소중한 것들을 이렇게 만든 그 원흉을 건드릴 수밖에…. 그쪽이야말로 지금부터 내가 하는 소리 잘 들어. RB가 소장님 몸에서 무려 3년을 넘게 잠복해 있었어. 소장님은 자신이 죽으면 RB도 영원히 사라질 거라 믿지만, 과연 그럴까? 혹시 또 몰라. 이미 감염됐지만, 자신이 감염자라는 사실조차 모르고 살아가는 사람이 있을지도. 그쪽 때문에 무고한 사람들이 이유도 모른 채 죽어가는 걸 한 번 더 보고 싶다면, 어디 마음대로 해봐.

직접 회장을 찾아가겠다는 의미였다. 단순한 협박이 아니었다. 녀석의 눈을 보면 알 수 있었다. 마오는 머지않아 강 회장을 찾아갈 것이고 또 한 번 그 높은 난간 위로 올라설 것이다. 그의 말처럼 세상은 해일보다 무서운 소용돌이에 휩싸일지도 몰랐다. 만약 그렇게 된다면 그 피해는 결코 다섯 명으로 끝나지 않을 터였다.

생각이 밀려들수록 하라의 머릿속은 오히려 텅 비어가고 있었다. 무언가 말해야 하는데, 굳어버린 입에선 작은 숨소리조차 새어 나오지 않았다. 그러나 단 한 가지만은 확신했다. 마오를 그 멍청한 녀석을 또다시 맹수의 먹잇감으로 내던져 줄 수는 없었다.

"단순히 그 소년 때문만은 아닙니다. 그 치료제 자료는 하라 님에게도 필요한 증거가 될 테고 소장도 반드시 살아야 합니다. 무엇보다 자칫 큰 재앙으로 번질지도 모를 일을 막을 수 있습니다. 그래야만 오랜 계획을 실행에 옮길 수 있을 테니까요."

"내 계획을 위해선 네가 필요해."

"제 안의 칩이 더 필요하실 겁니다."

"솔아, 제발 그만해."

너무 많은 것을 알려주었을까. 너무 깊은 곳까지 보여주었을까. 너무 오랜 시간을 함께한 탓일까. 인간보다 더 인간을 이해하고 느끼는 휴머노이드가 그의 가슴을 난도질했다. 숨을 쉴 수 없도록, 소리조차 낼 수 없도록 보이지 않는 손으로 그를 아프게 옭아매었다.

"하트칩이 제거되면 저의 모든 기능이 정지되고 브레인칩의 모든 정보도 사라집니다."

진솔의 이야기를 들으며 하라가 다급히 고개를 내저었다.

"아니야. 내가 반드시 너 깨어나게 할 거야. 무슨 짓을 해서라도 기필코⋯."

"저는 일반 가정용 메이드봇도, 사무용 어시드도 아닙니다. 극히 소수의 고객과 그들의 사생활을 위해 특수 제작되었습니다.

한 번 삭제된 제 브레인칩의 복구는 불가능합니다."

그 사실을 누구보다 잘 알고 있는 사람이 바로 하라 자신이었다. 그렇기에 아무 선택도 할 수 없었다. 일반 가정용처럼 충분히 DR을 할 수 있다면 고민조차 하지 않았을 것이다. 그러나 진솔은 특수 제작된, 인간과 구분할 수 없을 정도로 정교한 휴머노이드였다. 사생활 보호가 생명인 피라미드 최상부 고객만이 비밀리에 가질 수 있는 존재. 더욱이 몸 안에 하트칩이라는 별도의 폭탄까지 심어놓았다면, 한 번 지워진 데이터와 기억을 되찾기란 불가능했다.

"회장님이 아시는 건 시간문제입니다. 칩을 제거한 후, 저를 완벽하게 폐기해 주세요."

진솔의 한마디에 하라의 동공이 터질 듯 커졌다.

"너 지금 무슨 소리를."

"여러 방법을 떠올려 봤습니다. 오작동으로 인한 차 사고로 위장하는 것이 가장…."

"닥쳐."

거기까지 생각하고 있었구나. 자신의 마지막이 그에게 조금의 걸림돌도 되지 않도록 완벽한 끝을 계획하고 있었구나. 하라는 집으로 돌아오는 내내 침묵했던 스스로를 저주했다. 실없는 농담을 건네고 쓸데없는 이야기를 떠벌렸다면, 그렇게 그림자의 주의를 끌었다면, 진솔이 말도 안 되는 계획을 세울 시간적 여유를 주지 않았을 터다. 또다시 뭔가 잘못되어 가고 있었다. 잘하려 했는데, 바로잡으려 했는데. 노력하면 할수록 발버둥 치면 칠수록 모든 것이 점점 더 깊은 늪으로 가라앉고 있었다.

"네가 뭔데 거기까지 생각해? 네가 뭔데 나를 걱정해?"

가늘게 떨리는 음성이 짙은 어둠이 고여 있는 텅 빈 방을 울렸다. 그 울림은 투명한 가시넝쿨이 되어 그와 진솔이 함께한 모든 기억을 휘감아 으스러뜨렸다.

"저는 인간의 걱정이 뭔지 모릅니다. 이 모든 건 단순한 정보일 뿐입니다. 제 걱정은 하라 님께 아무런 위로가 되지 않을 테니까요."

"아니야. 아니야."

고개를 내저으면 이 악몽이 사라질까. 모든 것이 없던 일이 될까. 그럴 수는 없을 것이다. 눈을 뜨면 언제나처럼 더 지독한 악몽이 기다리고 있겠지. 그것이 하라의 삶이었다.

"언젠가 말씀하셨죠. 인간은 세상에서 사라져 버릴 자신을 누군가가 기억해 주길 바란다고요. 인간의 브레인칩은 자신과 가장 가까운 사람이 되어준다고 했습니다. 그게 인연이라고요."

"……."

"제 모든 기억을 온전히 가지고 계시길 원합니다. 그럼 제 브레인칩은 절대 지워지지 않을 겁니다. 제 인연은 하라 님이 되실 테니까요."

눈물을 흘려서는 안 됐다. 진솔이 할 수 없는 것은, 그도 할 수 없었다. 뼈를 찌르는 한기와 가슴이 타들어 가는 열기가 동시에 느껴졌다. 하라가 꽉 아랫입술을 짓씹었다.

"그것이 하라 님이 아닌 저를 위한… 처음이자 마지막 부탁입니다."

그를 처음 본 순간부터 지금까지, 앞으로 살아갈 평생을, 죽음이 찾아온 마지막 날에도, 하라에게 진솔은 유일한 친구이자 가족이었다. 영원히 기억할, 추억할, 그리워할 인연이었다. 그 사실을 진솔 역시 모르지 않을 것이다. 절대로… 절대로… 그럴 수 없을 것이다.

"아니야. 그럴 수 없어."

하라가 허물어지듯 힘없이 바닥에 주저앉았다. 진솔이 그 앞에 한쪽 무릎을 꿇어앉았다.

"괜찮으십니까?"

"그럴 리 없잖아."

"아니요. 안 괜찮아도 반드시 괜찮아야 하는 분이 바로 하라 님이십니다."

그에게서 풍겨 오는 익숙한 향기가 하라의 온몸으로 날카롭게 스며들었다. 도저히 눈을 들어 진솔과 마주할 수 없었다. 불 속에 던져 넣은 플라스틱 조각처럼 가슴이 힘없이 녹아내리고 있었다.

"전에 제게 지조가 없다고 하셨죠. 몸은 여기 있지만, 마음은 없다고요. 그럼 몸은 여기에 없어도 마음은 이곳에 남을 수 있겠죠. 그것을 느낄 수 있는 존재가 인간이지 않습니까. 하라 님은 그 마음을 알 수 있는 인간이십니다."

자신이 인간이라는 것이, 죄책감에 괴로워하면서도 이럴 수밖에 없는 인간이라는 사실이, 또 한 번 하라를 아프게 뒤흔들어 놓았다.

구름 한 점 없는 맑은 밤이 축축하게 젖어가고 있었다.

◗

나는 또 올 거다.

그것이 진솔이 마오에게 건넨 마지막 말이었다. 하지만 이런 식으로 재회하게 될 줄은 상상조차 하지 못했다. 고이지도 못한 눈물이 그의 뺨을 타고 흘러내렸다.

"미안해요. 정말 미안해요."

울고 있는 그를 진솔이 표정 없는 얼굴로 바라보았다.

"당신이 왜 우는지 모르겠습니다."

익숙한 음성, 익숙한 표정, 익숙한 향기가 잠들어 있던 그의 기억을 깨웠다. 뾰족한 손톱을 세워 머릿속을 할퀴었다. 어찌할 새도 없이 눈물이 터져 나왔고, 깊은 수면 아래로 가라앉은 듯 편안히 호흡할 수 없었다.

마오야. 천천히 호흡해. 흥분하지 말고. 괜찮아. 자, 천천히 숨을 내쉬어 봐.

그 시간은 오직 한 사람, 기억을 쉽게 지울 수 없는 존재만이 감당해야 할 고통이었다. 견뎌야 할 형벌이었다.

"당신이 내게 미안해할 일은 없습니다. 이건 하라 님을 위한 내 결정입니다."

하라를 떠올리면 가슴이 힘없이 무너져 내렸다. 그에게 진솔이 어떤 의미인지 이제야 조금은 알 것 같았다. 그가 어떤 마음으로 진솔을 여기에 보냈을지. 그 마지막을 생각하면 눈물을 흘리는 일조차 뻔뻔하게 느껴졌다.

"미안해요. 너무⋯."

지금 그가 할 수 있는 말은 이것밖에 없었다. 하라에게 그리고 진솔에게 너무 미안해 차마 다른 말은 떠오르지 않았다. 울고 있는 온을 보며 진솔이 조용히 입을 열었다.

"나에게 자꾸 미안하다고 하는 걸 보니, 당신은 하라 님과의 연이 매우 깊은 것 같습니다. 두 분 사이에 어떤 일이 있었는지 나는 모릅니다. 하지만 당신이 찾아온 후로 하라 님이 편안해지셨습니다. 무엇보다 눈의 통증이 사라진 듯 보여 안심입니다."

생각에 잠긴 듯 잠시 침묵하던 진솔이 차분히 말을 이었다.

"강한 척하지만 외로움이 많은 분입니다. 하라 님께 힘이 되어 주셨으면 합니다. 당신을 도와주려 부단히 노력하십니다. 저를 이곳에 보낸 이유도 결국 당신 때문일 테니까요. 저는 하라 님을 잘 알고 있습니다. 그래서 혼자 온 것입니다. 제 마지막을 보면 그분은 분명 많이… 많이… 아주 많이 힘들어하실 겁니다."

진솔은 결국 이곳까지 혼자 찾아왔다. 하라에게 자신의 마지막을 보이지 않으려, 그에게 아픈 상처를 남기지 않으려 외로운 이 길을 스스로 걸어왔고 그렇게 혼자 떠나려 했다.

조심스레 다가온 손이 그의 젖은 눈가를 스쳤다. 진솔이 손끝에 묻은 눈물을 신기한 듯 한참을 쳐다보았다.

"카타르시스는 그리스어로 '정화'를 의미합니다. 인간의 불안과 우울은 때론 비극적 상황에서 정화되니까요. 눈물을 흘리는 건 마음속 응어리를 닦아 내는 효과가 있습니다. 인간이 눈물을 보인다는 건 스스로의 정화 작용일 뿐입니다. 절대 약한 모습이 아니죠."

손끝에 머물러 있던 진솔의 시선이 그에게로 돌아왔다.

"그런데 하라 님은 눈물을 흘린 적이 없습니다. 적어도 제 앞에서는 단 한 번도 눈물을 보이신 적이 없습니다."

오래전 마오가 울고 떼를 썼듯, 진솔의 사라진 기억 속의 어린 하라도 울었을 것이다. 인간보다 더 깊은 눈을 가진 휴머노이드의 품에서 너무 많은 눈물을 보였겠지. 그렇게 외로움과 불안을 위로받았을 터다.

"때론 눈물을 흘리지 않고도 울 수 있어요."

눈물조차 메말라 버린 슬픔이 무엇인지 진솔은 알 수 있을까. 눈물로 흘려보낼 수 없는 너무 큰 아픔이 무슨 의미인지 과연 이해할 수 있을까. 하지만 온은 물을 수 없었다. 그 질문의 주인은 따로 있을 테니까.

"울어야 할 때 울 수 있는 것도 인간에게는 정말 다행한 일이 겠군요."

바다에 떨어진 쇳덩어리처럼 무거운 침묵이 둘 사이에 흘렀다. 짓눌린 공기를 걷어 내며 진솔이 먼저 입을 열었다.

"혹시 기회가 된다면 하라 님께 말씀해 주시겠습니까?"

"…"

"가끔은 눈물을 보이시라고요."

'그러기 위해선 당신이 필요해요.' 온은 차마 이 한마디를 내뱉을 수 없었다. 이제 더는 그럴 자격조차 없으니까. 사람들은 누구나 쉽게 말했다. 인간은 잔인하고 교활하며 지독한 욕망덩어리라고. 하지만 그 속에 정작 스스로는 포함하지 않는다. 그는 누군가의 이기심으로 인해 자신의 삶이 짓밟혔다고 믿었다. 그러나 정신을 차려보니 자신 역시 누군가의 소중한 삶을 짓밟고 있었다. 오래전 테스터였던 그가, 이제 자신을 위한 또 다른 테스터를 원하고 있었다.

"이제 시간이 된 것 같습니다. 차는 이미 목적지와 시간이 세팅되어 있습니다. 모든 작업이 끝나면 저를 차에 태워 출발시키면 됩니다. 부탁드립니다."

진솔의 몸에서 하트칩을 제거하면 그 순간 모든 기능이 정지된다. 그를 태운 차는 인적 없는 낭떠러지를 향해 출발할 것이고 차량이 암벽에 부딪히는 즉시 폭파할 것이다. 진솔의 흔적은 지상에서 영원히 사라질 것이다.

"시작하시죠."

그가 침대에 반듯하게 누워 두 눈을 감았다.

"다시 만나서 반가웠어요. 아저씨."

그 말을 끝으로, 온이 진솔의 전원을 차단했다. 뺨을 타고 흘러내린 눈물이 진솔의 손등에 떨어졌다. 조심스레 잡아본 손은 부드럽고 따뜻했다. 어린 그를 안아주던 커다랗고 온기 가득한 바로 그 손을 온이 꽉 움켜잡았다. 가득 고인 눈물 속에 진솔의 마지막 모습이 일렁였다.

모든 기능이 정지되고 브레인칩마저 지워진 진솔을 헤라가 조심히 차에 태웠다. 이 모든 과정을 지켜보면서도 J 사장은 아무런 질문도 하지 않았다. 눈물조차 말라버린 온의 얼굴이 그 대답임을 아는 듯했다. 진솔을 태운 자율주행차가 어둠 속으로 출발했다. 아무리 그 끝을 지우려 해도, 낭떠러지로 추락하는 차의 환영이 계속해서 온의 눈앞에 재생되었다. 진솔의 기억은 영원히 지워지지 않은 채 끊임없이 반복될 것이다. 인간으로 태어난 이상 견딜 수밖에 없는 숙명이었다.

금방에 쓰러질 듯 기진한 모습으로 온이 보건소를 찾았다. 이른 새벽임에도 소장은 아직 깨어 있었다. 어쩌면 그녀 역시 이상한 기운을 감지했는지도 몰랐다. 한때는 가장 가까운 동료였던 존재가 지금 마지막을 향해 가고 있었다. 시린 새벽 공기보다 서늘한 기운이 소장의 잠을 깨웠으리라.

"무슨 일이야?"

그가 대답 대신 주머니에서 작은 외장 하드를 꺼냈다. 어디서부터 어떻게 말해야 할지 알 수 없었다. 과연 설명이란 걸 할 수 있을지도 의문이었다. 아니, 입을 열기도 전에 왈칵 눈물이 쏟아질 것만 같았다.

"꼭 살아요."

이 한마디를 끝으로 온이 소장의 손에 외장 하드를 쥐여주었다. 그 안에 무엇이 있는지는 그녀가 가장 잘 알 것이다. 이 모든 자료를 직접 기록한 당사자니까.

"반드시 살아야 해요. 그래야 당신도, 나도 조금 덜 미안할 수 있어요."

소장이 병색이 짙은 두 눈을 크게 떴다. 흔들리는 눈빛 속에 차오르는 불안이, 공포와 두려움이 온의 가슴 깊숙한 곳까지 서럽고 아프게 파고들었다.

"떠날 준비 해요. 장소는 강하라가 안내할 거예요."

최고의 의료봇과 어시드가 준비될 것이다. 소장은 곧 새로운 연구실로 떠날 테고 그곳에서 다시 길고 지루한 싸움을 시작할 것이다. 두 소년이 아닌, 바로 자신의 몸속의 바이러스를 만나게 될 테니까. 그리고 그다음은… 아무도 알 수 없겠지. 소장 자신도, 류온이 된 마오도, 그리고 혼자 남은 하라까지. 그냥 견뎌내고 참

아내는 수밖에 뾰족한 방법이 없었다. 그것이 인간이고 인간들의 삶이자 신과 자연에게 도전한 대가인지도 몰랐다.

"너는 여전히 그들이 밉니?"

온의 귓가에 소장의 희미한 목소리가 들려왔다. 물론 미웠다. 세상의 온갖 저주란 저주는 다 퍼붓고 싶을 만큼 끔찍하게 미웠다. 그런데 더는 아니었다. 하라가 진솔을 희생시켰기 때문은 아니었다. 소장을 위해 순순히 연구실을 준비해 줘서도 아니었다. 그들은 이미 오래전부터 죗값을 치르고 있었다. 가장 가까운 존재임에도 서로가 서로에게 지독한 상처만 남기니까. 아픔만 주고 고통만 주니까. 그 나날들은 할아버지인 강 회장에게도, 유일한 혈육인 하라에게도 너무 외롭고 잔인한 형벌이었다. 온은 어린 휘를 생각했다. 형을 미워하며 평생 고통받는 아이를 떠올렸고, 마지막 유언조차 자식들에게 전하지 못한 화면 속 노신사도 떠올렸다. 이와 같은 아픔과 고독을 그 두 사람도 똑같이 느끼고 있을 것이다. 서로가 서로에게 가장 가까운 가족이니까.

"갈게요. 나도 좀 쉬어야 할 것 같아요."

온이 자리에서 일어나 비틀거리며 방을 빠져나왔다. 등 뒤에서 소장의 목소리가 따라왔지만 더는 대답할 기운이 없었다. 그냥 아무 곳에서나 쓰러져 자고 싶었다. 하지만 두려웠다. 꿈을 꾸게 될까 봐, 그 꿈속에서 누군가의 얼굴을 다시 만날까 봐 무섭고 겁이 났다.

왜 여전히 나에게 존대하지?

말했잖아요. 계속 아저씨라고 부를 거라고.

나는 인간이 아니다.

오히려 다행이라 생각해요. 아저씨가 인간이 아니라서.

멀리 하얗게 불을 밝히는 그린돔들을 바라보자 그의 귓가에
환청처럼 거대한 폭발음이 들려오는 듯했다. 하늘은 짙은 구름
에 휩싸이고 별도 달도 보이지 않는 어두운 밤이 소리 없이 흘러
갔다.

에필로그

금사金絲 같은 햇살이 내리쬐는 화창한 아침이었다. 샤워를 마친 하라가 젖은 머리를 털어 내며 욕실을 나왔다.

"솔아, 오늘 날씨 좋은데, 오전 수업은 어떻게 돼?"

그가 목으로 흘러내린 물기를 닦으며 습관처럼 몸을 돌렸다.

"진솔, 왜 대답이⋯."

커다란 통창으로 빛의 폭포가 쏟아져 내렸다. 그러나 그의 등 뒤 어디에도 그림자는 보이지 않았다. 목소리와 향기, 매일같이 보던 익숙한 얼굴마저 사라져 버렸다. 이렇게 밝은 날인데, 이렇듯 햇살이 강한데. 늘 곁에 있던 그림자가 지워지고 없었다. 손에 쥔 수건이 힘없이 바닥으로 떨어졌다.

너는⋯ 나를 외롭지 않게 했던 유일한 존재였어.

이 말을 해줬어야 했는데, 끝끝내 전하지 못했다. 몸서리치게 아둔하고 미련한 인간은 사라진 후에야 그 가치와 소중함을 깨닫는다. 마치 권태로운 악마의 장난에 놀아난 듯 아무리 노력하고 벗어나려 해도 인간의 후회와 미련은 반복될 수밖에 없었다. 그림자가 사라진 방은 아득하기만 했다. 어디를 봐도 모래뿐인 사막처럼 넓고 황량했다.

곧바로 새로운 어시드를 신청하세요. 하라 님의 모든 데이터는 메인 컴퓨터에 보관해 두었습니다. 새 어시드에게 입력해 주시길 바랍니다. 하라 님을 잘 모실 겁니다.

당분간은 전혀 그럴 생각이 없었다. 불편하고 힘들어도 혼자 생활할 것이다. 그 당분간이 과연 언제가 될지는 정작 하라도 장담할 수 없었다. 어쩌면 그의 삶은 영원히 그 '당분간'에 머물지도 몰랐다.

메시지가 왔다는 알람이 멍한 정신을 깨웠다. 그가 귀 뒤를 터치해 ESC를 열었다.

소장님한테서 연구실에 무사히 도착했다는 연락이 왔어. 의료봇들이 잘 돌봐주는 모양이야. 바쁘겠지만 가끔 놀러 와. 여기 망고가 아주 맛있어. 새별이가 보고 싶어 해. 멋있고 재미있는 아저씨는 또 안 오냐고 묻더라. 손이 다 나았는지 걱정이래. 뉴스 봤어. 한동안 경찰서에 들락거려야 할 테고 언론에서도 주목하겠지. 많이 힘든 거 알아. 물론 내가 완벽히 다 알 수는 없겠지만, 지금 당장은 내가 해줄 수 있는 게 없어. 그래도 혹시 필요하면 언제라도 연락해. 정말 여러모로 고마워.

아무것도 남아 있지 않는 듯 공허한 시선이 마지막 한 줄에 머물렀다. 두 번 다시 들을 수 없으리라 생각했다. 그 새하얀 아이도, 그 멋진 자전거 소년도, 하라에게는 절대 고맙다고는 하지 못할 테니까.

"너는 또 한 번 나를 미워하게 될 거야."

처음부터 두 사람은 이렇게 될 수밖에 없는 운명이었다. 온이 된 마오는 모르고 있었다. 자신이 왜 소장을 살리려 하는지, 그가 무엇을 계획하고 있는지 전혀 눈치채지 못했다. 하지만 그리 오랜 시간은 필요치 않을 것이다.

하라가 허리를 숙여 바닥에 떨어진 수건을 집었다. 이젠 이런 자잘한 일도 직접 해야 했다. 그래야만 누군가를 추억하는 당분간이 길어질 테니까. 하라가 수건을 목에 건 채 밖으로 나와서는 복도를 걸어 또 다른 방문 앞에 멈춰 섰다. 문이 열리자 제일 먼저 날아든 건 오래된 종이 냄새였다. 서재에는 고가의 종이책들이 책장 가득 꽂혀 있었고 그 아래 동그랗고 커다란 그림자가 놓여 있었다. 그가 비스듬히 한쪽 어깨를 문에 기대서며 그림자를 향해 어린아이처럼 장난기 가득한 미소를 보냈다.

"이제 그만 자고 일어나. 집에 갈 시간이다."

커다란 통창 너머에는 구름 한 점 없이 맑은 하늘이 펼쳐져 있었다. 정말 오랜만에 보는 눈이 시리도록 새파란 하늘이었다. 저렇듯 아름다운 색을 볼 수 있음에 감사한 순간이었다. 하라의 두 눈이 일렁이는 하늘 바다를 따라 조용히 흘러갔다.

◐

"형, 나와봐. 밖에 택배가 왔는데 엄청나게 큰 게 왔어."

주말 아침부터 문밖이 소란스러웠다. 늦은 금요일 오후 J 사장으로부터 정크랜드에 새 기종이 들어왔다는 연락이 왔었다. 온은 그 즉시 메이드봇 한 대를 작업실로 옮겨 와 수리를 시작했다. 좀처럼 원인을 찾을 수 없는 불량과 밤새 씨름하느라 새벽에야 간신히 잠이 들었는데, 휘의 우렁찬 목소리가 온 집 안을 뒤흔들어 놓았다. 온이 끙 소리를 내며 침대에서 몸을 일으켰다.

"시킨 게 없는데 무슨 택배? 잘못 왔겠지."

여전히 잠이 담뿍 든 얼굴로 온이 늘어지게 하품을 했다. 활짝 열린 현관문 너머에서는 혼자서 무거운 상자를 옮기려 벌게진 얼굴로 낑낑거리는 휘가 있었다.

"여기에 형 이름 쓰여 있잖아."

소장이 보낸 걸까? 하지만 그럴 여유 따위 없을 것이다. 보완이 철저한 곳이라 외부로 나오기조차 쉽지 않을 텐데. 더욱이 저렇게 큰 택배를 보냈다고? 온이 한 번 더 길게 기지개를 켜고는 밖으로 나왔다. 그렇게 휘를 도와 커다란 택배 상자를 안으로 옮겼다.

"됐지? 그럼 나 나간다."

휘가 탁탁 두 손을 털고는 가볍게 뒤돌아섰다.

"너 아침부터 어디 가는데?"

"자전거 타고 좀 멀리 가보려고. 오면서 아예 장도 봐 올게."

"그럼 헬멧 꼭 쓰고 가."

온이 눈짓으로 벽에 걸린 헬멧을 가리키자 그 즉시 휘의 표정이 일그러졌다.

"자기도 안 쓰면서."

"야. 나는 마을에서 잠깐 타는 거고, 너는⋯."

"알았어. 아우 잔소리."

휘가 뾰루퉁한 표정으로 헬멧을 낚아채서는 밖으로 나갔다.

"아니, 그런데 저 자식이. 야⋯."

온이 뒤늦게 불러보지만 이미 휘는 현관 밖으로 사라진 후였다. 그 순간 그의 입가에 설핏 미소가 번졌다. 그것은 어쩌면 안도인지도 몰랐다. 온을 향해 잔뜩 못마땅한 표정을 보여줘서, 먹고 마시고 자전거를 타는 것까지 일일이 허락을 구하지 않아서, 온의 걱정을 괜한 잔소리로 받아들여서, 그렇게 자신을 향해 조금씩 가까이 다가와 주어서, 온은 휘가 정말 고마웠다.

"그나저나 누가 보낸 거야?"

보내는 사람의 주소는 비어 있었다. 수취인란에 정확하게 쓰인 주소와 '류온'이라는 이름을 봐서는 절대 잘못 보낸 것은 아닌 듯싶었다.

"뜯어보면 알겠지."

온이 커다란 상자를 뜯은 후 그 안에 가득 찬 완충재를 제거하기 시작했다. 부지런히 움직이던 두 손이 한순간 허공에서 멈추고 동시에 심장이 쿵 소리와 함께 내려앉았다. 피곤이 가득했던 얼굴이 충격으로 붉게 달아올랐다.

"말⋯ 말도 안 돼."

눈 속에 파묻힌 생존자를 발견한 듯, 온이 정신없이 완충재를 끄집어냈다. 잠시 뒤 눈앞에 모습을 드러낸 건, 꿈에서조차 찾아 헤맨 바로 그 모습이었다.

그가 마른침을 삼키고는 조심스레 손을 뻗어 전원 버튼을 눌렀다. 찰나의 순간, 세상 모든 신과 자연과 우주를 향해 기도했다. 제발⋯ 제발 눈을 뜨게 해주세요. 부디 제발⋯. 잠시 뒤 짧은 알람음과 함께 가슴에 반짝 붉은빛이 들어오고 동시에 커다란 초록색 두 눈이 천천히 열렸다. 온의 가슴에서 폭죽이 터지며 두 손이 미친 듯이 떨렸다.

"안녕하십니까. 제 이름은 보보입니다. 만나 뵙게 되어 반갑습니다."

지난 3년간 그토록 찾아 헤맨 얼굴이었고 꿈속에서나마 듣고 싶던 목소리였다. 부서지고 고장 난 모습이라도 좋으니 마지막으로 단 한 번만이라도 만나고 싶었다. 만약 그럴 수만 있다면 모든 수단과 방법을 동원해 다시 살려놓으려 했다. 온은 그렇게 하루도 빠짐없이 정크랜드를 찾으며 다양한 종류의 메이드봇과 어시드를 공부했다. 보보를 만나기 위해, 보보를 다시 깨우기 위해, 기다리고 또 기다렸다. 하지만 시간이 지날수록 그 희망의 불꽃은 시나브로 꺼져가기 시작했다. 너무 오래된 구형이고, 그런 보보를 아무도 원하지 않을 테니 이미 오래전 형태도 없이 사라졌으리라 믿었다. 그런데 옛날과 조금도 변함없는 모습으로, 여전히 과거의 모든 날을 간직한 채 그의 눈앞에 커다랗고 귀여운 초록색 눈을 반짝이고 있었다. 세상에 또 한 번의 기적이, 마법이 펼쳐지기 시작했다.

"저를 깨워주셔서 감사합니다. 제게 마지막으로 저장된 기억은 마오 님이 쓰러지셨고, 제가 이 선생님께 긴급 연락을 드렸습니다. 이 선생님이 찾아와 마오 님을 데려가셨습니다."

보보가 커다란 눈을 두어 번 깜빡이고는 천천히 주위를 살피며 탐색을 시작했다.

"저는 마오 님의 메이드봇입니다. 이곳은 제가 있던 숲속 집이 아니네요. 혹시 실례가 안 된다면 마오 님이 어디 계신지 말씀해주실 수 있겠습니까? 저를 깨우신 분이니 아마 마오 님과도 잘 아시는 분이 아닐까 싶습니다."

아무것도 변한 것 없는 메이드봇 앞에, 너무나도 많은 것이 변한 인간이 있었다. 그러나 이 두 존재 모두 서로를 오랫동안 기억하며 그리워했다. 그 유일한 마음만은 아무리 시간이 지나도 변할 수 없는 완벽한 기억이자 진실이었다.

"마오 님은 무사하십니까?"

보보의 두 눈에 커다란 물음표가 떠올랐다. 그 따뜻한 마음이 뾰족한 가시처럼 온의 목울대를 찔러댔다.

"마오는 무사해."

"아, 다행입니다. 분명 그럴 줄 알았습니다. 이 선생님이 마오 님은 무사할 거라 제게 약속했습니다."

"어디 계십니까?"라고 물으며 보보가 동그란 고개를 돌려 다시금 주위를 둘러보았다. 그렇게 미련하리만큼 신실한 존재는 머리부터 발끝까지 새하얀 소년을 찾고 있었다.

"여긴 사실 마오 님이 계시기엔 썩 좋지 않은 환경입니다. 이런 말씀 죄송하지만, 마오 님은 반드시 청결한 곳에서 생활하셔야 합니다. 무엇보다 햇빛이 너무 강합니다."

보보의 얼굴에 땀방울이 표시된 걸 보니 주변 환경의 심각함을 인지한 듯 보였다. 기본적인 공기 정화 시스템도 없을뿐더러 너저분하고 좁은 데다 햇빛마저 강한 공간이었다. 그 즉시 자신의 관리자인 마오는 절대 견디지 못할 곳이라는 결론이 나왔겠지.

"보보, 걱정하지 마. 마오는 아주 건강하게 잘 있으니까."

커다란 초록색 눈이 말끄러미 온의 두 눈과 마주했다.

"당신의 얼굴이 마오 님과 87퍼센트 이상 동일하게 나옵니다. 우리 마오 님에게는 형제가 없는데요. 뭔가 오류가 난 모양입니다. 제가 너무 오랫동안 전원이 차단되어 있었거든요."

보보가 철커덕철커덕 바퀴 소리를 내며 그를 향해 가까이 다가왔다.

"죄송하지만, 저를 깨운 당신은 누구십니까?"

온이 어색한 표정으로 관자놀이를 긁적였다. 과연 무엇을 어디서부터 어떻게 설명할지 난감하기만 했다. 시간이 너무 빠르게 속절없이 흘렀지만, 그동안의 이야기를 들려줄 앞으로의 시간은 아직 많이 남아 있었다. 지금 당장은 멋대로 오류가 난 인간의 머릿속부터 정리할 필요가 있었다. 그리고 언제나처럼 보보는 충분히 마오를 기다려 줄 것이다.

"나는… 그러니까… 마오 그 녀석을 아주 잘 아는 사람이야."

온의 한마디에 보보가 고개를 돌려 널브러져 있는 상자와 완충재를 보았다.

"그럼 곧 마오 님이 오시겠네요. 그런데 이곳은 너무 청결하지 않습니다. 우선 청소부터 시작하는 게 좋겠습니다. 당신이 입고 있는 옷도 너무 오래되어 보입니다. 세탁해야겠습니다. 아! 상자를 구석에 아무렇게나 쌓아두는 건 미관상으로도 안전상으로도 좋지 않습니다."

온은 그 순간 더 큰 모듈러 주택을 신청하기 위해서는 어떤 절차가 필요한지 떠올려 보았다. 아니면 당분간은 보보의 잔소리를 피해 보건소에서 생활하는 것도 나쁘지 않을 터였다. 만약 그렇게 된다면 보보와 단둘이 남을 휘가 걱정이긴 한데…. 그 문제는 차차 둘이, 아니 셋이 조율해 가면 될 것이다. 부디 그렇게 되길 희망하며 그가 뒷머리를 긁적였다.

"세상에, 방이 정말 엉망이군요. 당신은 우리 마오 님과 비슷한 점이 여러모로 많습니다. 물건을 아무렇게나 쌓아두고, 먹은 음식 껍질도 그 자리에 내버려두고. 제가 없는 사이 마오 님이 어떻게 지내셨을지 심히 염려되며 걱정이 앞섭니다."

이 최악의 환경도 천천히 시간을 들여 조금씩 설명해 줘야 할 일이다. 그리고 문득 보보가 지금까지 어디에 있었는지 누구와 함께했는지 온은 알 것 같았다. 저렇듯 멀쩡한 모습으로 조금의 기억조차 지워지지 않은 채 무사히 돌아올 수 있는 건 오직 한 사람의 보살핌 덕분일 테니까. 그에게도 머지않아 다시 좋은 친구가 생기기를 온은 기도했다. 그것은 여전히 마오를 걱정하는 보보처럼, 어딘가에서 영원토록 그를 걱정하는 진솔의 마음일 테니까.

창으로 스며든 햇볕이 따뜻했다. 내리쬐는 황금빛 물결 속에서 보보가 눈부시게 반짝였다. 이제 곧 마오가 돌아올 시간이다.

"결국 마오는 죽는 건가요?"

지난 몇 년간 학교와 공공도서관 북 콘서트장에서 『테스터 1』
의 다양한 독자들을 만났다. 그때마다 거짓말 조금 보태 이 질문
을 백 번도 넘게 받은 것 같다. 익숙한 질문이 날아들면 나는 최대
한 작가다운 미소를 지으며(세상에 그런 게 있을 리 만무하겠지
만 아무튼) 이렇게 대답했다.

"저는 『테스터 1』을 처음 구상할 때부터 단 한 번도 마오를 죽
이지 않았습니다."

그 즉시 따라붙는 물음은 다음과 같았다.

"그럼 마지막에 옥상에 올라간 마오는 어떻게 돼요? 햇빛 알
레르기는 치료되나요?"

그럴 때면 다시 고뇌하는 작가의 표정을 지으며(거듭 말하지

만, 세상에 그런 건 없다) 또다시 덧붙였다.

"마오가 어떻게 되는지는… 여러분들에게 맡기겠습니다. 마음껏 상상해 보세요."

이 상황을 굳이 설명하자면, 라이브에 지친 가수가 "다 함께!"를 외치며 객석을 향해 마이크를 돌리는 것과 비슷하달까? 나는 단 한 번도 마오를 죽이지 않았지만, 단 한 번도 그 후의 이야기를 상상한 적 없으니까. 그렇게 강연과 북 콘서트에서 아주 적절한 순간에 독자들에게 슬쩍 마이크를 돌리며, 그럭저럭 별 탈 없이 잘 지내오고 있었는데….

"그래서 마오는 어떻게 되는 겁니까?"

그날도 어김없이 『테스터 1』 엔딩에 관한 뾰족한 물음표가 날아들었다. 하지만 나는 더 이상 "그 후의 이야기는 여러분이 마음껏 상상해 주세요" 따위의 말을 할 수가 없었다. 이유는 자명했다. 그 질문을 한 사람들이 바로 허블 출판사 편집부였고 그들은 성급히 내 마이크를 빼앗은 후, 조금 더 강경해진 어조로 재차 물었다.

"독자들이 궁금해한다면서요? 마오도 안 죽이셨다면서요? 그럼 작가님이 대답하셔야죠?"

마이크를 빼앗긴 나는 바보처럼 두 눈을 끔뻑이다가 괜스레 다 마신 커피잔만 만지작거렸다. 편집부 미팅을 끝낸 후 돌아오는 지하철 안에서는 오직 한 가지 생각만 맴돌았다.

'완전! 망했다.'

솔직히 고백하자면 이것보다 훨씬 더 비속어적인 표현을 썼던 것 같다. 어쨌든 집에 도착하기 무섭게 제일 먼저 『테스터 1』책을 꺼내 들고는 긴장된 마음으로 차분히 읊조렸다.

"마오야. 그래서 너는 어떻게 되니?"

지금껏 독자들에게 수없이 들어왔던 바로 그 질문을 정작 작가인 내가, 다른 누구도 아닌 스스로가 창조해 낸 주인공에게 다시 물어보게 될 줄이야…. 하지만 원래 인생이란 게 그렇다. 가끔은 전혀 예상 못 한 방향으로 흘러가 버린다.

어찌어찌 뒤늦은 질문을 던져봤지만, 마오에게서는 아무런 대답도 돌아오지 않았다.

"화났니? 삐졌어? 미안해. 너를 너무 비극적인 주인공으로 만든 거 사과할게. 그래도 나는 절대 너를 죽이지 않았거든. 그러니 지금쯤 뭐라도 하고 있지 않을까? 대체 그 뭐가 뭔지, 아주 살짝만이라도, 응? 한 문장이라도 좋아. 아니면 단어 하나라도… 제발…."

아무리 애원하고 사정해도 소용없었다. 깨끗이 목욕재계한 후 경건한 마음으로 생각을 정리해도, 비 맞은 중처럼 구시렁거리며 동네를 돌고 또 돌아도 헛수고였다. 이 괘씸한 녀석은 단 한마디도 내뱉지 않았다. 그렇게 침묵과 공허, 막막함과 초조함만을 남긴 채 시간은 속절없이 흘러갔다. 이틀, 닷새, 일주일, 열흘이 지났고, 나는 역시 이놈의 입이 방정이라며 하루에도 몇 번씩 애꿎은 입술만 때리길 반복했다.

"됐어. 안 해, 안 쓴다고. 너는 그냥 마지막에 옥상에서 끝난 거야. 끝. The end. Okay? 너에게 두 번 다시 To be continued 따위는 없을 줄 알아. 이 나쁜….”

혼자 흥분해 왕왕 소리치는데 그 순간 또렷한 목소리 하나가 머릿속을 파고들었다.

“마오가 어떻게 사는지 궁금해요?”

나는 한동안 넋 빠진 얼굴로 멍하니 서 있었다. 그러고는 천천히 책장으로 가 『테스터 1』을 다시 꺼내 들었다. 그제야 내가 놓치고 있던 아주 중요한 사실 하나를 깨닫게 되었다.

“너… 하라구나.”

나도 모르게 입가에 회심의 미소가 그려졌다. 세상에나! 『테스터 1』에는 강마오만 있는 게 아니었는데, 강하라도 있었는데, 이 엄청난 사실을 까맣게 잊고 있었다니. 정말이지 나는 아둔하고 멍청한 작가가 맞았다. 그렇게 『테스터 2』는 하라를 통해 세상에 나오게 되었다.

여기까지 읽은 독자들은 “쳇, 누가 작가 아니랄까 봐, 작가의 말까지 소설을 쓰네?” 할 수도 있겠지만, 이건 절대 거짓이 아니다. 나는 하라의 소식이 반가웠고, 류온이 된 마오를 보며 놀랐으며, 이반이 소장을 생각하는 녀석의 마음에는 ‘허! 어쭈? 이것 봐라?’ 싶은 생각도 들었다. 그리고 알게 되었다. 작가란 이야기를 창조하는 사람이 아니라, 세상이 감춰놓은 이야기를 가장 먼저 듣는 사람이라는 사실을…. 그 행운을 나는 『테스터 2』를 통해 한 번 더 경험했다.

새로운 글을 쓰는 일이 낯선 타인을 알아가는 조심스러운 과정이라면, 속편을 쓴다는 건 오랜만에 옛 친구를 다시 만나는 일과 비슷했다. 처음에는 다소 데면데면하지만, 그 시간은 절대 오래가지 않는다. 곧바로 비속어가 난무하는 걸쭉한 이야기와 함께, 과거의 추억과 지금의 현실과 미래의 계획까지, 쏟아지는 수다로 하룻낮과 하룻밤이 모자랄 정도다. 이렇게 반가운데 이토록 말이 잘 통하는데, 그동안 왜 만날 생각을 하지 못했지? 뒤늦은 후회가 밀려드는 느낌이랄까. 더불어 내가 만들어 낸 인물들에게 어떻게 지냈느냐, 안부를 묻는 동안 다시금 배웠다. 인간에게 가장 무서운 바이러스는 같은 인간의 냉대와 혐오라는 걸. 나는 되도록 그러지 말아야지 한 번 더 다짐하게 되니, 역시 창작의 끝은 성찰이고, 좋은 친구를 만나는 일은 종종 멋진 깨달음을 선물로 준다. 부디 이 책이 당신에게도 옛 친구와의 반가운 조우가 되길 기도해 본다.

『테스터 1』에 이어 『테스터 2』까지 함께해 주신 동아시아 출판사 한성봉 대표님께 큰 감사를 드린다. 그리고 오랜 시간 마오의 성장을 묵묵히 응원하며 곁을 지켜주신 우리 김학제 편집자님. 마오와 하라, 진솔과 J 사장까지 저마다의 삶을 함께 고민하며 나눴던 이야기들이 너무 소중하고 감사했다. 그 시간이 『테스터 2』의 중요한 밑거름이 되었고 마른 가지처럼 앙상했던 초고가 거듭거듭 풍성해진 건, 모두 김학제 편집자님의 고견 덕분이었다. 그리고 여전히 마오를 기억하며, 그 후의 이야기에 귀 기울여 주신 당신께 감사를 넘어 사랑을 전한다. 이 이야기는 분명 '그래서 마오는 후에 어떻게 될까?'라는 당신의 고마운 호기심과 궁금증으로부터 시작되었다.

이제 『테스터 2』가 조심히 세상에 나온다. 나는 다시 주섬주섬 마이크를 챙겨 들고 또 다른 여러 궁금증을 맞이할 준비를 한다. 그 행복한 시간을 기다리며 당신의 건강과 안녕을 온 마음 다해 바란다. 그래야 마오와 하라처럼 머지않아 우리도 반갑게 다시 만날 수 있을 테니까.

2025년 새봄
이희영

테스터 2

© 이희영, 2025, Printed in Seoul, Korea

초판 1쇄 펴낸날 2025년 4월 9일
초판 2쇄 펴낸날 2025년 4월 22일
지은이   이희영
펴낸이   한성봉
편집   김학제·안태운·박소연
콘텐츠제작   안상준
디자인   최세정
마케팅   박신용·오주형·박민지·이예지
경영지원   국지연·송인경
펴낸곳   허블
등록   2017년 4월 24일 제2017-000050호
주소   서울시 중구 필동로8길 73 [예장동 1-42] 동아시아빌딩
페이스북   www.facebook.com/dongasiabooks
인스타그램   www.instargram.com/dongasiabook
트위터   www.twitter.com/in_hubble
홈페이지   hubble.page
전화   02) 757-9724, 5
팩스   02) 757-9726

ISBN   979-11-93078-46-4 43810

만든 사람들
책임편집   김학제
크로스교열   안상준
디자인   최세정
일러스트   한수진